木瓜黄

作品

2

湖南文艺出版社
HUNAN LITERATURE AND ART PUBLISHING HOUSE

博集天卷
CS-BOOKY

可以抵御一切威胁的强大力量

是你

CONTENTS

目录

七芒星 2

CHAPTER

1

大胃王比赛

肖珩在这个炽热的盛夏，以第 91 号参赛选手的身份，
加入了这场荒唐的大胃王比赛。

回家吧。

陆延跟在肖珩身后，从舞台上跳下去，俩人没再多说话。由于来回耽误了太长时间，两人走到车站时正好错过开往七区的末班车。这片又偏，基本打不到出租车。

肖珩看了一眼地图后说："往前走段路，右拐，淮南路那条街好打车。"

陆延压根没记住路线。

"右拐。"肖珩示意他拐错了。

肖珩又说："你想往哪儿走？"

陆延向来是个没有方向感的人，这些年为了演出到处跑，不管走到哪儿都得多花点心思把沿途的路记下来，不然眨眨眼就能忘记回去的路。但他现在不用思考太多，反正边上有个人形导航仪，他闭着眼睛走都行。

夏日喧嚣的风袭来，下城区的天空依旧是漫天繁星。

陆延整个人像踩在云上，一路飘回七区，洗过澡才清醒不少。他刚套上裤子，上衣还没穿，就倚在水池边单手给李振打电话。

李振他们几个真抱着吃垮他的心，吃了将近六百块，基本掏空陆延开完演唱会剩下的那点钱。

李振说："这才是第一餐，我告诉你，等会儿哥儿几个还要去吃夜宵。"

陆延说："是人吗你们？我没钱了，夜宵要吃自己掏。"

李振在电话里嚷嚷："你才不是人，说跑还真的跑，你怎么回事啊？"

陆延坦然地说："我留下来给我朋友唱了首歌。"

李振那头还有乐队另外两个成员在，反应夸张，陆延被三个人齐声吼得耳朵疼，尤其是大炮，大炮简直有种大哥被人抢走的危机感，声音从三个人里脱颖而出："谁啊？！"

陆延说："你们见过。"

"上回防空洞里那个。"陆延又说，"肖珩。"

李振还记着陆延演出一结束就溜的事，说："你自己说说，这顿饭是不是得你请。"

陆延："行，我请。"

李振又说："我们这顿饭已经吃得差不多了，这样吧，再给你个机会，你再请个夜宵庆祝庆祝，我们后半夜还能再吃一场。"

"你们是猪吗？"陆延骂了一句，又笑了，"吃，老子请。"

陆延平时关系处得最近的就是乐队这帮人，生活圈子就在防空洞和酒吧。他把电话挂了之后给李振转账。

这会儿演出结束后那种难以言喻的情绪才不断泛上来。四周年啊。他都不用给自己插上翅膀，心就已经在空中飞翔，好像在飞起来之后不断告诉全世界：他做到了。

于是，陆延倚着水池，忍不住继续翻通讯录，挨个打电话过去。

黑桃队长接到电话的时候，正在半梦半醒之间，结果陆延上来就是一句："最近过得好吗？跟你说件事。"

一般陆延采用这种开头，基本就没什么好事，黑桃队长警惕道："我过得……还算不错，你有什么事？"

陆延直入主题，道："你知道今天我们 V 团四周年的舞台有多'燃'吗？"电话另一头陷入沉默。

陆延继续说："我邻居也来了，你还记得他吧，长得挺帅……虽然比我差了那么一点，但是身材好，还会写代码。"

陆延说到这儿，又叹口气，接着说："我跟他相遇要从两个多月前说起，当时我们 V 团差点解散，我的人生陷入迷茫，在音乐的道路上被迫驻足……"黑桃队长还是沉默。

最后在陆延讲到"暴雨"那段往事时，黑桃队长终于在沉默中爆发，顺便爆出一串脏话："×你妈的，陆延，你再给我打电话我就把你手机号也拉黑了！我说到做到！滚啊！"

陆延感到有些可惜，又说："那行，袋鼠在吗？我等会儿给他打一个。"

黑桃队长说："你是魔鬼吗？"

因为十九块九小蛋糕那件事，陆延早已经被一半人拉黑，四周年加上肖珩事件彻底让他在地下乐队圈子里被剩下另一半人拉黑。

陆延一通骚操作后，又倚着水池顺手去摸边上那盒烟。然而他的手指刚触到烟盒，还没来得及打开就跟触了电似的，又把那盒烟扔了回去，最后侧头甩了甩头发上没擦干的水。

陆延推开门出去，以为肖珩在敲键盘，没想到他也在打电话。

电话那头不知道在说什么，陆延只听到肖珩说："不去，没工夫。"

肖珩刚谈完项目的事，又接到翟壮志的电话，问他去不去酒吧。他一只手搭在键盘上，另一只手接电话，见陆延出来，抬眼看过去。

陆延怕打扰他，拿着手机打算去沙发上直播。

肖珩却"啧"了一声说："过来。"

翟壮志从邱少风那儿听说他在搞项目，愣是要入股投资，无底线支持自己兄弟的创业梦想，让他来酒吧商谈细节："老大，我相信你的实力，给我们彼此一个机会……什么过来，你让我过来？"

肖珩说："没跟你说。"

陆延慢吞吞走过去。肖珩边应付翟壮志，边伸手帮他把右边耳朵上忘摘的耳坠拿下来。

"洗澡不摘。"肖珩的指腹擦过他的耳垂说，"你想什么呢？"

那枚耳坠的造型是个逆十字，底下是锋利的刺尖，估计是刚才在场上玩得太疯，不断晃动间已经划破了道口子。陆延的头发还在往下滴水，落在脖子上又凉又痒。他发现无论刚才他在浴室里如何面不改色地昭告天下，但真到了肖珩面前，反而冷静下来了。

翟壮志问："谁啊？你身边是什么人？"

肖珩把那枚耳坠捏在掌心，实在是被电话那头的人叨叨得烦了，直接把手机放到陆延耳边，说："说话。"

陆延惊叫了一声："啊?"

俩人共用一个听筒，凑得很近。

陆延"啊"完，肖珩说："老三，认个兄弟。"

这回"啊"的人变成了翟壮志。由于肖珩的态度过于自然，翟壮志"啊"完下意识顺着喊了一声："老弟!"

陆延："……"

"不是。这辈分不太对吧?"等肖珩挂了电话，陆延才反应过来，"威猛帅气，顶天立地你延哥。"

"嗯。"肖珩点点头，"还会飞，真厉害。"

陆延："……"怎么这人嘴还是那么毒?!

这声"老弟"的结果是陆延明天得跟他们一块儿吃饭，饭店定在肖珩他们原来常去的一家。陆延上午得去趟录音棚，他们乐队的新歌虽然在演唱会上提前唱过了，但还没正式出单曲。

陆延录了一上午歌，临出发时居然有些紧张。这种见肖珩朋友的感觉……

他这天借了伟哥的摩托，下车前深呼吸几下，一条腿蹬在地上，对着后视镜抓了两把头发。

肖珩几人坐在二楼靠窗的位置，翟壮志顺着他家老大的视线往下看，看到一辆熟悉又酷炫的摩托车，摩托车上的那个青年穿着件 T 恤，腿长得很，他似乎感应到了什么，忽然仰起头。

翟壮志确信自己见过这位"老弟"，而且还不止一次。

邱少风说："替课?"

翟壮志说："拯救世界?"

陆延的心理建设做得还算不错，这个不错主要源于他上楼、推开门，毫无心理负担地对着包间里两位同志来了一句："兄弟们好!"

陆延也不管桌上那壶是茶还是酒，上来给自己倒了个满杯，一口闷道："这杯我先干了，你们随意!"

肖珩："……"

翟壮志："……"

邱少风："……"

陆延喝完，直接在肖珩边上坐下。这顿饭吃下来还算和谐，即使翟壮志几个人的生活圈跟他离得太远，富二代醉生梦死的生活他是没经历过的，但谈话间几个人都有意往大众话题上引。

翟壮志问："你玩乐队，那你会弹吉他吗？"

陆延说："会一点。"

翟壮志眼前一亮，他当初为泡妞学的吉他，虽然半途而废，但依旧有几分吉他情结，"改天咱俩切磋切磋啊，我也好久没玩了。"

陆延不知道怎么继续吉他这个话题，正打算随口说两句扯过去，就看见肖珩把酒推到翟壮志面前，嗤笑一声，替他解了围："就你那半吊子技术，比得过谁。"

翟壮志不服气道："我怎么了，我当初学的时候，老师还说过我是难得一见的吉他奇才！"

"收你那么多钱，说出来的话能信？动动脑子。"肖珩又说，"你高中家教老师说你是学习的好苗子，最后高考考了几分？"

翟壮志："……"

翟壮志气势弱下去，被撑得心塞，于是又指指陆延，说："那陆老弟就很厉害吗？"

陆延拿着筷子的手一顿，然后他听到肖珩说："很厉害。"

吉他这个话题很快过去，他们开始聊点别的。陆延放下筷子，想拿手机看看时间。

肖珩问："等会儿回去？"

"下午还得去趟酒吧。"陆延说，"酒吧二楼装修，得过去帮忙。"

"晚上呢。"

"晚上有演出。"

隔很久，久到陆延以为这个话题结束了，肖珩才说："在台上注意分寸。"

"……"

"有你这么跟台下互动的吗？"

"……"

"听见没？"

要换成其他人跟他这个从不接受约束的摇滚青年讲这些，早被他一脚踹飞了，然而陆延缩回手，还是说："知道了。"

陆延骑上伟哥那辆摩托车，耳机里传来一声："亲爱的 VIP 用户，很高兴为您服务。"他在等红灯的时候，看到街对面不远处的广告牌，是化妆品的广告，女明星的脸占了大幅版面。一小块版面夹在化妆品广告里，艰难地从角落钻出来，上面写着：第六届下城区"谁是大胃王"已经进入火热报名阶段。

这广告实在是太没有牌面。跟化妆品广告比起来，还比不上女明星手里捧着的面霜大。

陆延看了一眼，路口的红灯正好跳转，他拧下油门，往酒吧方向开去。刚到酒吧门口，还没进去就听到酒吧里敲敲打打的装修声，他把车钥匙往吧台上一搁，问道："好好的搞什么装修？"

李振给他倒上一杯酒，说道："听说前几天上头搞抽查，头一个治的就是这儿，在厕所抓到两个吸白粉的，没被封已经算钳哥后台硬，这不，全面整顿。"

"这还不算，你往身后瞅瞅——"

陆延回头，看到自家乐队吉他手正站在爬梯上，手里举着一条横幅往墙上挂。

横幅上书：和谐社会，健康蹦迪。

…………

"大哥，来了。"说话间，大炮停下动作吼了一嗓子。

"来了。"

陆延把酒灌下去，一只脚蹬地上站起来，又问："设备都调过了？"

李振说："试过了，没问题，你要不放心等会儿再上去试试麦。"

孙钳找他们帮忙装修，说白了也是想让他们来酒吧排练，环境设备都能好点，毕竟防空洞环境简陋，大夏天的待在里头时间久了也不好受。

几个人帮完忙，又趁着酒吧没开业排了几个小时。

陆延晚上在酒吧演出确实安分不少，尺度最大的动作也只是解开几颗扣子，实在忍不住，就动动嘴皮子撩拨观众。

下台后李振惊讶道："你终于做个人了？"

陆延说："我平时不是吗？"

李振上下打量他，摇摇头道："你平时在台上像只花孔雀，还是无时无刻不在开屏的那种。"

陆延对花孔雀这个说法不是很认可。

"那小孩……"隔了一会儿，陆延反问，"许烨怎么回事？"

陆延是不骚了，倒是他们乐队贝斯手——C大高才生许烨，经过几次演出历练，在舞台上越来越放得开。边弹琴边冲到台前扭腰扭屁股，摇头晃脑，扭得十分沉醉，愣是把原本存在感不高的贝斯位置撑了起来，成为全场焦点。

好几次陆延唱到一半，对着在他身边疯狂甩头的许烨，差点忘记下一句歌词是什么。

"他刚加进来那会儿我还以为他不够摇滚。"李振也觉得神奇，摸摸脑门说，"看来是我错了。"

陆延没再和李振聊下去，想到家里还有个人在等他，演出结束直接晃着车钥匙去后台换衣服。

更衣室里没人。陆延刚套上裤子，门被人一把推开，然后是他们团风骚贝斯手的一声："妈！"

陆延的手搭在皮带上，被这声"妈"喊得一愣。

许烨的语调刚开始还洋溢着快乐和喜悦，但几秒过后，他的声音低下去。他说："妈，跟你想的完全不一样，这不是什么不正经的行当。"即使隔着那么远的距离和一扇更衣室的门板，对面尖锐的声音还是几乎要从听筒里冲出来，具体说了什么陆延听不清，但那聒噪得仿佛拿指甲盖往黑板上不断划拉的尖锐声音直挠得人头皮发麻。

许烨沉默了很长时间，最终他无力又有些暴躁地喊："够了！你能别老是这样吗？我跟你讲这事，不是为了听你说这些！"

四周年演出后，许烨作为 V 团贝斯手正式走进大家的视野，从剧场走出去甚至被几位蹲守在门口的热情观众围住要了签名，"弹得很好，加油啊！"他原来并没有想把这件事告诉家里人，那天实在太高兴，忍不住想向最亲近的人分享。

"你高中跟我说要我专心学习考个好学校。"许烨一点点把情绪压下，说，"我上了 C 大，可连社团活动都不允许我参加，我不能有爱好吗？我喜欢弹贝斯，我喜欢干这个，也不会耽误学业，排练时间都是在课后……妈，这是我的人生。"

说出来之后舒服多了。许烨中规中矩生活了这么多年，优等生，名牌学校，不管做什么都在家里人的掌控里。他才发现，原来自己是可以说"不"的。

通话终止。陆延怕他这会儿出去许烨会尴尬，在更衣室里又等了一会儿。

陆延回到七区已是深夜。这段时间连轴转，总算能告一段落歇口气，他把摩托车停在伟哥的小车库里，上楼时不知道那份轻松是来自总算忙完了这件事，还是因为开门就能看到某个人。

开门。落锁。

"回来了。"肖珩听到声响，抬头，咬着烟看他，"儿子。"

陆延拎着给他捎回来的夜宵走过去，说："你这爹还没当够？"

肖珩目光下移，看了一眼那份小食盒，道："孝顺。"

"……"

陆延："×。"

陆延走到肖珩边上，把鼠标从他手里挪走，提着袋子在他面前晃道："想吃叫声好听的。"

肖珩手上的动作没停。敲完最后一行，鼠标还在陆延手底下，他指挥着说："点一下那个，红的。"

陆延拖着鼠标点上。

"好听的。"肖珩这才说,"你想听什么?"

那可多了去了。陆延心想。比如,大哥,延哥,延大爷……然而他一时抉择不出更想听哪个,话还没说出口,就听到一声:"延延?"

"……"

肖珩又说:"延宝?"

陆延嘴里那句延哥非常成功地卡壳了。

"还得再好听点吗?"肖珩笑了一声,"那我可得想想……"

这人是骚话十级选手吗?

陆延把手里拎着的东西直接往肖珩怀里一扔,说道:"我去洗澡。"

偏偏肖珩还在身后追问:"不听了?"

陆延一溜烟跑进洗手间锁上门。

肖珩笑得更夸张,提醒他:"延延,衣服没拿。"何止是衣服没拿,陆延连妆都没卸。

他假装自己只是去洗手间洗个手,又出去拿卸妆水,由于眼线不好卸,他闭上眼,伸手说:"帮我拿张卸妆巾,就你身后那个架子上。"

肖珩咬着烟起身,把卸妆巾盒递给他。

"化妆了?"

"嗯。"陆延说,"舞台上光线太强,不化台下观众可能看不清。"但他技术一般,也就打个底,随便凭感觉抹点东西上去。

陆延说完,打算从肖珩手里把盒子接过去。肖珩摁着他的头,从卸妆巾盒里抽了一张出来,饶有兴致地问:"这个怎么弄?"

"这个……"陆延说出自己的心得,"一通乱擦。"

肖珩听完弯下腰,掀起他额前的头发说:"闭眼。"陆延闭上眼,眼皮感受到一阵凉意。

陆延自己平时确实是一通乱擦,但肖珩擦得比他认真多了。陆延眼前是一片黑,所有感觉都被放大。

"嘿。"陆延没话找话说,"我今天在更衣室,听见许烨和他妈打电话……"

肖珩随口"嗯"一声。

　　"他妈好像不怎么赞成他玩乐队。"陆延简单把事情说完，肖珩把棉片从他眼皮上挪开，像片羽毛似的落在他鼻梁上。他跟肖珩说这事，也是不小心听到许烨打电话后心里多少有些疙瘩。毕竟是他拉过来的人，要是为了乐队跟家里人闹不愉快，这账掰扯不清。

　　"说'不'很简单。难的是怎么证明自己。"肖珩说，"对他来说不一定是坏事，你想什么都没用。"

　　肖珩说完发现陆延的头发又长了不少，这段时间他也没空去剪头，有几分当年长头发那会儿的影子。这人的鼻梁是真的高，肖珩仗着陆延现在闭着眼睛什么都看不见，肆无忌惮地打量着他，凑得近了，才注意到他今天还抹了口红，嘴唇红得像被什么咬过一样，昏暗灯光下看着像一抹危险的暗红。

　　"口红卸吗？"

　　"卸啊，随便擦几下就行。"陆延想睁开眼睛自己弄，"我还是自己……"

　　陆延刚把眼睛睁开一道缝，入目是模糊的重重光影。肖珩单手轻轻掐着他的下巴，强迫他抬头，把卸妆巾摁在了他的唇上。

　　陆延把卸妆巾揭下来，眼前那片模糊的光影逐渐变清晰的同时，看到肖珩身上那件衬衫的衣领已经被他扯开了。

　　肖珩还有工作没做完，陆延洗完澡出来，他还在电脑前敲键盘。房间里没开灯，陆延躺在床上听着键盘声，忽然想起来之前看到的那则广告，想着想着叫了肖珩一声。

　　"说。"

　　"你周末有时间吗？"

　　陆延实在是太困了，想好的话只说出去一半，"带你去吃饭。"说完没等肖珩回答，合上眼彻底睡了过去。

　　肖珩敲键盘的手顿了顿。温馨静谧的房间里，陆延睡在床上，睡前问他周末有没有时间，要带他去吃饭。

　　陆延已经为大胃王活动饿足了两天。不只是他，周围各小区的住户也早已蓄势待发，谁都不肯吃饭，力争大胃王头衔，争取把千元大奖带回家。

"谁是大胃王"是下城区有名的全民活动，对很多人来说，这种能免费吃一顿，赢了还有奖品拿的机会不多，热度不比为十万赏金追逃犯低。

陆延从录音棚赶回来就打算拉着肖珩直奔场地。然而一开门，他愣了足足有十秒，然后爆出一句脏话："我×！"

陆延问："你穿成这样干什么？"

"不是说去吃饭？"

"是。"陆延都不知道怎么说了，"是去吃饭。"　　　　·

肖珩完全就是上街的装扮，跟他们头一回见面差不多，走在路上谁都愿意回头多看两眼，腕间甚至还戴了块手表。豪门少爷以为的"吃饭"，以及为了吃饭所遵循的礼节跟他们完全不一样。

十分钟后，肖珩站在附近广场中央，对着一排排摆满西瓜的摊位和立着的巨型背景海报，也很想骂人。

广场上，人群熙攘，几百人头顶烈日站在那里等待比赛开始。男主持人豪情万丈的声音从音响里传出来："欢迎大家来到'谁是大胃王'！时隔一年，我们又相遇了！站在我右边的，是去年大胃王得主黄先生，大家掌声欢迎！"一位身材敦实的男人冲周围群众颔首。

主持人继续声情并茂道："今年我们的大胃王比赛延续往年的一贯传统，不过今年的奖品更为丰厚，新一代擂主除了能获得一千元奖金之外，还能获得这辆绿色健康节能减排去菜场买菜什么的都特别方便的——带筐自行车！"

那辆自行车，小巧，实用，别致。为了能够更好地向广大人民群众展示，甚至专门配备了车模，车模笑容满面地坐在自行车上，然后他忽然猛地将胸前的领结往后一甩，脚下用力，将那辆带筐自行车骑了出去——

周围爆发出热烈的欢呼声："好车！"

"这车真不错！"

陆延也吹了一声口哨说:"不错。"

肖珩:"……"

"大哥说带你吃饭就带你吃饭,随便吃,敞开肚子吃。"陆延抬手搭在肖珩的肩上,手里是两张参赛证,他递过去一张说,"帮你也报了名。"

肖珩发现他来到七区之后人生观不断被刷新,参赛证上大胃王活动的标志是一口大碗,现在那口大碗的边上写着"第 91 号参赛选手:肖珩"。他强压下转身离开的心情说:"我谢谢你。"

陆延把参赛证塞进他手里说:"不客气。"

说话间,伟哥、张小辉几人从另一头艰难地挪过来说:"你俩也来了啊。"

"哥。"陆延招呼道。

"怎么样,饿了几顿?有信心吗?"伟哥问。

陆延竖起两根手指说:"两天。"

"你这准备得还是不够充分。"伟哥说,"我和小辉从上周就开始节食了,饿了就喝水,锻炼自己的喝水能力——"

伟哥话音刚落,又把目光投在肖珩身上。伟哥只穿了一条热情火辣的沙滩裤,脚上是双人字拖,广场上的下城区居民也都是这种装扮,在下城区大胃王比赛现场,这位兄弟显得格格不入。

一身正装。这头发是不是还特意剪过?是来参加大胃王比赛还是等会儿要去吃西餐?

伟哥犹豫地问:"肖兄弟,你也参加?"

肖珩叹了口气,最后还是忍不住只是报复性地偷偷抬手去拍陆延的后脑勺说:"听说你们这个活动,还挺有意思。"

说到"挺"字时,肖珩的手在陆延的后颈用力捏了捏。

陆延站在广场上等比赛开始时才后知后觉地反应过来,他那天有没有提大胃王比赛?好像没提直接睡了?

陆延侧过头看他,凑近了说:"你以为的吃饭……"

肖珩的手还搭在他脖子上,没说话。

"你穿成这样……"

肖珩还是没说话。

陆延说："你以为我要带你吃大餐？"

肖珩说："闭嘴。"

陆延说："真的？"

"……"

陆延不该在这个时候笑，但他还是忍不住闷声笑起来，下巴抵在肖珩肩上，笑得浑身都在抖。

肖珩推开他说："你找打是不是。"

陆延笑得止不住，道："我再笑一会儿。"他凑得近了，才闻到肖珩身上极淡的香水味，形容不出的味道，在烈日下竟显出几分冷冽。

广场上聚集的都是附近从一区到七区的住户，七区虽然没落了，但在这种时候，这帮人居然燃起一丝集体荣誉感来。

伟哥聊了几句后说："去年让四区那个姓黄的拿了第一，这次我们一定要把这口气争回来！"

张小辉饿得不行，说话都没什么力气，附和道："没……没……没……没错！"

蓝姐，这位昔日大胃王女主播口出狂言："那人能赢，那是因为我去年临时有事没参加。"

陆延有阵子没见到蓝姐，问她："姐你那店怎么样了？"提到淘宝店，蓝姐拉着他边掏手机给他看自己店铺的月销量边说："戒指卖得最好，就那个戒指，你记得吧……"

"记得。"陆延慢一拍才想起来这事，心说自己真是会找话题。

"还有人特意问我模特是谁。"蓝姐翻着评论，"夸你俩手好看，你看，这好几十条，你们这广告效果比我卖的东西还强。"

蓝姐又说："还有问你俩是不是真情侣的。"蓝姐把这几年直播赚的钱都投了进去，她从小就喜欢自己编手绳，后来一个人从老家来到厦京市打工，窝在那间小出租屋里做饰品，在接触直播之前晚上总拿着做好的东西去夜市摆摊。

蓝姐店里的东西确实卖得不错，店铺热销上的那张照片就是陆延和肖珩拍的那张，陆延当时光顾着冒烟了，完全没注意到拍出来是什么效果。

照片的氛围把握得很到位，从光效到后期都做得无可挑剔。

"总之谢谢。"蓝姐最后说，"这阵子实在太忙，改天请你们吃饭。"

简单的开幕式过后，所有参赛选手按照报名顺序依次入座。

主持人说："大家按照参赛证找自己的位置啊——"

陆延跟肖珩一起报的名，号码挨着，坐在一起。陆延拉开椅子，余光瞥见边上提前开始吃健胃消食片，并且边吃边跟边上人套近乎的似乎是位老熟人。

"兄弟我跟你说，我曾经也像你一样，我原来有两百多斤。"老熟人情到深处忍不住哽咽，"我懂，胖子不容易，我们胖子总是比别人多遭受一份歧视，但哥现在瘦下来了，多亏了这个神效 28 天减肥药！"

陆延打断他："刀哥？"

刀疤男拿着三片健胃消食片的手顿了顿。

"还真是你啊。"陆延乐了，"好久不见，最近开始卖减肥药了？"

"你……"刀疤男完全不觉得好久不见是什么值得感慨的事，"怎么又让我碰见你？！"

"有缘呗。"

刀疤男不想说话，免得又发生什么倒霉事。

陆延坐下之后却没放过他，隔了会儿又说："你手里那健胃消食片，也给我来两片？"

刀疤男："……"

刀疤男说："我为什么要给你？"

"我们也算老朋友了。"陆延直接自己伸手拿，"朋友之间分享一下。"

"谁跟你老朋友！"刀疤男下意识就想去扒开陆延的手，然而他的手还没碰上去，就被人一把抓住。

肖珩刚才去洗了个手，回来刚好经过陆延身后。

"愣着干什么？"肖珩说，"拿啊。"

"你要吗？"

"不要。"

刀疤男被两人合力抢了药，崩溃道："你们是土匪吗？"崩溃的刀疤男觉得肖珩的脸有些眼熟，不光这张脸，戴手表的气势，还有身上那件黑色衬衫，跟下城区的风格相差太大，总觉得在哪儿见过。

"你不是……"刀疤男想半天总算想起来了，"你不是上回那富……富二代吗？"

刀疤男脸上就差没刻着"你这个有钱富二代怎么会在这里"这行字。

要搁平时，肖珩估计一个字都不会赏给他，但跟陆延混久了，胡扯的功力也见长，说道："是我。"

刀疤男问："你怎么会在这儿？"

肖珩说："我住附近，七区。"

刀疤男想问你怎么会住七区那栋危楼，还没问出口，肖珩又说："你之前说的话很有道理，再多的钱也只会让人感到迷茫。我去做慈善了。"

刀疤男的神情越来越呆滞，神他妈做慈善。

陆延趴在桌上笑了半天。他笑着笑着偏过头去，看到对街熟悉的"黑网吧"三个字。

"网管。"陆延碰碰肖珩，"那不是你之前工作那地儿吗？"

肖珩看过去，透明的玻璃门里是一片熟悉的黑帘子。不过两个多月，却好像过了很久。

陆延说："我那天掀开帘子进去，看到你……"

肖珩问："你从那会儿就盯上我了？"

"滚。"陆延想了想又说，"我想说看到你还挺惊讶。"

陆延确实从那会儿开始留意这个人。盯上后不禁想，那天肖珩穿着他的衣服，身上连枚坐公交的硬币都没有，走过三条街，来到这里到底是什么样的心情。

烈日下。主持人介绍完奖品后开始讲述此次比赛的规则："不得作弊，不得代吃，老规矩，每人十个西瓜，先吃完的获胜。好，我们准备一下，一分钟倒计时。"

肖珩跟刀疤男胡侃时还没真正感受到大胃王比赛的氛围，等主持人倒计时数到十秒的时候，已经有人拿着自带的菜刀从座位上站起来，蓄势待发。

"三。

"二。

"一。"

肖珩对面正好是伟哥，主持人数到"一"的时候，伟哥手起刀落！

伟哥将西瓜劈成两半后，直接抱起其中一块，埋头就是啃，几口之后整个西瓜像个大碗一样盖在他的脸上，汁水顺着他的脸往下流淌，那条热情火辣的沙滩裤都没能幸免。

肖珩对着这颗西瓜头不禁陷入对社会和人生的思考。

伟哥下一个西瓜已经懒得动刀了，动刀太费时，在争分夺秒的紧张气氛下，直接抱起西瓜往地上边砸边说："兄弟们加油吃啊，吃，是男人就继续吃！不能败在这种地方！"

陆延："……"

肖珩："……"

相比之下陆延的吃相还算文雅。为了方便切西瓜，他一脚踩在塑料凳上，低头去啃手里切好的小半块西瓜，他边啃还边提醒肖珩："吃啊！"

陆延把手里那块西瓜皮扔在桌上说："那可是一千块。"

陆延又啃完一块，抹了把嘴角的西瓜汁说："还有带筐自行车。"

虽然现在的生活没有刚来那会儿那么贫困，但创业初期启动资金确实紧张。肖珩最后还是勉为其难、慢条斯理地把袖口一点点撸了上去。

肖珩在这个炽热的盛夏，以第 91 号参赛选手的身份，加入了这场荒唐的大胃王比赛。

七芒星 2

CHAPTER

2

狂风

你永远不知道写歌的人到底经历了什么。

　　陆延这个人也就是口号喊得响了点，偏偏他喊口号的时候气势很足。他对面正好是去年的擂主黄先生，黄先生仿佛比别人多长了几排牙齿，西瓜以离奇的速度迅速消失。

　　然而陆延还是对着他大放厥词，什么都能输，气势不行。

　　"看到没有，那一千块，我的。等下老子就把那辆自行车扛回家。"

　　黄先生："……"

　　肖珩："……"

　　伟哥："……"

　　陆延开下一个西瓜的时候已经觉得撑了，为了男人的颜面勉强吃完第二个，实在是撑得不行，只能把踩在塑料凳上的那只脚默默放了回去。

　　伟哥砸西瓜的间隙，难以置信地喊："延弟，你不行了？！"

　　陆延坐回塑料凳上用纸巾擦手。

　　第一批阵亡的人不在少数。主持人的主持功力一流，还附带解说，激动到吐沫横飞："现在比赛已经进入白热化阶段，黄先生展现出了他去年夺冠的实力，不，他的速度比去年还要快，三秒！三秒一块西瓜！这是我们大胃王比赛历史上不曾有过的纪录！"

　　激烈的比赛过去大半，众人吃西瓜的时候根本毫无形象。蓝姐挺到最后关头，也撑不住败下阵来，场上除了黄先生，只剩下一位让谁都预料不到的"黑马"选手。

　　肖珩扔下手里那块西瓜皮，看了眼周围，发现除了他，其他人都已经生无可恋地瘫在椅子上——包括他那位刚才还喊着要把自行车扛回家的朋友。

肖珩问：“你不吃了？”

陆延一条腿撑在地上，整个连人带椅子往后荡，撑到说不出话，只想找个舒服的姿势缓一缓。

肖珩又问：“你不是预定第一名吗？连自行车都是你的。”

还自行车。他早翻车了。陆延现在感觉连说话都是折磨：“我让让他。”

肖珩诧异道：“你怎么又那么快？”

陆延踹一下桌子说：“妈的，我哪里快？”他本来扯着衣领扇风，一下坐直了。肖珩还没来得及说话，就被伟哥的一块西瓜皮打断了。

“你俩说什么呢，别停啊！接着吃，是男人就把这十个西瓜吃完！”伟哥瘫在位子上，调动自己浑身的力气，举起一条胳膊高喊，“肖兄弟，守住我们七区最后的尊严！”

肖珩：“……”

陆延：“……”

肖珩虽然撑到最后，但速度还是不及对面那位黄先生，只拿到第二名的成绩。

主持人说：“首先让我们恭喜黄先生。”

肖珩从边上抽了一张纸，仔仔细细地开始擦手。

伟哥大喜，摸着肚子走过去拍他说：“愣着干啥，上台领奖啊！”

陆延问：“这也有奖品？”

伟哥说：“你没瞅见宣传单吗？没关系，咱尽力就好，拿第二也很不错了——我真是没想到，而且第二名的奖品也是很实用的。”

宣传海报上，第二名后边确实标了奖品。

“专属广告位和十斤……”陆延犹豫地念出来，“大米？”

颁奖台上。

“两位往中间站点。”摄影师给两位获胜者拍照，他从镜头里看到那位手拎十斤大米的优胜者似乎不是很高兴。

“这位同志，请你高兴一点，展现出你的喜悦！”摄影师继续说道，"我们这张照片到时候还会投放在特定的车站广告位上宣传一周，您……您配合一点？"

肖珩单手拎着一袋大米，另一只手插在裤兜里，满脸都是冷漠。

肖珩从来没经历过这种事，以前的他能在豪门宴会上撑场面，在公司年会上面不改色念稿，什么大风大浪没见过。肖珩这样想着，目光触及台下某个笑得没心没肺的狗男人。

陆延在台下笑得喘不上气，也拿着手机准备拍照留念，提醒他："人家都说了要喜悦，你别冷着张脸。"

"笑一笑呗。"

"算了。"陆延坦诚地说，"不笑也好看。"

肖珩本来觉得自己拎袋大米站在颁奖台上的样子根本没眼看，闻言差点没绷住，扯了扯嘴角："滚。"

摄影师按下快门。

陆延觉得稀奇，以肖珩的性子听到"车站广告位"的时候就应该甩手下台才对，不，他压根就不会参加这场比赛，但肖珩愣是吃完那么多西瓜，并且熬过了拍照时间。

陆延问他："你还真打算上广告？"

肖珩说："免费的广告，不上白不上。"

陆延后来才明白肖珩的意思，因为肖珩又从台上往下扫了一眼，问："你们活动的主办方是谁？"

摄影师"啊"了一声。

肖珩耐着性子重复了一遍。

摄影师指指对面说："啊，那边，遮阳伞底下那个。"

肖珩把那袋米扔给陆延，提醒他："右手。"

肖珩又问："能拿吗？不行就扔地上。"

"……"陆延单手接过，"一袋米而已，我还没那么弱。"

肖珩过去只说了不到三句话，那顶遮阳伞离得不远，陆延清清楚楚听到第一句话是：您应该知道肖像权指什么。

第二句践得不行，只有五个字：我有个条件。

肖珩的条件很简单，在海报边上加一行字，标明职业和最近刚做完的那个微聊小游戏的名称。

陆延简直想为他鼓个掌，这营销鬼才啊。但他现在手里还拎着大米，只能在肖珩走回来的时候对他吹声口哨。

广场上的人群逐渐散去，肖珩逆着光，从强光的阴影底下朝他走来。陆延笑了笑说："主办方还愿意多加两行字吗，给我也打一个？"

肖珩问："你想加什么？"

陆延想了想说："其好兄弟是知名乐队 Vent 主唱。"

肖珩说："行，给多少广告费？"

"给个毛。"陆延说着把手里那袋米递过去，同时说，"给你十斤大米。"

肖珩牵着他，真打算往遮阳伞那儿走。陆延把他拽回来说："你还真去啊。"

两个人又走出去一段路。肖珩突然说："游戏今天晚上八点上架。"

肖珩那个小程序的最终版陆延还没玩过，但在初期制作和测试的时候肖珩没少拿他当小白鼠，有事没事就喊他过去，然后往他手里塞个手机，命令道："点开始。"

肖珩做的是一个低成本的闯关游戏，主要特色是不按常理出牌的剧情和意想不到的各种死法。

陆延的游戏水平不算差，反应快，但肖珩给他玩这个游戏的初衷也不是看他能不能通关，而是想尽办法做到让他通不了关。

死了。又死了。怎么玩都是死。

陆延本来以为肖珩这个套路肯定很赶客，但他忘了人的猎奇心和好胜心，越死越控制不住去点"再来一次"。

"知道。"陆延说，"回去给你刷好评，叫李振那小子一块儿给你刷，他手速快，鼓手联赛冠军不是吹的。"

肖珩看他一眼，吃太多西瓜，走了段路更觉得撑得慌，顿了顿说："你们乐队鼓手就是这么用的？"

"以前要想抢什么淘宝限量秒杀，都找他。"

"他不光两只手能一起用，必要的时候脚也行。"

"……"

提到乐队鼓手的妙用，陆延说上一天一夜也说不完，但他说话间无意看到肖珩的手越握越紧，紧得手指指节都开始泛白。但也只是一瞬，因为彻底远离人群、走到无人的角落后，肖珩松开拎着米袋的手，弯腰对着垃圾桶开始吐——肖珩吐了很久，吐到最后什么也吐不出，只剩干呕。他实在吃得太多了。抛开所有，自尊、颜面，还有心里那点不肯示人的傲劲，就为了一个微不足道的下城区车站的广告位。他现在的模样不比那天在暴雨里的狼狈少几分，但陆延一点也不觉得他这个样子狼狈。

尽管他们这个位置在街角谁也留意不到，陆延还是站在街口，替他挡得严严实实的。等身后声音渐止，陆延才说："我去对面超市。"

陆延买完水从对面回来时，肖珩已经吐完了，他正靠着墙，衣扣解开几颗，半合着眼。陆延把手里那瓶水递过去。尽管这个问题已经不需要问，陆延还是说："你之前就看到那个广告位了？"

肖珩接过水，漱了口，漱完口才说："嗯。"

"我说呢，吃那么拼命。"陆延蹲在街角，仰头看他。

肖珩把水瓶盖子盖上，没说话。

陆延又说："你今天超级无敌巨帅。"说完又肯定地说，"真的。"

肖珩原先心情算不上好，吐得胃里仿佛有火在烧，但他走到陆延面前，伸手把他拉起来，觉得似乎也没那么难受了。

他们俩走回七区时已经离大胃王比赛结束过去一段时间了，楼下聚着一群人，天色稍有些暗下来，但整栋楼却没有一丝光亮，从外面看起来漆黑一片。

陆延看一眼就明白是怎么回事。他们这栋楼电路老旧，隔三岔五断电不是什么新鲜事。

有人问："又停电了？是不是谁家开空调了——谁啊，不是说了别用大功率电器，节能减排，为我国可持续发展做点小贡献的吗？"

伟哥刚查看完电路，从花裤衩里摸出一盒烟。紧接着，陆延听到伟哥说了一句："不是。是被人切了。"

电箱里的电线被扯得凌乱不堪，地上还散落着几截烟头。拆除公司估计等这天等很久了，之前几次硬碰硬都没碰过他们，趁着大胃王比赛活动举办当天，整栋楼都没什么人，干脆利落剪了电线。

众人纷纷议论："那帮孙子又来？剪电线这招是打算用到哪年，缺不缺德啊。"

肖珩站在最外圈，裤腿被一只肉乎乎的小手抓住。小孩五六岁的样子，由于营养不良，看起来比同龄人还矮半个头，混在人群里不仔细看基本连脑袋都看不着。

肖珩低头和这个小孩对视半天。小孩转转眼珠，没说话，看着陆延，奶声奶气地喊："延延哥哥。"他是想叫陆延，但被肖珩挡着，够不着陆延的腿。

"这小孩谁？"

"他叫小年。"陆延介绍说，"住楼下的，画画不错，楼道里那堆涂鸦，有一半都是他画的。"

"他爸妈不在？"

"放暑假吧，这帮孩子的家长白天都得上班。"

陆延说着蹲下身，跟他平视，说："你怎么下来了，你妈没跟你说别乱跑啊，小朋友。"

孩子奶声奶气地回答："可是家里好黑。"

陆延哄孩子的技术让肖珩望尘莫及。他先是拍拍小孩的头顶，又指着那个被人撬开的电箱说："看到那个大箱子没？"

小孩点点头。

陆延说："它今天太累了，想休息一下。"

"挺会哄人啊。"肖珩夸他。

"还行吧。"陆延想起俩人刚碰面那会儿，肖珩带的那个孩子，"比某些人是强点。"

肖珩想反驳，但陆延说的确实是实话。

"整天只知道哭，你带一个试试。"

"不容易，其实你带得也没那么差，我想想啊……"陆延还没站起身，跟小年一人抓着他一条裤腿，想挑个优点出来，"好像还……真想不出。"

肖珩作势要迈出去一步。

陆延抓着他的裤腿笑着说："有！你奶粉泡得还凑合。"

小孩的世界很简单，并不知道停电意味着什么，小年眨眨眼睛，有些无助地看着两位哥哥，说："那它要休息到什么时候，妈妈走之前说今天一定要写完她留的作业。"

写作业确实是个大事。

陆延提议去附近随便找家店写完得了，但小年不乐意，小孩怕生，并不适应离开这栋楼去接触外面的环境。

最后陆延直起身，想起来个事，喊道："伟哥。"

伟哥还在骂街大军里，一人一口唾沫，骂得越来越起劲。

"咋的，延弟？"

"你之前不是弄了台人力发电机吗，要不试试？没准还能用。"陆延又说，"这小孩要写作业。"

伟哥那台人力发电机还是从朋友那儿收来的，当时楼里总停电，他一气之下琢磨出一条崭新的可持续发展道路来，只是很少有机会真正投入使用。

伟哥一拍大腿，道："我都快忘了，是啊，我还有台发电机，小年别怕，来叔叔家写作业！"陪小年上楼取了作业和铅笔盒，几个人一起走到伟哥家门口。

伟哥猛地掀开角落里那块防尘布——底下赫然是一台破旧的脚踏式人力发电机。

肖珩问："能用？"

伟哥说："能，只要你速度够快，是不是，延弟？"

曾经使用过这台发电机的当事人陆延说："是。"

陆延解释说："去年吃火锅吃到一半断电，就是靠它……才把那顿火锅煮到最后。"

肖珩："……"

那是个什么样的画面。

陆延摸摸鼻子说:"挺有意思的,后来我还写了首歌,在我们乐队第二张专辑里,叫《狂风》。"

伟哥边回忆边说:"那顿火锅吃得可真是不容易,边吃边消化,我腿差点没断,吃完我更饿了。你们等会儿啊,我整下电路。"

肖珩对这个世界的认知又上了一层楼。你永远不知道写歌的人到底经历了什么。"来吧狂风,跟我一起加速狂奔"背后的故事居然是一台脚踏式人力发电机。

"那首歌唱的是这个?"

"你听过?"陆延有些惊讶,"那首歌算冷门。"

《狂风》这首歌当时并不是主打,虽然延续了他们乐队的特色,但远算不上他们乐队的代表曲目,就是老粉也不一定对这首歌有印象。

两个人聊到这儿,话题暂时止住。因为伟哥健硕的双腿开始动了。他的双手扶在前面拉杆上,上半身缓缓下沉,腿部发力!

小孩坐在餐桌边,手里拿着笔,稚嫩幼小的胳膊底下压着一本写满AaBb的小练习簿,昏暗的室内只剩头顶一盏摇曳的小吊灯,光秃秃的一颗灯泡只靠一根绳吊着。

小孩仰着头,视线跟着晃来晃去的吊灯走。离小孩不远处,是一位双脚踩在人力发电机上的威猛男子,只见伟哥脚下如风,在这种持续的高速旋转下,灯泡开始闪烁!灯泡亮了!

伟哥并不止步于此,他还在加速,边加速边说:"等着,小年,有点热,叔叔把边上那台风扇也给你整起来!你专心写作业!"

这是什么感天动地邻里情啊。这是什么样的"硬核"生活方式啊。

肖珩:"……"

陆延:"……"

几分钟后。风扇以肉眼可见的速度缓慢转动起来,吹动小年的作业本,纸张发出"哗啦"的声响。伟哥一个人扛起了灯泡和风扇两项任务。

"这还真能整起来？"陆延惊了。

"小年，风力怎么样，行不行？！"伟哥继续哼哧，"不怎么累，我一个人踩就行，你俩先回吧，买几根蜡烛啥的准备准备，这电还指不定什么时候能修好。而且我看他这 AaBb 的，抄完这两页也差不多完事了。"

结果愣是没想到 AaBb 完还有三十道数学加减法。这小孩算数的方法就是掰手指头，算得特慢，数得多了还容易混淆。反正回去没电也是闲着，陆延干脆坐在伟哥家里给小年指导作业："你别这么算，二十你就掰二十下，傻不傻。"

陆延捏着根铅笔，试图给他演算："你把它拆成两个数字……"

小年始终学不会，说："可它明明就是一起的。"

陆延尝试几次后说不下去了，他捅捅边上开始玩手机的那位爷，说："你来。"

肖珩抬眼，事实证明他更没有教孩子的天赋。

"哥哥让你拆你就拆。"

小年："……"

在伟哥家待了会儿后，两个人上楼。电线已经被剪，不管说什么都没用，总之先想办法熬过这个晚上再说。

陆延记得上回买的蜡烛还没用完，他们俩摸黑上楼，肖珩在后面举着手机给他照明。走到六楼，陆延拿钥匙开门进屋，把剩下的那几根蜡烛点上，屋里这才亮堂点。他又收拾了会儿东西，扭头发现肖珩正坐在电脑前面抽烟。

陆延借着蜡烛的那点光，去看墙上的挂钟，离肖珩的游戏上架还有不到十分钟。陆延也不收他那堆东西了，干脆往肖珩对面一坐，忐忑地打开手机。

从地下乐队那帮人的黑名单里出来之后，陆延嫌挨个私聊麻烦，干脆给拉了个群，名字就叫"乐队交流群"，甚至在群简介里道貌岸然地注明：永远的兄弟乐队，一起扛风一起挡雨，让我们在音乐的道路上携手同行！

群里总共有十几支乐队，每个成员拉出来都是能让厦京市摇滚圈抖三抖的人物。

陆延：@全体成员。

陆延：风雨同舟，见证我们是不是兄弟的时刻到了。

群里人隐约觉得不太对劲，但想想陆延这几天，蛋糕也卖了，邻居也秀了，最近 V 团发展得也还不错……这狗东西还能干什么。群成员们缓缓打出一排问号。

陆延接着打字：［链接］天才编程师最新力作，不一样的游戏体验，诚邀大家刷个点击留个好评。

电路被切断后，可能是心理作用，陆延觉得手机网速也慢了不少。不然怎么半天没人回复？

隔了一会儿，手机开始振动。群成员的回复相当热情，一呼百应。

群成员"袋鼠"退出群聊。

群成员"黑桃队长"退出群聊。

…………

陆延的乐队群建立不超过两天时间，彻底散了。

肖珩抽完一根烟，倒是开了手机，陆延以为这人现在估计也激动得不行，他们乐队每次发专辑，晚上他基本都睡不好觉，闭会儿眼就睁开刷刷评论。

陆延正想着，突然听到肖珩手机里传出来一声熟悉的"要不起"。

陆延问："你在玩什么？"

肖珩说："斗地主。"

陆延说："你玩什么斗地主？"

肖珩眯起眼答："没事干啊。"

"……

"你那游戏，你不看看？"

肖珩睨他，道："有什么好看的。"

"用不着看。这类低成本脑洞游戏，可能热度一时会上去，但新鲜感撑不了多久，等游戏套路差不多被玩家摸透，进入疲倦期，热度很快就会下降。"肖珩对自己这款短时间内完成制作并且推出去的小游戏，并没有自视过高，他很清楚自己的位置。

"但广告还是得打，给后面的项目造势……"

肖珩说着，眼睛仿佛彻底合上了，散漫得很，声音里却自有一种千钧之力。见陆延看过来，肖珩又把打火机往桌上扔，问道："你那什么眼神？"

陆延说："觉得你厉害的眼神。"

肖珩轻扯嘴角说："没那么厉害。"

这种安静让两个人不由得停下话茬。时针指向晚上八点整。

陆延在微聊小程序里搜索"九死一生"四个字。取这个名字还是因为当时肖珩拿测试版给他玩，自己连死九次后，他带着想弄死身边这个人的心情把手机扔在这位游戏开发人身上泄愤道："你去死吧。"

当时肖珩咬着烟接过手机说："过来，教你怎么玩。"男人的手叠在他手上，带着他边摁那个前进的符号边说："这里得跳两次，没看到那只飞过来的乌鸦吗？"

肖珩咬着烟坐回去，问他："死几次了？"

"两次。"陆延说。

"听你放屁。"

"九次！满意了？"

…………

断电后网络确实有些慢，陆延打出游戏名，搜索标志在屏幕上停留几秒，然后才出现一个"死"字的图标。

只是一个很简单的低成本游戏，连图标都很简陋，到处都透露着"制作者没钱"的信息。陆延还是陷入难以言喻的激动和隐隐的自豪，尤其是图标最边上那行小字写着：制作人，XH。

陆延把"XH"翻来覆去看了好几遍，才想起来他该拿换洗衣物去洗澡了。房间里那三两根蜡烛根本不顶用，衣柜门一打开，里头漆黑一片，连是衣服还是裤子都分不清。

从身后突然照过来一道强光，肖珩举着手机给他照明，说："找啊。"

陆延随便拿了两件出来。肖珩一路举到浴室。

陆延以为肖珩还想跟进来，然而肖珩这回却没再逗他，他关了手机的手电筒，在这片黑暗中问："你手机有电吗？"

陆延把手机屏幕点亮。

"自己照。"肖珩说，"有事叫我。"

陆延手一动，屏幕的光就跟着晃。

"我也回去洗澡。"肖珩实在受不了身上这股西瓜汁的味道，"身上味道太重。"

肖珩说到这儿一顿，转而又问："那首歌真是给发电机写的？"

陆延问："你真听了？什么时候。"

肖珩说："很早。"

刚在楼下那会儿提到康茹的孩子，其实康茹孩子的出现完全是场意外，像块石头直直地冲着他砸过来，在人生谷底的肖珩又生生往下落了一截。

不被任何人所期待、毫无意义地出现在这个世界上，这种残酷的现实他开始遭受第二次。

这几年无论他做了多少麻痹自己的事……这个孩子一哭，肖启山的嘴张张合合，无数声音把他唤醒了。

陆延的出现像一把钥匙，打开了一个被他早早遗弃的魔盒。从搬进这栋楼开始，一个他以前从来没有触碰过的世界一点点在他眼前掀开，领头冲进来的是一位暂时没有乐队的乐队主唱。

肖珩没有说过，自从那次陆延在天台上给他唱歌之后，有时晚上他躺在出租房里睡不着觉，会鬼使神差地去音乐软件上找他们乐队的歌。他也不知道自己是听歌，还是为了听某个人的声音。

陆延的声音在无数个难眠的深夜，从耳机里蹿出来。时而伴着激烈的节奏，时而低吟。

肖珩闭上眼，听着耳边的声音，心说明天的日子就算再坏点也无所谓了。

陆延用冷水冲了半天，开门出去。屋里没人，肖珩用的时间比他长点。

他弯腰把地上的手机拿起来，边擦头发边往床边走，手机屏幕还停留在显示制作人 XH 的页面。他点进去，评论区已经有不少评论。

1 楼：兄弟的朋友，支持一下。

2 楼：天才编程师，这款游戏值得推荐。顺便诚邀大家去听黑桃乐队的歌曲，黑桃乐队，带给你一场重金属硬摇滚的狂欢，各大音乐 App 都能听哦。

3 楼：……楼上的，你们的尊严呢，不是说好不给他眼神的吗！

地下乐队那帮人虽然退了群，但毕竟多年兄弟，还是在评论区刷了不少好评。陆延的手指滑动两下，再往下翻，除开这帮乐队水军，真有不少路人玩家。

肖珩洗过澡，推门进来就看到陆延躺在床上摆弄手机。他走过去，示意他往里头挪点。

"……"陆延翻个身，给他空出点位置，"你自己有床不睡。"

肖珩洗过澡后浑身清爽，陆延呼吸间都是沐浴露的味道，床实在太小，两个人几乎紧挨着。

"在看什么？"

陆延把手机屏幕凑过去跟他一块儿看，说："看评论，你要听吗？"

肖珩抬了抬下巴，表示随意。

陆延读评论的时候会习惯性地添油加醋，本来只是一条简单的"还挺好玩的"，他愣是能解读成一篇三百字的彩虹屁[1]："我第一眼看到这个游戏，就被它深深吸引，独特的玩法，全新的体验，编程师实在厉害……"

肖珩原本对玩家评论真没什么兴趣，但陆延在他耳边念，感觉倒也不错，可能是怀里这人言语间的骄傲简直要溢出来。直到陆延一条评论念了快半分钟还没念完，他忍不住打断道："到这儿可以了。"

---

[1] 彩虹屁：网络流行语，字面意思为连偶像放屁都能出口成章、面不改色地把它吹成是彩虹。

陆延说："你别烦，没念完。"

肖珩停顿两秒，说："你不知道评论最长不能超过一百字？"

"……"陆延嘴里后半截彩虹屁强行止住，人都有些僵硬。肖珩说完看到他的反应，忍不住把头低下去，闷声笑了半天。

陆延扔下手机，说："你不早说。"

肖珩侧躺着，这少爷哪儿哪儿都透着一股子矜贵。

隔了一会儿，交谈声平息。陆延眨眨眼，对着这片漆黑，想到断电后的诸多不便，说："你用电脑怎么办，下个项目不是快开始了吗，去网吧做？"

"嗯。"

"三天两头断电，不知道这回什么时候能修好。"

聊到这儿，陆延又叫他一声："你这确实像参加《变形计》来了，文案大概就是什么夜店精灵父母眼里的恶魔……"陆延想到这儿觉得挺有意思，用手充当话筒问，"城市少爷，有什么感言？"

肖珩沉默几秒。

"这个不到二十平方米的小破房子……要说哪儿不满意，说三天也说不完。"肖珩说，"可遇到了你，也不算太糟糕。"

漆黑的夜里异常安静，除开窗外的蝉鸣、风声，夜里有人从不远处的道路上经过，砸破酒瓶、扔石子的声音，就只剩下两人无比清晰、逐渐平稳的呼吸声。

陆延连梦里都是肖珩那句：可遇到了你，也不算太糟糕。

次日，阳光从窗口一缕一缕地照射进来。

楼里电箱确实修了好几天，所幸陆延白天得忙着录歌，几首新歌录得差不多了，还剩下那首《光》没录，他带着制作完的总谱，连着跑了几天录音棚。

大胃王比赛海报落实的速度相当快，第二天各大车站已经能看到肖珩手拎十斤大米的照片。

第三天，陆延照常出发去车站，等车的时候余光瞥见右边一位年轻人手机屏幕上的画面有几分眼熟。他把嘴里的润喉糖咬碎了，仔细看了一眼，确认是身后那张巨型海报的主角之一——某位天才编程师新上的那款游戏。他正想跟人聊两句，有人喊："7 路来了——"人群便一窝蜂往路边拥。

到了录音棚，连调音师也缩在椅子里打这款游戏，陆延这才意识到，在大胃王比赛的广告挂遍下城区车站的同时，肖珩的游戏是真的火了。

调音师是个外国人，金发碧眼，他把腿搭在调音台上，跟着耳机里的歌哼着调，哼不超过半句，游戏里的小人一头撞在墙上，歌声转成了一句脏话。

他们跟这家录音棚是头一次合作。合作的原因只有一个，性价比高，再往通俗了说，就是便宜。

调音师中文说得十分迷离，陆延的英文水平也不咋的，当年背的英文单词早忘差不多了，平时基本都由许烨充当翻译官。只是今天许烨临时有事，抽不出时间。

陆延把文件袋放下，只能自己和帕克沟通。他一进门就用他蹩脚的英文打招呼道："Hello, this is...（你好，这是……）"他想说这是总谱，但总谱这个词明显超纲，于是陆延最后说，"You look you know.（你看看就知道了。）"

陆延虽然英文水平不咋的，但他不露怯，一副"老子念的就是对的"的感觉，跟调音师聊了会儿歌曲风格。

李振和大炮后到，推门进来的时候就看到自家主唱跷着腿坐在沙发椅里，对调音师摆摆手，一扬下巴说："know 了吗你？"

调音师一脸疑惑。

know 什么。

什么 know。

…………

李振和大炮作为跟陆延相同语种的人类，听了半天，也没听出来他们俩到底在讲什么。这是什么对牛弹琴的现场啊？

李振叹为观止道："得了，你别说了，换个人来吧，你这说到天黑也说不明白。"

陆延瞟他一眼。

李振说："你别用那个眼神看我，你那什么狗屁英语。我反正是不行，我都脱离学校多少年了，而且我专业也不对口，我学的是……"李振说到这儿停住了。

大炮把琴放下，好奇地问："振哥学的是啥？"

陆延把腿放下，他那双腿在矮脚沙发的衬托下显得尤其长，说："护士。"

"我妈当时说男护士资源紧缺，一护难求！"李振摸摸鼻子，转移话题，"大炮你上，你刚高考完，多少记得几个英文单词吧。"

大炮特别坦诚："我吧，我水平还不如我大哥。"

陆延："……"

"那怎么办？"李振头疼，脑子里突然闪过某个想法，他犹豫一会儿说，"其实，还有一个人选……"

肖珩接到电话的时候在网吧里，他那位刚出门不久的朋友上来第一句话就是："你英语怎么样？"

肖珩不知道他想说什么，拖着鼠标说："还行，怎么了？"

"是这样……"陆延把调音师一把拽过来说，"我给你介绍一个朋友，他叫帕克，帕克，say hi（打个招呼）。"

帕克凑到听筒边上喊："hi!"

肖珩的英语水平确实不错，从小国内国外到处跑，上的都是国际班。连翟壮志那个什么课都不听的家伙英语考级都是一遍过。他们这帮不学无术的富二代圈子里，英文算唯一能拿得出手的一样。他跟帕克聊了几句，差不多弄清楚来龙去脉。陆延完全听不懂他们在聊什么，但不妨碍他听到自己的名字。

Lu Yan。

等肖珩转述完陆延的制作要求后，帕克连连点头表示知道了，把手机还给陆延。陆延接过，倚在录音棚门口问："你们说我什么了？"

电话那头是网吧嘈杂的声音，有几个学生在开黑[1]，声嘶力竭地喊"开大"，在这些纷扰嘈杂里，仔细听才能听到肖珩清脆果断的键盘声。然后是男人同样果断的回答："他说你英语烂。"

陆延："……"

肖珩又说："我说你英语是挺烂的。"

陆延想骂人，回头看了一眼，录音棚里帕克正在做前期准备工作，大炮背上琴随时待命，他又往外头走了两步，说："哪儿烂了，刚才我跟他聊得还挺愉快的好吧。"

肖珩点了下鼠标说："嗯，愉快。他说搞不懂你为什么能继续聊下去。"

到底谁跟谁聊不下去啊！陆延觉得这才叫聊不下去。

录音棚里，帕克做完准备工作，在里头喊他。陆延没工夫跟他扯，正打算说挂了，肖珩却转了话题，问他："今天录哪首？"

"就剩最后一首，"陆延说，"《光》。"

陆延倚着墙。这首歌在无数次的排练里其实已经唱过很多遍，但说出这个名字之后，想起的画面却只是在四周年演唱会散场后唱的那一遍。

肖珩那头传来摁打火机的咔嗒声，然后是漫不经心的一句："这首好好录。"

陆延下意识问："怎么？"

"不是写给爸爸的歌吗？"

不要脸。陆延几乎都能脑补出肖珩低头点上烟后，漫不经心说话的样子。帕克还在催。陆延没再多聊，挂断电话。

这首歌的录制并不算顺利，要求越高，细节的地方就得花更多时间，光吉他部分大炮就录了十几遍，节奏、主音全靠他一个人弹。

陆延坐在帕克边上，戴着监听耳机，负责叫停，或是听完录音宣布

---

[1] 开黑：游戏用语，指玩游戏时，用语音或者面对面交流。

重来。

大炮虽然对自己大哥言听计从，但对待录音也还是会有自己的想法，好不容易录完一段还得重录，次数多了换谁都容易有想法。

陆延一向秉承有想法就说，能动嘴就不动手的原则，于是三个人边录音边吵架。

"重来。"

"为什么又重来，大哥，我刚才弹的这遍发挥完美啊！"

"完美个屁，这段不对。"

"对！"

"你自己过来听一遍？"陆延把监听耳机拿下来。

"……"

"再来。"

"……"

等全部录完已经是晚上。帕克敲下播放键，完整的吉他旋律从音响里流出来。几个人安安静静地瘫在沙发上，瘫成一排，大炮发出一声满足的长叹。

帕克并不知道这首歌的歌词，但这个旋律听了一整天下来已经非常熟悉，声音一放出来就忍不住跟着瞎哼哼。他这一哼，身为主唱的陆延嗓子也有些痒。

我身处一片狼荒，跨越山海到你身旁。

陆延的声音一出来，帕克立马停下自己乱糟糟的哼唱——虽然陆延唱的每一个字他还是听不懂，但这无疑是他们交流最顺畅的一次。最后一个音放完，帕克忍不住向他们竖大拇指。

陆延整个人向后仰，双手展开，手臂随意搭在两侧，刚好把大炮和李振一左一右地圈起来，他动动手指头，去拍李振的肩，问："走不走？"

李振正低头看手机，他一把抓住陆延的胳膊肘，爆出一句："我×！"

"什么？"陆延的腿搭在面前另一把椅子上，"到底走不走？"

李振哪儿还有工夫去管什么走不走，他整个人差点从座位上跳起来："比赛！过阵子有个乐队比赛，你们知不知道？"

大炮问："什么比赛？"

陆延没太在意，下城区地下乐队数量不少，平时闲着没事就总举办一些比赛，比如李振每年都会参加的鼓手联赛。

"不是，这个是正式的——"李振把手机递过去。

陆延这回看清了，他猛地坐直。图片上是一档大型乐队选秀节目，暂定名《乐队新纪年》，冠军队伍将由乐队经纪人打理。宣传海报做得很精细，除了报名事项以外，还公布了几位重量级评委——尤其是站在中间的那位穿红色礼服的女人。

乐队经纪人：葛云萍。

大炮的脸都快贴在手机上了，把屏幕挡得严严实实，陆延只能看到他那头黄毛。

大炮惊叹："我去，葛云萍啊！"

李振点头说道："流量传奇，带的歌手全是一线。"

陆延问："链接哪儿来的？"

李振脱口而出："群里啊。"

李振说完，暗道不妙。

陆延已经把大炮那颗金黄色的脑袋推开，点击后退，退到一个群聊里。那是一个乐队群聊，名字很长很特别，叫"陆延与狗不得入内"。

陆延："……"

李振尴笑三声说："不关我事，这个群是黑桃队长建的。"

陆延把手机扔了回去。

大炮那颗头又挤过来："大哥，我们报名吗？下个月就开始海选了。"

"是啊，报不报？机会难得。"李振的手都开始不由自主地抖。

国内很少有乐队节目，甚至"乐队"这个名词一直都算不上主流，"地下"就是滋养他们的土壤。他们等"机会"等太久了，不只是他们，看到宣传海报的每一个乐手心情都不平静。

七 芒 星 2

CHAPTER

3

海选

往上冲吧，直到那束光从地下冲到地上。

三个人坐在一起，头对头，三个头底下是一部手机。

沉默半晌，李振和大炮同时一拍大腿。

"还犹豫什么，谁怕谁。"

"大哥这票我们干定了！"

"什么这票干定了，你黑社会啊，都哪儿学的。"陆延笑着拍了拍大炮的头，从裤兜里摸出来一盒润喉糖，往嘴里扔了一颗说，"报呗。"

李振一锤定音："全票通过，许烨不在场，没有发言权。"

这件事来得实在突然，之前没有听到过任何风声，消息在整个下城区呈爆炸状散开，这帮乐手仿佛从一面原本砌死的墙上隐隐窥见了天光。尤其是李振，他作为下城区元老级别的常驻鼓手，玩乐队的时间比陆延还要长。

陆延想到他们乐队鼓手的生日就快到了，咬着糖问："你三十岁生日……"

李振强调说："二十九，是二十九！"

陆延问："有差吗？"

李振说："这一岁可是一道鸿沟！"

陆延说："好好好，二十九。老振，说起来你玩架子鼓这已经是第……第……"

陆延还没算完，李振接过他的话说："十四年。"他从十五岁开始接触架子鼓，参加过的乐队十个手指头都数不过来，当初陆延在商场庆祝舞台上与他合作一首《好运来》后相中他……的鼓技，之后整天追着他跑，问他想不想创造奇迹。但那会儿李振他们乐队刚解散，他是真的不想再搞乐队了。

太多年了，累啊。聚聚散散的，再多热爱也遭不住。后来李振实在受不住，有些崩溃地问他："我没那个意向，没意向你听得懂什么意思不，我到底为什么要跟你组乐队啊？还创造奇迹，你觉得自己是火箭能一口气冲上天？"

当时那个戴着眉钉的少年站在琴行门口问他："你不组乐队，那你想干什么？"

李振当时放弃乐队后，已经有了自己的新目标："我在琴行里教课……不是，关你屁事啊！"

"我不是什么火箭。"四年前的陆延对他说，"组乐队之后会发生什么，你不知道，我也不敢保证，正因为不知道，所以把每一件能做到的事情都称作奇迹。"

时光回转，这一刻，李振觉得奇迹是真的来了。不走到今天，怎么会知道四年后居然有一个乐队选拔节目？

大炮激动到背着琴当场来了段即兴演奏，李振用手在空气里打鼓，两个人配合得相当默契。

陆延把嘴里那颗润喉糖咬碎了，继续看报名注意事项，看完后又翻回最顶端。

宣传图最上面除了几位重量级音乐人评委，就是那个穿红色礼服眉眼凌厉的短发女人，陆延咬碎润喉糖的同时在嘴里又默念了一遍她的名字。

三个人在帕克的录音棚里疯了一阵。陆延看了一眼时间，已经超过晚饭时间好久了，再晚怕是连末班车都赶不上，他起身说："走了，我回去了。"

李振说："回那么早？"

大炮也说："是啊，大哥，一起喝酒去啊。"

陆延拿着衣服，站在门口，一口回绝："肖珩还等着我呢。"

李振："……"

大炮："……"

　　陆延回去之前还不忘给网吧里那位捎点吃的东西，两人在微聊上聊了几句，陆延边聊边找饭店，但下城区饭店的营业时间异常养生，市场份额都让路边摊占领，这个时候几乎没有卖正餐的地儿。他走了几条路才找到一家便利店，走进去随便扫荡了几样东西，面包、饭团，看到什么都拿两样。

　　"一共五十八。"营业员扫完码，又问，"怎么付款？"

　　"等会儿，我找样东西。"

　　陆延在等扫码的过程里从边上的杂货架上又找了盒润喉糖。

　　肖珩坐在网吧里，没有等来陆延，却等来一通意外的来电。

　　"最近还好吗？"女人上来是一句略带关切的问话。

　　大胃王比赛的广告挂出去三天，有人坐不住了。

　　"有事吗？"肖珩反问。

　　"我想跟你聊聊，你什么时候有时间？"女人的声音温柔又冷静。

　　肖珩看了一眼时间，抬手把耳机摘下，边往网吧外走边说："给你三分钟。"

　　女人说："我没有别的意思，我就是……想看看你，我们见面聊？"

　　"没必要。"

　　女人知道没有商量的余地，沉默两秒，直入主题："我知道你对我和你爸有意见，我们确实没有顾及你的感受。"女人打完柔情牌，又转言道，"这里总是你的家。我不是想用继承人的身份把你和肖家绑在一起，妈看到了，你有自己的想法……可你绝对能走得比现在更远，回来吧。"

　　说话间，肖珩已经走到网吧门口，街景萧条，对面那家店刚倒闭，门上贴着"行业萧条，开不下去了，店铺转让"。手里的半截烟刚好烧到底，他愣了愣，反手把烟头摁在墙上。

　　女人比肖启山聪明多了，她从来不说多余的话，一如当年只用一句恳求般的"我也是这么过来的，求求你了，别跟你爸闹"，一盆冷水将他淋得彻骨地冷。

现在也是，一句"你绝对能走得比现在更远"，但凡他要是真的有什么念头，很容易就着了她的道。但肖珩只是突然叫她："妈。"

肖珩这声"妈"叫得讽刺至极，已经多年没听他喊过这个字，连电话那头的女人听了都下意识愣住。

"今天叫你一声妈是因为……我以前一直觉得你把我生下来这件事挺奇怪的……"肖珩说到这儿无所谓地笑了，"生我干什么，我也不是很想活在这个世界上。"

肖珩说到这儿——即使已经彻底从肖家出来，以为自己应该会一点情绪都没有，可他还是太高估自己——他深吸一口气，盯着街对面看，这条街再往后走一段路，被墙挡住的那个地方就是他对着垃圾桶吐过的街角。

透过那堵墙，他好像还能看见某个人蹲在那儿喊"你今天超级无敌巨帅"时嘴角那点带着痞气的笑。

短暂的沉默过后，女人听到他说："现在不一样了，就生我这件事，我很感谢你。我想去什么地方，我会自己走过去。"

通话结束。

半小时后，陆延拎着一袋子东西，掀开网吧那片黑帘，弯腰进去。

正对着门的那个网管位他熟得不能再熟，边上有扇带小出入门的长桌，桌上是一台电脑，主机。只不过隐在电脑后的人变成了一个面生的年轻人，年轻人歪头从电脑后头探个脑袋出来："上机？"

"不上。"陆延晃晃手里的塑料袋说，"我找人。"

年轻人打个哈欠，又缩回电脑后头。

陆延往里头扫了一眼。肖珩在最后一排，倒是没在敲键盘，男人整个人往后靠，下巴微微抬起一点，带着些不可一世的倨傲，深色衬衫的袖口折上去，耳机挂在脖颈间，手指搭在桌上，指间夹了根未点的烟。

肖珩正准备点烟，手里的那根烟被一只手毫不留情地夺走，紧接着甩在他面前的是一袋子东西，再往旁边看是陆延的脸。

陆延极其自然地把那根烟放进自己嘴里咬住，用一副老子能抽你不能的语气说："烟鬼，少抽点。"

肖珩的手在桌上轻点几下，嗓音因为连着抽烟而越发沙哑："录完了？"

陆延在他边上的空位上坐下，低头自己把那根烟点上说："嗯，录完了大炮的。"

"英文烂成这样还找外国调音师。"

"便宜。"提到这个，陆延自己也意难平，"而且我当初约他的时候还以为老子的音乐能够跨越国界。"

还跨越国界。肖珩自从接到那通电话之后心情一直算不上好，但他发现一旦听到陆延的声音，又什么念头都没了。

肖珩简单塞了几口东西，又开始进入敲键盘的模式。

"我还有一会儿，你先回去？"

陆延手里那根烟抽了两口就掐了，他最近已经很少抽烟。

"没事，等你。"

肖珩没再说话，他工作起来顾不上周围，地震了估计都反应不过来。

电脑桌是连着的一长排。桌面已经被人用各种尖锐的东西划得到处都是痕迹，陆延趴下去想睡会儿，他先是枕着胳膊，但看着肖珩敲了会儿键盘，他忍不住把胳膊挪开，耳朵直接贴上桌面。

一下一下的键盘声更加清晰，陆延闭上眼。等他再醒过来，键盘声已经停了。肩上披着的是肖珩的外套，陆延直起身，外套就往下滑。

"弄完怎么不叫我？"

肖珩说："看你睡得挺香。"

回去的路上陆延说了很多话，简单提了乐队比赛的事。他说："有个乐队比赛……葛云萍你知道吗？不知道现在可以记一下，她，我未来经纪人。"

肖珩知道葛云萍，只要是个会上网冲浪的正常人，应该没人不认识她。能把一份幕后工作做到盖过幕前艺人，葛云萍是当今乐坛第一人。

肖珩说："比赛都还没开始，你这单方面宣布？"

陆延说："开个玩笑。"

肖珩作为资本的"产物"，对资本世界了解得非常透彻，肖家手底下不是没有娱乐公司，乐队比赛在这帮地下乐手眼里，或许是一个通往梦想的梯子，一个可以让全世界听到他们音乐的舞台。而现实可能只是一场"资本游戏"。

肖珩知道这时候不该说这些话，但他还是提醒道："你平时看选秀节目吗？"

陆延说："偶尔吧，之前挺火的什么歌王，看过几期。"

"你知道……"知不知道资本操控，知不知道节目组要谁生谁就生，想要谁死谁就死？

"知道什么？"

肖珩实在不愿把那套规则说出口，他想说算了，陆延却听出话里的意思："黑幕？"

陆延说完又笑了："担心我？"陆延走到半路没再往下走，他坐在石阶上，下面是绵延至道路尽头的长街，他从手边抓了一颗石子，说，"还记得防空洞里那句话吗？那句……要冲到地上去。"

陆延拍拍手上的灰，又说："但其实我刚开始玩乐队那会儿，跟很多人一样抱着的都是老子不想和这个世界同流合污的想法，什么地上啊，地下才是乐手呼吸的空间。"

陆延说到这儿，眯起眼，仿佛透过面前这条街回到高三那年，他们乐队演出的酒吧里，有一个长头发穿校服的面目模糊的女孩子。

混乱的酒吧，灯光，乐队噪声，尖叫的人声。陆延直到现在都不知道那个女生叫什么，她隔一段时间就会来，当时黑色心脏的队友还打趣他说：欸，这妹子来了总盯着你看。

陆延对她有印象，也只停留在有印象的阶段，没怎么在意。直到有一天那女生把他堵在后台，他刚想说"让一让"，没想到那女生说了三个字："谢谢你。"

她说这话的时候，眼底都是湿的。她说："谢谢你们的歌。"

陆延并不知道她经历了什么，发生过什么，又有什么难言的秘密。

肖珩坐在陆延边上，有风从身后吹过来。

"她说谢谢你？"

"嗯。"陆延把手里那颗石子扔下去，"我当时，觉得挺惊讶的。"没想过当初从歌里获得的力量原来可以照亮别人啊。指甲盖大的石子在空荡的环境里发出回响。

"朋友，我没那么傻。我从来没想过这条路会是绝对光明的，我甚至想过如果节目组给我剧本我演不演。在不越过底线的情况下，我可能会演。"

肖珩似乎是忘了，陆延身上一直有种异于常人的成熟特质。他完全知道"冲到地上去"的这条路上会遇到的所有阻碍，或许还有将要面对的肮脏——但他还是要去。肖珩没再说话，他的掌心抵在粗糙的石阶上，小拇指和陆延的紧挨在一起。他忽然想仰头去看下城区的夜空。

头顶依旧是壮阔到绚烂的漫天繁星，几乎迷了眼，但最亮不过陆延此刻说话时的眼睛。

"所以不用担心。"陆延说完又嚣张地放下一句狠话，"还说不准是谁干谁。"他其实很少体会到这种有人关心的感觉，从小独来独往惯了，也没什么亲近的人，就算摔倒也没个哭的地方，爬起来拍拍衣服接着走。

从雾州只身一人来到厦京市，摸爬滚打，早练就了睁眼说瞎话的本领，他远比肖珩更清楚什么是生活背后的真相。

生活是凌晨演出结束后，终于有时间坐下来啃上一口面包的滋味。是黄旭和江耀明坐火车离开，而他蹲在公交车站琢磨乐队之后该怎么办的那天。是无数个昨天和所有未知的明天。

肖珩突然叫了他一声："延延。"从那次之后他好像很喜欢这样叫他。

"嗯。"陆延转过头，对上他的眼睛。

肖珩配合陆延那番嚣张话，说出更嚣张的一句："什么时候报名，拿个冠军回来玩玩。"

陆延先是一愣，然后笑着说："下周。我之前怎么没发现你比我还会放狠话？"

肖珩说："你爸爸永远是你爸爸。"

"……"陆延说，"滚。"

肖珩说："你要不愿意，换个称呼也行。"

陆延以为他又要说"老"字开头的那个称呼，肖珩却没那样逗他，只是说："怎么着我也比你大两个月，叫声珩哥不过分吧。"

陆延动了动手指。

"珩哥。"

从狗腿气绕到珩哥。在楼道里见他第一面的时候，陆延以为对方就是个虚有其表的"弱鸡"公子哥，他信心满满地撩起袖子就打，谁能想到几个月后，原本八字不合的两个人就这么合上了。身后，被风剪碎的婆娑树影在路灯下摇晃，将两个人的影子拉得很长。

两个人走回七区已经很晚。

七区的电箱说是今天能修好，但维修工的效率实在低下，两个人回去的时候楼里还黑着。

推开单元门就传出张小辉对着蜡烛念台词的声音。他最近接到一个能活到十几集的小角色，事业走上新巅峰，就是台词听上去有些奇怪——"老板您放心，俺一定好好照顾俺们养殖场里的猪，拿它们当自己的亲人般照料！"

正要上楼的陆延和肖珩："……"

再往上走一层。蓝姐开着手电筒在装货，地上全是快递包装盒。伟哥家的门开着，透着与众不同的光——这个男人已经连踩了三天人力发电机，为邻居小孩点亮成长道路上的一盏灯。

…………

尽管没有电，生活也并不富足，甚至有的人每天睁开眼都在思考这笔房租要是追不回来、楼也保不住该怎么办，但这栋楼里的居民依旧照常生活。

肖珩以前不太能感受到"活在当下"的意思，这会儿才无比真切地感受到生活中那些细枝末节的生命力。

"延弟回来了？嘿！看哥这脚速，是不是比昨天快不少？"

"是是是，哥你考虑一下玩架子鼓吗？地下乐队需要像你这样的奇才。"

"陆延，这是我今天做的耳环，你过来看看。"

"来了，蓝姐淘宝店最近销量不错啊——"

陆延回楼习惯跟他们挨个打招呼，他和肖珩又经常一起回来，时间长了以后，不怎么和人沟通的肖珩在这栋楼里的存在感也增强不少。他在等陆延挑耳环的时候，接到张小辉塞过来的一沓纸。

张小辉央求道："能给我对对词吗？我第一次接这么重要的角色，有点紧张。"

肖珩看了一眼标题，宋体三号，加粗，《回村的诱惑》。

张小辉顺势指着第一行对话说："你的角色就是这个，养猪大户王老板，我是你的员工。"

肖珩："……"

陆延从蓝姐那儿挑了两样东西，他和蓝姐的共同话题不少，能从化妆品聊到各种首饰。蓝姐其实早在拆迁大会上见到他第一面时就觉得这个人有意思，或者说是他身上那种离经叛道的气质有意思。

蓝姐咬着烟说："你不留长头发了？长发好看。"

"有这个打算。"陆延说，"长得太慢。"

陆延说完，蹲在门口忍不住去看肖珩，肖大爷靠着墙，面无表情地从嘴里念出一句："科学养猪，我们得引进先进技术……"

下一句是张小辉的词。后面的词陆延没怎么听，他光听一句就没忍住差点笑出声。估计是感应到什么，肖珩微微侧头，两个人的视线在空中交会两秒。

陆延分明在肖珩的眼里看到了五个字：滚过来，救我。他笑着别开眼，又撞进蓝姐似笑非笑的眼里。

陆延起身，刚戴上的两枚耳坠跟着晃了一下，他边拉着肖珩往楼上走边说："姐我先回去了……小辉你台词功底见长啊，感情丰富，细节细腻动人，按你现在这样，明天拍摄肯定没问题。"

肖珩上了楼才问："他经常找人对词？"

陆延边掏钥匙边说："也不是太经常吧，他的台词一般不超过三句话，不过演动作戏的时候会找我们搭搭戏。"所谓的搭戏就是找一群人把他围起来说:"你小子今天死定了,说,谁派你来的!"

陆延一般就演这种反派恶人,还是坏人里站中间位,最坏的那个。等张小辉说一句"打死我也不会说的",几个人围上去,张小辉就真的闭上眼睛死了。

肖珩想象了一下那个画面:"……"

陆延打开门,屋内还是一片漆黑。

等陆延擦着头发从浴室里出来,肖珩已经洗过澡裸着上身半坐在他床上抽烟了,那截烟头在这片黑暗里忽明忽灭。

陆延扔在电脑桌上的手机一直在振。

"你手机在响。"肖珩提醒他。

陆延说:"不管它。"

肖珩正打算收回手。

陆延又担心错过什么重要消息:"算了,还是拿过来吧。"

消息是乐队群聊。V团群聊里,许烨知道消息后连发一串小人跳跃的表情。

许烨:好啊!报名!

许烨首次吐露心声:其实上次我妈知道之后一直不太赞成我干这个……如果比赛拿到名次的话,我想用这场比赛告诉他们,我在做的这件事到底是什么,乐队不是她想的那样,也不是什么不入流的团体。

陆延看了一眼,回了个表情。

"有急事?"

陆延回完又把手机扔一边。

"没有。许烨发的,参加比赛的事。"

次日,陆延睁开眼,发现屋里灯亮了。整栋楼爆发出一声剧烈的欢呼。与此同时,《乐队新纪年》也在官宣之后加大宣传力度,话题讨论度在网络上居高不下。

报名需要附上乐队成员介绍、一张照片、两首完整作品。陆延他们商量后决定,其中一首用目前正在录制的新歌。等他们把歌录完,正好赶上报名通道开启第一天。

晚八点，报名通道开启。来自全国各地的上千支乐队纷纷把自己乐队的简历和作品投递出去，报名通道最底下有一行留言性质的部分——

想说的话／格言：＿＿＿＿（请谨慎填写，通过后会出现在乐队档案内）。

无数乐队往这条里填了不少内容，或狂妄，或中二，或煽情。这些乐队只要填报的信息正常，基本都会收到参加海选的邀请函。报名通道关闭后，这个节目在网络上打出重磅宣传的同时，也迎来了轰轰烈烈的各地区海选。

厦京市是海选第一站。对所有乐手来说，这就像一声号角，更像一声枪响，子弹伴着枪声在厦京市上空炸开，上百支乐队整装待发。

不知道其他乐队什么样，反正陆延觉得自己乐队这帮人估计是疯了。海选前一天，四个人跑去理发店里做造型。

理发师问："想染个什么样的？"

陆延的头自从上回剪完还没怎么动过，他坐在边上翻色卡，手指点在其中一个颜色上，说："这个吧。"

理发师问："染全头？"

陆延想了想，把色卡递给大炮，说："挑染。"

"行。"理发师又去看大炮，"帅哥你呢……帅哥你这黄头发染得很有个性啊。"

大炮整个人完全就是乡村非主流的代表，长得挺清秀，审美有严重偏差。

"给我来个火红色！我要搭我那件战袍！"

"火红色……"李振隐隐感觉不对，"不会是当初想迎接许烨穿的那件浑身都是亮片的吧，你还没放弃啊？你想闪瞎评委？"

"不好看吗？"大炮扭头问陆延，"大哥你也觉得不好看？"

陆延不知道怎么说，只能敷衍道："好看，特好看。"

李振说："好看个屁！过来，给你看看我的。"

大炮凑过去。陆延瞥了一眼，李振这回走的是熟男风，西装革履。许烨的风格就更特别了，他想穿校服，走学院风。

许烨问："延哥你穿啥？"

陆延没他们那么多心思，说："我照常穿。"

陆延说完瘫在躺椅里，想到他们四个画风迥异的穿搭，抬手去掐鼻梁，替评委感到头疼。

陆延漂了几缕头发，等上色的过程实在无聊，闲着没事点开了肖珩的聊天框。

肖珩的头像早换了，一眼望过去倒还是那片熟悉的黑，只是这片黑里缀满了星星，是一张夜空的风景照。陆延把那张头像放大后，隐约从边上看到半截熟悉的墙体。

明显是他们那栋楼的天台。

陆延还没想好发什么，边上许烨又叫他帮忙看颜色，陆延俯身凑过去，今天他身上这件T恤领口开得大，许烨一眼看过去，就看到了自家主唱脖子上那条十字架项链，再往下就隐在阴影里看不太清了。

头发染完吹干，简单修剪完总共花了三个多小时。陆延到家刚好赶上饭点，正想着午饭怎么解决，还没开门就闻到一阵饭香。

肖珩在用他家里那口电磁锅煮东西，陆延的厨房太小，工具也不全，能做的饭菜种类有限。

陆延问："你在干吗？"

肖珩听到开门声，没回头。

"在做饭。"

"……"

"你这儿油烟机都没有？"

"没有。"陆延走过去说，"买不起。"

肖珩没再说什么，把刚切好的山药倒进去。

陆延只闻到味道，没闻出来他在煮什么，走近了看出是一锅排骨汤，汤炖得很浓，不是想象中的黑暗料理。

"你还会做饭？"

肖珩把锅盖盖上说："不会。"

陆延说："那你这锅……"

肖珩转过身说："这个世界上，有种东西叫菜谱。"

陆延："……"

肖珩说："现学的，比想象中简单。"

陆延想起来这人之前带孩子那会儿好像也是照着育婴手册学的，除了不太会哄孩子以外，理论技巧都还掌握得不错。

肖珩确实学什么都很快。甚至只要他想，那门不感兴趣的金融课也能拿个不错的成绩。

家里已经很长时间没有这种烟火气，陆延平时忙着跑排练和演出，叫外卖、吃泡面的情况比较多，除非哪天实在是空得不行，才会借伟哥的摩托车去趟菜市场。

"厉害。"陆延夸他，"珩哥厉害。"

肖珩眯起眼，伸手钩了一缕陆延刚染完的头发丝。肖珩指间钩着的是一缕灰紫色的。这要搁别人头上，肖珩铁定就得嘲那人是非主流，但陆延不一样。

陆延还没染过这个颜色，他问："不好看？"

肖珩说："好看。"

肖珩总共做了三道菜，除了其中一道盐放得稍有些多之外，基本没什么失误。陆延吃完饭，又盛了两碗汤，放下筷子后正琢磨用什么方法可以躲过洗碗的命运，肖珩就自然地接过他面前的碗筷。

陆延问："怎么想起来做饭？"

肖珩边洗碗边说："吃饱好上路。"

"……"这话听着怎么那么奇怪。

肖珩晚上没折腾他，陆延一觉睡到天亮，神清气爽。肖珩睡得浅，陆延一动他就跟着醒了，倚在床头看他收拾东西，看了一会儿他也跟着下床。陆延忙着吹头发，他就从边上的盒子里帮他拿首饰。

肖珩一脸困倦地问："戴哪个？"

陆延侧头看了眼说："随便……就那个耳钉吧。"

肖珩站在他身后给他戴上，戴完之后又问："紧不紧张？"

陆延表面上看着淡定，实际上脑子里已经开始想些有的没的了。难得遇上这种大型乐队比赛，能不紧张吗。

陆延呼出去一口气，说："有点。"

肖珩的指腹还捏着他的耳垂，凑近说："给你施个法。"

陆延没懂这句话是什么意思，问："什么？"

肖珩没回答，只是低头在他额头上点了一下。

陆延愣了愣，两秒后，他把吹风机关掉，笑着说："你这魔法有用吗？"

"有用。"

这天天气不错。陆延借了伟哥那辆摩托车，带着肖珩那个"不知名的魔法"，出门之后方向感好像都比往常强点，按照导航一路顺顺利利地开到海选现场。

临出发时，李振再三在群里嘱咐："千万不能掉链子啊，这事能成最好，不成也没关系，重要的是过程。"

黄旭和江耀明也给他们加油鼓劲。黄旭像自己也要上场比赛一样，说话声音都不太稳："稳住啊兄弟们，设备啥的都准备好……正常发挥肯定能过，我和大明到时候就在电视机前面守着。"

海选地点定在厦京市一个知名的音乐广场，不过上午八点，现场早已经挤满了人，有乐队的粉丝，也有单纯途经这里围过来看热闹的。声音沸沸扬扬，传出几条街。

音乐广场中央是一个白色的棚，周围有几圈观众席。棚后立着一大幅宣传图，"乐队新纪年"五个字摆在正中间，字体设计得热烈张扬，仿佛要从海报里冲出来似的。

陆延盯着那行字，血液也忍不住有些翻涌。

"来了？！"李振从棚里出来冲他招手，手里拿着刚领到的号码牌，

"咱们是 25 号，给，都贴上，然后去休息室，等会儿要是轮到我们了，会有人过来叫我们。"

所谓的休息室也是临时搭出来的，在场外。陆延推门进去，黑桃队长就伸手指着他说："陆延你这个狗还敢出现在我面前。"

陆延笑笑说："你几号？"

黑桃队长亮亮手里的号码牌说："13，你们呢？"

"在你后边。"陆延找个位置坐下，顺便跟黑桃队长击个掌以示鼓励，"加油啊。"

黑桃队长说："你们也是。"

休息室里都是老朋友，陆延环视这个地方，比起休息室，他觉得这里更像第二个防空洞。

陆延最后看着那一整面透明的玻璃墙，有无数束光从外边照进来。这里比防空洞亮堂太多了，他想。

等待的过程相当漫长，陆延把号码牌贴在衣服上，白底黑字——25。等工作人员推开门冲里头喊"25 号跟我出来，下一个准备"，他、李振、大炮、许烨四个人起身的一瞬间，才终于有了一些真实感。

音乐广场上，上一组刚表演完。评委席上坐着五个人，最中间的是个女人，穿着一身干练的西服，她手里拿着支笔，微微侧过头问："下一个是哪支乐队？"她边上那位评审低眉顺目地往后翻一页资料，回道："葛老师，下一支叫……Vent。"

女人的脸上并没有什么多余的表情，她把资料从那个人手上拿过来，随意扫了一眼。想说的话／格言里填着的是一行字：

往上冲吧，直到那束光从地下冲到地上。

在评审说出那句"Vent"的同时，台上主持人也开始念下一组出场乐队，主持人嘴里刚说出一个 V 音，身后观众席上便爆发出连连欢呼，声音海啸般地从后往前翻涌而上。

女人停下手上在转的笔，她扭头去看那些观众，逆着光看到将海选现场层层包围住的观众不约而同地高举起手，他们比的手势刚好是个V。

海选进行到这时已经是晌午，太阳挂在高空，蓝色的天和洒下来的阳光一样艳丽，亮得刺眼，而那片V就像太阳光底下的倒影。

有人喊："V团！"

"这支乐队人气还挺高。"其他评审也被突如其来的欢呼声震到，不由得多看了几眼资料，然后向边上的女人汇报，"成团四年，发过三张专辑，成绩不错。"

女人颔首，示意他接着说。

"厦京市的乐队数量比其他地方多，之前我说这一站最值得看也是这个原因。看来在场五百多名观众里，一大半都是冲他们来的，能拥有这样的号召力……"那位评审说到这儿，忍不住夸了一句，"不简单。"

葛云萍的手只顿了那么一下。她放下笔，双手环胸，眼底依旧没什么波澜。

舞台后。陆延几个人站的位置刚好被面前竖立着的巨幅舞台背景板挡住，离舞台只有一步之遥。陆延的手搭在李振肩上，把嘴里那颗润喉糖咬碎了之后说："别紧张，我刚瞅了一眼，台下都是亲人，就当是咱自己的场子。"

陆延这句"自己的场子"说得理直气壮，狂得把其他三位成员的所有紧张情绪一扫而空。

"你这心理素质还真是强啊。"

舞台上有节目组准备好的乐器，乐队成员挨个从侧面登台。他们按照平时的固定顺序出场，李振率先登台。

葛云萍看着三个穿衣风格截然不同的人依次走上来，西装，运动校服，还有一身大红色亮片，亮片在太阳光的加成下闪得波澜壮阔、土味十足。她的手有一搭没一搭地轻点在桌面上。

等大红色亮片往前走两步，他身后的人这才露出半个身影。那个人手里拿着麦克风，身上穿着件普通的T恤，随意到仿佛只是随便出趟门。但又没那么普通，眉钉、耳钉、文身，反叛尖锐的气质不声不响地展露出来，让她眉头忍不住一挑的是这人的样貌，扔娱乐圈里也算能打。

　　等走上前站好，陆延才抬眼看看台下，声音从话筒里传出来——"评委老师好，我们是 Vent。"

　　台下的观众很多，评审里有今年刚拿金曲奖的当红歌手。坐在最中间的那个女人，比海报上看到的还要冷淡，女人大抵是经常发号施令的角色，唇角紧抿，脸上一丝情绪都不外露。

　　不要紧张？哪儿能不紧张呢。陆延把乐队其他成员的情绪熨平了，忘了还得控场发言的自己。

　　简单做完乐队介绍后，陆延在台上随意走动两步缓解心情，但他自己并不知道，不管是说话架势，还是在台上走动的样子，都给台下评委留下了"这位选手好像很跩"的印象。

　　他们这次选的是首乐队的老歌，吉他前奏响起的时候陆延还有些呼吸不畅。

　　肖珩今天得去一家公司谈投资，实在抽不开身，但陆延感觉这人早上留在他身上的温度迟迟没有消散，魔法奇迹般地再次生效。

　　台下正对着舞台的评委仿佛在一个一个消失。他站在露天舞台上，头顶热烈的太阳就是他的灯光。

　　陆延习惯性地转了一下话筒后，心情彻底平复下来——这就是他们的场子。

　　"唱功还算不错。"听到一半，有评审小声私语。

　　然而周围实在太吵，乐器声、歌声、观众的叫声混杂在一起。

　　另一位评审喊："你说啥？"

　　"我说唱得不错！"

　　那位评审这回听清了，回道："嗯，我也觉得，填词编曲，可圈可点。"

　　"很狂。"最后一位评审说，"这到底是咱们节目的地盘，还是他们的？"

　　又是一阵观众尖叫。

　　"什么？"

　　最后一位评审深深吸了一口气说："我说他们太狂了！"

　　第一支不把评审放在眼里的乐队。加上演出开始之后进入疯癫蹦迪状态的数百名观众，让几位评审以为自己是不是走错了地方，尤其那位头发有点紫的主唱，唱完歌之后的第一反应居然还是跟台下观众互动。

紫头发主唱还沉浸在刚才的氛围里没走出来，他唱完最后一句，从音箱上跳下去，衣摆跟着风一起飘，他一只手抵在耳边，低声说："声音太小，听不见。"

台下观众爆发出一阵比刚才更响的高喊。

评审："……"

陆延跟观众互动完才想起来还有评审在。四个人站成一排，等待点评。

陆延后知后觉地问："我刚才是不是太过了？"

李振说："你还知道啊……我刚才在后面喊你，你没听到？"

大炮说："我大哥不愧是我大哥。"

许烨说："我觉得我们要凉。"

几位评审交头接耳一阵后开始做简单点评，第一句说的是句玩笑话："很意外今天在这里能够欣赏到一场个人演唱会。首先你们的歌还是挺吸引我的，很强烈，也有自己的特色，不过这里给你们一点小建议。第一，听得出你们是想丰富编曲而加入了很多音色，但是不是真正发挥出了这个音色的特质？第二，频响范围的问题。"

陆延他们写歌走的都是野路子，也没有精良的设备，头一次听到这种专业点评："谢谢老师。"

"行，回去等通知吧。"

海选的节奏很快，主持人开始喊下一个。这场几十个乐队里，海选起码得砍下一半人。等人下台后，评审才去问坐在最中间的女人："刚才那个乐队，感觉怎么样？"

葛云萍并未多说什么，她抬手去翻下一支乐队的资料。这位王牌经纪人在业内有着绝对权威，评审看不透她这对这支乐队是有意思还是没意思，只能噤声。

半晌，女人红唇轻启，才回答刚才那个问题。她说："有点意思。"

七芒星 2

CHAPTER

4

答案

我的世界太暗了，所以我一定会找到你。

海选结束，陆延跨坐在伟哥那辆摩托车上，他点开导航准备回去，然而刚打开导航，就发现肖珩给他发了不少消息。

海选开始前，九点五十八分。

肖珩：别紧张。

肖珩：肯定能过。

海选中，十二点半。

肖珩：第几个上场？

陆延：比完了，你问这干什么？

肖珩回得很快，在破导航反应过来之前，消息就已经发了过来。

肖珩：看看来不来得及赶过来给我儿子撑撑牌面。

陆延的手指在摩托车车把手上轻点几下才回：用得着你撑？今天台下人山人海全是我们乐队粉丝，评审都看傻了。

肖珩：哦，是我狗眼看人低。

陆延对着那句"狗眼看人低"笑半天：你还在迅铖？应该快谈完了吧？

迅铖科技是做求职 App 开发起家的一家小公司，也是肖珩这段时间跑的第三家公司。投资不好拉，不是价格不合就是开发理念不合，还有不断说自己需要考虑考虑的。

微聊小游戏只是一块踏板，就像肖珩之前自己预测的那样，井喷式热度过后很快下滑冷却，XH 这个名号却在业界横空出世。

肖珩打字时手机藏在策划案下面：还没。

陆延：别开小差，不是说这家公司的合作意向挺高的吗？

聊到这儿，肖珩那边估计是真忙起来了，没再回复。

陆延最后留下一句"等会儿散会别走"，退出微聊，手指在屏幕上点两下，把目的地从七区改成了"迅铖科技"。

陆延这句散会别走，让肖珩站在大厦楼下等了近半小时。刚才在迅铖科技会议室里，气氛并不和谐。肖珩作为代表，展示完演讲稿之后，进入利益谈判环节。面前几位都是商场上吃人不吐骨头的狠角色，虽然没到心理预期，也算起了个头。

肖珩实在等得不耐烦了，一通电话拨过去，对方秒接。

"你是想来找我，还是忙着到处找人手，打算跟我打一架？延延，乌龟都比你快。"

"不是。"陆延看着面前井然有序的道路说，"今天路上有点堵。"

堵？堵车周围能那么有秩序？

肖珩听到那边明显畅通的车流声："现在不是晚高峰，这儿也不是市区，你堵哪儿了，车祸现场？"

在陆延原先的设想里，他应该开着摩托车一骑绝尘、无比拉风地开到迅铖科技门口。在拿下头盔之前，再冲着肖珩吹声口哨，说一句"帅哥上不上车"。

但现在他面前只有陌生的道路，以及就算穿过去也不知道对面是哪儿的路口。

"能不拆穿我吗？好不容易想开车带你兜风。"

陆延最后在摩托车引擎的轰鸣声中感慨说："人这一生，难免要多走一些弯路。"

肖珩抬手捏着鼻梁说："把位置共享打开。"

陆延靠边停车，把位置共享打开后，看着两个相距不远的小红点出现在手机页面上说："开了。"

"站着别动，我过来。"

虽然陆延的设想完全破灭，但当肖珩从路口穿过去，远远地看到被阳光照得发亮的黑色摩托车，不可否认陆延一条腿蹬在地上，靠边等人的样子还是很引人注目的。男人一只手搭在车把上，整个人微微倾斜，有光从树叶的间隙里洒下来，刚好洒在他拿着手机的另一只手上。

陆延正拿着手机给导航软件打差评。导航敢导得精确点吗！能不在三条街开外就开始"目的地已在附近，本次导航结束"提前下岗吗！老子一个年费会员！接不到朋友耽误时间谁负责？！

"在看什么？"肖珩走过去，别的没看到，差评两个字倒是很显眼。

陆延把差评发出去说："嗯，不是说随时有空。"陆延发完抬头，没忍住对着肖珩吹了声口哨，说："今天穿得很帅啊，大少爷。"

为了拉投资肖珩今天穿得很正式，但这种正式，在他出大厦之后已经消失殆尽，西装领带早已经被扯开，半垮不垮地挂在脖子上，看着一副上层社会流氓的样子。

"有空是有空。"肖珩把衬衫袖口也扯开了，"只是这位司机，你的车能上吗？"

陆延递给他一个头盔说："多年老司机，你有什么不放心的。"

"路都不认识，也敢叫老司机。"

"不是有你。"陆延问，"你投资拉到了？"

"算是吧，就是比预期牺牲的要大一些。"

"万事开头难，后边就好了，我刚当主唱那会儿，跑断腿都没酒吧愿意收我，但我凭借坚强的意志力和……"

人形导航肖珩隔着头盔拍了一下他的脑袋，说："知道你厉害了，说吧，去哪儿？"

约会去哪儿这个问题还真不好回答。

"这会儿直接回去也太无聊了，要不去看电影？"陆延绞尽脑汁，"你先上来再说。"

肖珩看陆延骑这辆摩托车很多次了，倒是头一回坐。

"抱好哥哥的腰。"陆延拧油门前说。

再然后，耳边只剩下飞驰而过的风。

一天里所有紧张、未卜的情绪，什么海选、迅铖科技……都随着耳畔这阵风在这个瞬间消失了。

陆延感觉到肖珩的手搭在他的腰上，体温透过布料传过来。

肖珩的方向感很强，来的路上基本就把路记得差不多了，都用不着看导航就指挥着他顺利把车开回七区附近的商场边上。

其实到了下城区，陆延压根用不着他指挥，下城区这片地儿他哪儿没去过，闭着眼睛都能开。但他没出声，任由肖珩用一种"你是不是白痴"的语气在后头指点江山。商场的全貌从面前的层层建筑物里剥离出来。

肖珩对这个地方有几分印象，说："这不是你当初拉着我要去开什么玩意儿的地方……"

陆延减速，驶进车库里，说："洗地车。"

"你当时真打算去？"

"是啊，我还去搜了洗地车的操作指南，比开车简单，一共就那么几个按键……"陆延说到这儿也回想起当初两个人双双"下岗"，穷困潦倒到处找工作的悲惨时光，说完自己也忍不住笑了。

当时是真的惨，边上这位爷连张身份证都没有。那段日子过去之后，现在回头看，好像也不是一无所获。

说话间，两个人下车。

"看电影？"陆延问。

肖珩没意见，说："都行。"

"这商场里的电影院，是整个厦京市……"陆延说到这儿，顿了一下，肖珩以为他要说屏幕最大环境最好，然而陆延嘴里吐出来的是另外四个字，"最便宜的。"

"其他电影院打八折的票，这儿能打六五折。"陆延想了一下两个人目前的积蓄，虽然事业刚迈入正轨，但也只是从负资产回到了原点，光是租录音棚就差不多已经散尽家财。

"知道录音棚多烧钱吗？"陆延拧下车钥匙后发现自己身上没有放钥匙的地方，于是又转而去摸肖珩的裤子，"你那个工作室也才刚注册，省着点。"

"知道了，你怎么跟小媳妇似的。"

肖珩说完，陆延还没抽出来的手顿了顿，隔着层布料掐了他一下。

"咝——"肖珩皱眉。

决定好看电影之后两个人上楼，这个商场从装修风格上来说已经透着一种即将倒闭的气息，装修剩下来的木板材料胡乱堆砌在停用的电梯里。等走楼梯上去了，肖珩才发现这个地方居然还挺热闹，热闹得跟菜市场差不多。各个店铺拿着喇叭吆喝，偌大的商场里，甚至还有在地上摆摊的。

"走一走看一看，我家的烤红薯，纯天然无添加，帅哥试吃一个？"

"纯棉的袜子，十块钱三双！"

陆延解释："下城区经济不景气，这些摊位也是收租的。"

肖珩简要点评："很有经济头脑。"

手里拿着袜子吆喝的店员里还有陆延的老熟人："陆延？！"

陆延正准备带着肖珩上楼，脚步一顿，说道："马老板？"

肖珩问："认识？"

陆延说："是这样，我以前在这儿卖过袜子。"

肖珩："……"

被叫作马老板的是个中年男人。陆延隔着摊位跟马老板击掌，说："马哥你还在这儿干呢。"

老马把袜子扔回去，说："是啊，干来干去还是这儿生意好做，你现在在哪个厂呢？"

哪个厂，哪个……厂。肖珩心说，你永远不知道你兄弟以前干过多少离奇的职业。

马哥说："之前不是说要去钢材厂干活吗？"

"没。"陆延说，"后来往别的行业发展了。"

上楼后，肖珩问："卖袜子？钢材厂？"

陆延卖袜子还是刚来厦京市那会儿的事情，用生活费交完房租，自闭了一阵，没撑多久，就出来找工作了。便利店，夜市，服装店……

陆延说："最后没去成钢材厂，他们那个工具，老子拿不动。"

肖珩瞥了一眼陆延搭在楼梯扶手上的那只手。

电影院在四楼，肖珩手机没电了，陆延去买票。他不知道选什么片，情情爱爱的就算了，太矫情不合适，做完排除法之后只剩下几部动作片。

陆延向边上这位大爷征求意见："看动作片？"

肖大爷说："哪种动——作——片？"好好的一个动作片，愣是被他念出一种极其微妙的感觉。

陆延沉默两秒说："你，滚去边上等着。"他随便选了一部名字和海报看起来都比较顺眼的，付款时在提交页面转了半天，然而转完后跳出来的是一个提示框。

［对不起，您的卡内余额不足。］

换另一张卡也是一样。陆延当时租录音棚的时候粗略算过开支，付完总款之后还能剩个两三百。他们对录音的要求高，其他乐队租两天能做完的一首歌，他们得花四天，开支动辄就是别人的两倍多。

应该还能剩个两百才对。陆延想了半天，想起来四个人的海选报名费……刚好是两百。肖珩站在电影院门口等半天，完全不知道陆延进去买个票为什么需要那么久。电影院里不能抽烟，他刚从口袋里摸出打火机，陆延就推门出来了。

陆延做完心理建设，此时已经换上一副轻松的表情。他推门出来，倚在门边上说："我觉得今天这几部片都不太好看。"

肖珩说："别扯，说实话。"

陆延说："我没钱了，卡里只剩下十五块。"

"然后。"

陆延又说："然后，你觉得逛公园怎么样？"

肖珩："……"

"绿色，健康，环保，还养生，七区附近那个大公园你还没去过吧。"陆延掰着手指头细数逛公园的好处，"想想看，走在鹅卵石小路上……"陆延说到这儿自己也说不下去了，"回家算了。"

肖珩没说话，低头把烟点上。陆延胡乱扯的什么鹅卵石小道，他居然有点兴趣。肖珩抬手按着陆延的头，按着他往后转，说话时吸进去一口烟，说："带路。"

　　两个人从商场里出去，外头天色已经稍暗下来。肖珩确实没去过陆延嘴里那个七区附近的公园，又不是老年人，吃饱饭没事干，出来散步？

　　公园离得不远，下城区这地方难得有喷泉这么高档的东西，几个小孩绕着喷泉玩，穿条小裤衩站那儿等水往外滋。

　　陆延经过的时候忍不住跟他们玩了一会儿，肖珩看着他弯下腰，偷偷躲在一个小孩身后，然后做张牙舞爪状从背后吓他。

　　小孩笑着尖叫一声，然后把湿漉漉的手往陆延衣摆上蹭。陆延拍拍他的脑袋，趁着下一波水还没喷出来穿过露天喷泉。他衣摆上全是湿的，跟个大龄野孩子一样，蹲在离喷泉不远的台阶上看着他们，说："你那么小的时候在干什么？"

　　"我？"肖珩想了想，"在玩机器人吧。"

　　从肖珩有印象起，家里就没什么人。用人不算，她们大多都唯唯诺诺，说句话都要在脑子里过三遍。他从小脾气就不好，懒得跟人多废话。

　　那会儿他每年最期待的就是生日。生日那天，肖启山会带着他母亲参加生日会。说是生日会，其实也只是做给外人看的戏罢了，整个酒店里都是不认识的人。只是这些事他小时候还不太懂。

　　有一年，他母亲送给他的生日礼物是一个小机器人。说来也很讽刺，肖珩对"编程"的最初印象，完全来自那个女人随意让助理买的一件甚至自己都没有过目的生日礼物。

　　"你玩机器人那会儿，我应该还在田里割麦子。"陆延回忆自己那会儿在干什么。

　　肖珩："……"

　　陆延又说："陪我爷爷割的，不过一般我割不了几根就跑麦堆里睡觉去了。"

　　现在回想起来，那个画面依旧刻在陆延脑海里。正午热烈的阳光照在老人辛勤工作的背上，周围是干燥的植物气息，他把眼睛眯起来，倒在比照下来的阳光还要亮堂的麦堆里。然后半梦半醒间，老人会用沙哑的声音喊他："小延——回家吃饭咯。"睁开眼，那个带着麦子味的梦就醒了。

陆延说完，想到那位和蔼的老人，沉默了一会儿。

肖珩低头看他，弯腰把他脸上沾到的水擦掉，有些嫌弃地说："啧，你是幼儿园小朋友吗？"

陆延说："你才幼儿园小朋友。"

肖珩直起身说："刚才是谁跑进去跟着撒欢的。"

肖珩又毫不留情地吐出四个字："幼不幼稚。"

陆延连跑带跳作势要起身揍他。

肖珩已经往前走出去一段路，然后不经意放慢脚步，让身后那个明明谁也打不过的人追上来捶几下。

"老子这一拳下去你可能会死。"

肖珩很配合地说："我死了。"

广场上的人渐渐多起来，陆延在七区住了快四年，周围老朋友也不少，时不时有人跟他打招呼。陆延不一定每个都记得，但他就算不记得也能表现出一副"原来是你啊"的样子。

路人说："是啊是啊，是我！"

陆延点点头，扔出一句万能招呼："好久没见，变帅了啊，一下没认出来，现在在哪儿工作？"

路人说："我啊——我还在钢材厂！"

陆延说："爱岗敬业，兄弟好好干。"

路人还记得陆延一言不合就从钢材厂辞职的事，说："你当时怎么干两天就跑了？"

陆延心说我总不能跟你说老子扛不动工具吧。

陆延最后说："不太适合我，我去别的厂发展了。"

等人走了，陆延才再度思考刚才跟肖珩聊的那个话题。他们两个人所处的世界实在相差太远了，那会儿的陆延就是再天马行空地做梦，也想不到遥远的另一个城市里有个在玩机器人的讨人厌的少爷。

尽管知道这话说出来没头没脑，特别傻，陆延还是问："要是没有那场意外，咱俩应该也不会认识？"

肖珩一时间没说话。

天彻底暗了。陆延正要说"算了，这话也太傻了"，算字还没说完，听到肖珩先他一步骂道："你傻吗？想什么呢。"

陆延往前走，却听耳边又是一句："会。"陆延停下脚步，回头看到肖珩还站在那里，他身边是一盏路灯，整个人半隐在黑暗里。

肖珩的声音清晰地传过来："不管有没有那场意外，我都会来找你。"几乎就在肖珩说完这句话的同时，小广场上的路灯逐个亮起，连成一片璀璨灯火。

两个人走到广场边缘，再往前就是人烟稀少的小树林。这时迎面走来几个人，走在最前面的那位用饱含惊喜的大嗓门打断了他们的对话。

"延弟！"伟哥手里拿着两把大红色的太极扇，高兴地喊，"你们也来跳广场舞？"

陆延："……"

肖珩："……"

伟哥身后还跟着几位楼里住户，年龄四十岁上下，人手一把太极扇。

伟哥说："巧了不是，我们队这次少了个人，王阿婆有事没来，我正愁队形该咋整呢。"

陆延试图打断他："我们……"

伟哥说："你们消息很灵通啊，是从哪儿知道咱居委会要去参加广场舞比赛的？"

陆延问："比赛？"

伟哥说："对啊。"

肖珩眼睁睁看着陆延把原来想说的话咽下去，话头一转，特别自然地问："有什么小礼品拿吗？"

肖珩："……"

陆延说："我记得去年送吹风机吧。"

"今年可不得了。"说话间，伟哥手里的那把太极扇在风中飘摇，"今年送电饭锅！"

现实给肖珩狠狠上了一课。跟陆延在一起的每一分每一秒都是不可预测的，他以为逛公园走鹅卵石小路已经是极限，怎么也没想过会发生途中跑去跳广场舞这种剧情。

陆延估计是在舞台上瞎扭扭多了，在广场舞这块儿竟也展露出惊人的天赋，不到一个小时就跳成了领舞。

肖珩坐在音箱边的长椅上，手机群聊里是合伙人关于今天拉投资比预期多给出去五个点的讨论，他没点开，手指顿住，点开了相机——他坐在边上录了段视频。

视频的画面中间是一位摇滚气息浓厚的乐队主唱，混在平均年龄四十岁的大妈队伍里，手里一把太极扇挥得虎虎生风。也许是因为这位主唱的太极扇舞得太自然，看着一点也不突兀。

陆延记不太清动作，一个劲瞥边上那位大妈，问："这动作是这样吗？"伟哥身材彪悍，愣是把太极扇挥出了砍刀的气势，他由衷赞美道："是这样，延弟你简直是广场舞神童啊！"

肖珩把视频倒回去看了一遍，咬着烟在心里又回答一遍。

会。我的世界太暗了，所以我一定会找到你。

途经五站，走过七个城市，《乐队新纪年》海选正式宣告结束。所有参加海选的乐队里只有三十支能够进入正式比赛，节目组会在海选结束的第二天晚上，在网站上公布入围的最终名单。

陆延在等通知的这段时间认真钻研广场舞，竟意外地开辟了一条新的道路，一个新的人生爱好，在一群广场舞大妈里脱颖而出，和伟哥两个人成为七区小公园里的广场舞双霸。

这天陆延又换上衣服，带上那把大红色太极扇，在问肖珩想不想去逛公园之前，他先做了一番铺垫。

"你坐这儿敲一天了。"陆延说。

"嗯。"

"去公园活动活动？"

这回肖珩没有再随口"嗯",他的眼皮垂下去,抖了抖烟,明显表达出:老子不乐意。陆延说什么他都能答应的情况不发生在写代码的时间段。陆延走过去,把鼠标从他手里挪走。

肖珩这才抬眼看他,漫不经心道:"别闹。"

陆延严重怀疑肖珩最爱的是面前这台配置 21 寸显示器的电脑,工作起来谁的话都不听。

"你想过劳死,还是想跟电脑过一辈子?"陆延倚着电脑桌说,"你那八块腹肌都快成六块了。"

肖珩咬着烟,停顿一会儿说:"你过来。"

陆延挪过去一点问:"干什么?"

肖珩拿鼠标的那只手空了,他直接把手垂下去,然后挑开自己的衣服下摆,把衣摆往上拉。

"数数清楚,几块,八块还是六块。"

陆延骂道:"你有病啊。"

肖珩这才松开手,任由衣摆落下去,遮盖住流畅的肌肉线条,他瞥了陆延一眼,神情慵懒地往后靠了靠说:"你广场舞还跳上瘾了?"

"家里的电饭锅不太好用。"陆延伸手指了指那个明明定时半小时,却烧干了水差点把饭烧成锅巴的锅说,"你没发现最近它开始闹脾气了吗?"

陆延说:"上回那辆自行车姑且让给那个姓黄的,这个电饭锅肯定是老子我的。"

肖珩沉默。

陆延又说:"你过去帮忙看音响,音响老师傅今天有事。"

十分钟后,公园广场上。一代编程大师 XH,坐在缺了一只脚、动一动就要往后倒的塑料凳上。晚风吹动着他的衣服,他边上是一台户外三分频音响。肖珩坐在那儿脸色不太好看,直到有人喊:"师傅——切歌,这首不会跳!"

"给阿姨们来一首'你是我的小苹果'!"

这其中还有陆延的声音:"换歌!"

肖珩伸手在调控台上摁下一首。他在边上坐着，怕自己再看下去要上头，便低头随便找个小游戏玩。他玩了半小时数独，被来电打断。

翟壮志刚好开车经过下城区，他车上装着几箱水果，深觉自己像是来乡下探望亲戚。

"老大你在那栋破楼里吗？我过来给你送点东西。"

一首歌放完，刚好有两秒空隙。

肖珩在这空隙间说："不在。"

翟壮志问："那你在哪儿呢？"翟壮志说到这儿，狂野的歌声从音响里冲出来，他喊了一声："什么玩意儿啊！"

肖珩说："《最炫民族风》，没听过？"

翟壮志："……"

翟壮志一脚踩下刹车直接把车停下来。

"听这声，你现在不会在风靡中老年的——"

肖珩却不想跟他多说这些，打断道："正好，我本来想过几天找你。"

说话间肖珩起身，往广场边上走，他走过露天喷泉，小孩踩着会嘎吱嘎吱叫的拖鞋从他身边跑过去。

"有事打个电话叫一声就行。"翟壮志又说，"什么事，说，兄弟给你办。"

肖珩也不跟他废话："我记得你爷爷是康复科医生？"

翟壮志说："你怎么记得？"

肖珩说："你自己说你小时候出过车祸死里逃生，你忘了？"

翟壮志小时候出过一场车祸，不知道这个故事有没有人为加工，总之翟壮志提起的时候说下半辈子差点在轮椅上度过。后来靠着复健，几年下来愣是调好了。高中那会儿还能跟着他们打篮球比赛，就是技术烂了点，从来没赢过。

翟壮志不知道话题怎么扯到他爷爷上头，问："怎么的，老大你出什么事了？"

肖珩沉默一会儿说："不是我。"是你那位在钢材厂里扛不动工具的老弟。

"我家那老头子前几年刚退休，听我爸说还是有很多人找他，但他很少治了。不过你没记错，确实是康复科。"翟壮志继续追问，"你那朋友什么情况？我帮你问问。"

"手伤。"肖珩提起这两个字仍觉得难受。他不可避免地想起在陆延那台旧电脑上看到过的视频。那位意气风发的少年站在台上，浑身都是光芒。虽然现在当主唱，依然能站在台上发光……但自己选择唱歌，和不能再弹吉他只能唱歌，是两回事。

四周年演唱会上，中途有一段大炮 solo（个人表演）的部分，黄毛站在台上弹唱，陆延蹲在音箱上的光影里，把头低下去盯着地面转话筒，虽然大炮唱得普通，肖珩却不敢想陆延那时心里都在想些什么。

肖珩注意到广场舞那头动静小了，算算平时广场舞散场也差不多是这个时间，他留下一句"改天登门拜访"，挂断电话。

陆延今天的广场舞又进步不少，肖珩走过去看到陆延被一群大妈围着讨论广场舞舞步的景象。

"小陆啊，这个动作阿姨总是连不上，这圈——对，就这圈，老转不过来是怎么回事？"

陆延摇着手里那把太极扇，当场来了段慢动作解说。陆延讲解完，广场上的人已经散得差不多了。他边给李振发消息边晃着手机朝肖珩走过去，说："刚李振给我打电话，海选名单今晚发布，问我们去不去吃夜宵，你去不去？"

肖珩知道陆延是变着法想让他多出门转转。

"去了有什么奖励？"

"做人不能太贪心。"陆延说，"请你吃饭就不错了，还想要奖励。"

陆延和肖珩过去的时候，李振几个人已经在火锅店等半天了。

海选比赛后，乐队几个人都有各自的事要忙，李振去琴行上课，许烨还得做学校留的假期作业。除了大炮成天跟着他，陆延往哪儿走他就跟着去哪儿。

在入围通知下来之前，乐手们更好奇的是怎么比。

"现在不都看现场投票吗。"饭桌上，李振仰头灌下一瓶啤酒，"就那种，底下观众人手一个按钮，喜欢谁就投给谁那种，没准出场前导师还得为你转身。"

大炮作为新时代弄潮儿，吐槽道："振哥，你看的都是什么年代的选秀节目。"

大炮打开手机，里面赫然是一个打投软件。

"现在是全民投票出道的时代。"

陆延接过手机看了一眼，问："这女团一共选几个？"

大炮说："十一个！"

陆延说："大炮，看不出，你这爱豆[1]池挺深啊。"

提到这茬儿，大炮顺便为自己的十一位漂亮小姐姐拉票："你们有××视频账号吧，给她们投一票。"

许烨和大炮的审美刚好相反，两个人还是对家，差点当场吵起来，话题也越跑越歪。

许烨喊："振哥，你说哪个好看？"

李振挨个看过去："我吧，我这人俗，我喜欢第三个，美艳。"

第三个显然不是许烨阵营里的，许烨又转头问刚来的两个人："你们呢？"

在队友灼灼的目光下，陆延用桌角顶开一瓶啤酒，啤酒盖落在地上滚了两圈。

陆延说："都不喜欢。"

肖珩说："也都不喜欢。"

虽然没人提海选能不能过的事，但这顿饭吃得还是有些焦灼，像考完试等通知单一样。几个人吃得差不多后放下筷子。

十点整。《乐队新纪年》官网更新入围名单和赛制要求。赛制写在最前排，比赛主要以舞台表演和创作为主，由评审和网络投票计分。往下滑才是参赛名单，李振往下滑的速度放得异常缓慢。

---

[1] 爱豆：网络流行词，idol 的音译，偶像的意思。

　　火锅店明明吵得不行，这一刻他们几个人却觉得耳边什么声音都没有了，只剩下眼前数十行白底黑字。李振一个一个乐队往下拖，在中间的时候停下来惊喜地喊了一句："黑桃！可以啊！"

　　黑桃乐队海选表现得不错，会入围并不奇怪。黑桃乐队四个大字底下，是五个乐队成员的姓名，在地下那么多年，可能是头一次他们有机会这样昭告天下：这是我们乐队。

　　名单已经过半。陆延下意识地去抓肖珩的手，肖珩回握住他。

　　就在入围名单几乎要翻到底的时候，几个人眼里终于出现熟悉的英文字母，那个大写的 V 字的两个角率先冲出来——

　　Vent。

七芒星 2

CHAPTER

5

转变

好像遇到某个人之后，凭空拥有了做梦的勇气。

"进了！"李振大喊，作势要跳起来，手一抖，手机差点掉进火锅里。

许烨家教严谨，平时出来从不喝酒，在一群又抽烟又喝酒还喜欢乱开玩笑的乐队流氓里，能对着服务员说出"我喝白开水，没有白开水矿泉水也行，谢谢"这种话，看到乐队名字后竟也开了一瓶酒。

陆延怕他喝不了，试图拦他："别跟着你振哥他们学。"陆延完全忘了自己喝起酒来比谁都猛，这一句话把自己择了个彻底，"你喝点橙汁得了。"

"没事，一瓶还是可以的。"许烨对嘴吹了一瓶。

大炮还是孩子心性，心里雀跃，嘴上仍忍不住装蒜："振哥你悠着点，不就是入围嘛，小菜一碟，有我和我大哥在，这次比赛肯定直接杀进决赛。"

李振反将陆延一军说道："你跟着你陆延大哥别的没学到，这闭着眼睛放狠话的本事倒是学得很到位啊。"

大炮一脸自信道："我会比他更强！"

李振无语："你这倒霉孩子，学谁不好，你看看你振哥我身上有多少美德，非得学陆延那个狗……"

陆延拍桌道："你说谁，怎么说话呢，就你还美德。"

肖珩担心他衣袖落在调料碗里，伸手帮他挽上去，说："你这一天天的都教那黄毛什么了？"

"谁乱教他。"陆延说，"这都是我宝贵的人生经验。"

"比如打不过就跑？"肖珩见陆延没反驳，说，"你还真教了？"

大炮刚进团当吉他手那会儿，找陆延单独吃过一次饭，大炮的脾气一旦上来，就跟他名字一样，吃饭意外惹到隔壁桌。这里毕竟不是雾州那种地方，无法无天，出了事都没人管。下城区就算治安再差也是厦京市。

大炮想往前冲，被陆延钩着脖子拽了回去。

大炮咬牙切齿道："干什么拦着我！干啊！干他们！"

陆延给那桌人赔不是，扭头对大炮说："干个屁啊，你还没开学就想在校外闹事？你那德什么玩意儿的皇家音乐学院还想不想上了。"

"大炮，不可以这么野蛮。"陆延又说，"我长大了，你也该学着长大了。"

陆延想起这件事，有些心虚，他用几根手指拎着酒瓶，一条腿曲起，踩在身下坐着的凳子上，胳膊肘正好搭着膝盖，他说："也没有，就之前他刚来，想一挑六，跟对面那桌六个光膀子的地痞打架……"

陆延说到这儿思索几秒，歪曲事实道："我告诉他宽容待人，放那六个人一马。"

这要换了别人还有可能被陆延那看似社会大哥的范儿唬住，肖珩却清楚这人的德行，嗤笑一声，用不冷不热的语气说："延延厉害。"

"这话我爱听。"陆延说，"就是语气不太行，珩哥，再来一遍呗。"

肖珩刚把他的袖子挽好——广场上蚊子太多，加上风也大，陆延晚上穿的是件长袖卫衣。肖珩抬眼看他，说："别得寸进尺。"

陆延原先搭在膝盖上的那只手也伸过去，充分演绎什么叫得寸进尺。

肖珩松开手，表示不伺候。陆延晃了晃宽大的袖子去蹭他的手背，说："还有这只。"

"……"肖珩动动手指，拿他没办法，"伸过来。"

陆延这件衣服的袖子本来就长，遮住半个掌心，只有拎着酒瓶子的几根手指还露在外边。袖子挽上去之后，男人纤细的指节、手背、突起的腕骨也露了出来。

对面李振他们还在为入围比赛狂欢，许烨像被拧开发条的机器，一瓶接着一瓶地喝。

李振说：“我去，我以前怎么没发现你喝酒那么猛呢，你别喝醉了。”

许烨红着脸说：“我不会醉。”

李振说：“以前喝过？你心里有底？男人喝酒得有底线知道吗？差不多的时候就要适当收手。”

许烨连脖子都开始红了，说：“我有底。”

李振狐疑。但许烨的反应确实不像喝醉了，他便放下心，跟大炮继续聊那位 3 号美艳女选手：“好看，跳舞也那么好看，这会说话的大眼睛，我该怎么给她投票，我一定要送她出道。”

大炮正要说话，边上刚安静了一会儿的许烨突然开始打电话，一声妈叫得全场人为之一振。

“妈！”

肖珩捏陆延手的力度重了几分。

“他干什么？”

许烨说：“幼……幼儿园的时候，别的小朋友都可以去院子里玩泥巴，我却得在家里提前背二十四个英文字母。”

陆延说：“二十六个。”

许烨点点头，还跟陆延说了一句：“谢谢，哦，二……二十六个。”

“上初中之后，你不允许我交成绩不好的朋友，让我多和好学生玩。”许烨打给妈妈的电话说着说着陷入一种诡异的安静，下一秒许烨又切换到了另一种模式：“喂，老师你好，我是高三八班的许烨。”

“……”

陆延头疼道：“电话那头到底是谁啊？不管是谁，挂了吧，不然这孩子明天酒醒该找个地洞钻进去了，咱们乐队可能要为此痛失一名贝斯手。”

李振看了一眼屏幕说道：“没人，压根没拨出去。”

陆延怀疑许烨脑子里有一个记仇本。从幼儿园到高中，记在心里的事情简直多如牛毛。

许烨的“通话对象”一直在串场，到最后又回到了妈妈那里——

“妈！我们入围了！”

电话是打完了，但这个人喝醉酒之后的迷惑行为实在层出不穷，紧接着他开始喝火锅底料。

李振没工夫再去管什么3号的漂亮小姐姐，他从座位上跳起来，摁着许烨的脑袋让他远离飘着红油的锅底。

"你清醒一点！"

因为许烨，聚会无法继续进行，大炮负责送许烨回去。许烨被拖走之前嘴里还喊着："火锅底料！再来一锅！"大炮服了，走之前说："我真想录下来明天当着你面循环一百遍，大哥我们就先走了啊。"

陆延其实在知道入围的那一刻没有感受到李振他们那种激动的心情，散会后回到七区，洗过澡躺在床上再看那个入围名单时，才后知后觉地感觉浑身上下的血液逐渐变得热起来。

此时已经接近半夜十二点，肖珩还在敲键盘。

陆延看了会儿名单，又去看坐在电脑前抽烟的人，想起来个事。

"刚才名单出来，你怎么一点也不惊讶。"

肖珩抖抖烟说："有什么好惊讶的？"

肖珩这话说的，好像他们入围是理所应当的。

陆延去参加海选那天虽然说得自信，但多少也有几分"万一选不上"的担忧，优秀的地下乐队太多，他一点不敢自大。

"就那么相信我？"

"嗯。"肖珩隔着电脑对着他，在火锅店里警告他别得寸进尺的人这会儿收起了漫不经心的表情，"你不是很厉害嘛。"

陆延在床上翻了个面，说："再说一遍？"

肖珩又重复了一遍。

是刚才酒喝得太多了吧，陆延这会儿才觉得有些上头。他心满意足地躺回去，最后看了一眼名单，在中间看到一个名字。

肖珩等了半天，都夸他厉害了怎么也没个反应，敲完最后一行，肖珩抬眼看陆延，发现他正躺在床上发愣。

"傻了？"肖珩问。

陆延的视线还停留在入围名单上，一个叫"风暴乐队"的成员栏，他说："看到个老熟人。"

四年前霁州音乐酒吧，有个男人咬着牙签问他："玩什么的，吉他？"南河三这个名字，和迷离的灯光下那张脸逐渐重叠在一起。然后男人又说："你是乐队第七个成员，就叫老七吧。"

陆延清楚记得那个男人眼下有颗痣，念的是专科学校，平时不上课，翘课翘得比他还夸张。不排练的时候就在酒吧打工，他站在吧台调酒，有客人给小费时轻佻地往他领口里塞，他就笑一声，细长的眼睛眯起，反手就拿酒瓶生生往人脑门上砸。

肖珩关电脑时问了一句："老熟人？"

陆延说："我原来乐队的……队长。"

"黑色心脏？"肖珩对他原来的乐队有几分印象。

"嗯。"陆延盯着那行字说，"不过他换乐队了。"

不是以黑色心脏参赛，而是以一个陌生的风暴乐队。

陆延当年退团退得匆忙，他从医院出来，带着车票站在火车站时才给队友发短信，告知他们自己要去厦京市。他没办法面对面告别，没办法面对类似"为什么不玩吉他了"的质问。

离开霁州之后，他换了号码，很长一段时间逃避作为"老七"的一切，和乐队成员之间自然也断了联系。

乐队解散也不是什么稀罕事，但陆延还是忍不住有些感慨，当年说要冲出霁州的乐队，最后还是没冲出去。

陆延几个人正式收到节目组的通知邮件是在第二天下午。

恭喜Vent乐队通过海选：

请于十八号下午两点前到达节目组指定酒店参加赛前会议，出于录制需求，节目录制为全封闭状态，为期两个月……

字太多，陆延一眼看不完，大多都是些封闭录制时需要注意的事项。等等……封闭。陆延看了两遍才反应过来，这比赛还是全封闭式的。

"老陆，你收到通知没有，就官方发的那封邮件，我都把它打印出来贴我房间墙上了，它将见证我李振的人生从今天开始一步一步走向巅峰。"

陆延靠着车窗，风夹着热气扑过来。他们已经制作完新歌，按照老路子，扛着新单曲去让音像店代售。李振租了辆车，后备厢装着两箱子碟，两个人今天把碟先往音像店里搬。车上在放他们自己乐队的歌，跟以往相比，陆延的嗓音和着钢琴声变得异常柔和。

"好像为了保密还是啥的，连手机都不让带，这也太变态了，那岂不是与世隔绝。"李振感慨道，"你这首情歌写得不错，老板说这阵子一直有乐迷来问我们新单曲什么时候能出……"

车停下。李振吹声口哨，推门边下车边说："你搬那箱小的。"

音像店开在街角，店面不大，透明的大落地窗上贴满了各式海报，海报上是狂放张扬的一张张人脸。

这地方陆延太熟了，当年江耀明就是在这家店门口，边擦汗边发表的雄心壮志。

李振见陆延停下脚步，问："怎么？太沉？"

"几张碟沉个屁啊。"陆延抱着纸箱说，"就是想起大明之前站这儿说的话。"

他说总有一天要站到最高最大的舞台上去。而如今他和黄旭曾期待过的最大的舞台就要来了。

李振沉默。陆延也跟着沉默了一会儿，进去之前说："所以我们全力以赴，我们团不是四个人。"

开门发出"嘎吱"声。

"是六个人。"

运完两箱碟，李振等会儿还有课，陆延又在音像店里待了会儿，直到肖珩打电话问他在哪儿。

"我还在音像店。"陆延背靠着架子,把手里那张碟塞回去。

对方言简意赅道:"地址。"

陆延说:"找老子什么事。"

男人冷淡的声音从听筒里传出来:"别整天老子老子的,说话文明点。"

肖珩打这通电话时刚套上衣服。十分钟前翟壮志给他打电话,说他家老头昨天刚从国外飞回来,今天有空,问要不要他帮忙约个专家号。

"我家这老头油盐不进,兄弟可是为你牺牲了一次尊严他才答应看看……"

"不过他说这事他没法保证,要信得过他,就把人带过来给他看看。"

肖珩推开音像店的门走进去,音像店里有几排架子。陆延正在最后一排的角落里找碟。角落里正好有个摆货用的长梯子,陆延就跨坐在上头,脚踩在一级阶梯上,伸手去够高处的时候,他的身形被拉得很长,尤其是那两条腿。

肖珩没在室内看到禁止抽烟的标志,他低下头点了根烟,隔着两排架子,透过间隙看了陆延一会儿。

他其实不知道该不该跟陆延提这件事。怎么说,说有一个治疗机会,但是成功的概率并不大?

肖珩发觉自己说不出口。

有时候给了一点希望再毫不留情地收回去,远比没有希望还残酷。把已经结好血痂的伤口生生撕开摊在阳光下,然后再缝上,除了再经历一次伤痛之外,并无益处。

陆延找到一张之前想买却一直没找到的专辑,他正要从梯子上下去,就从面前的缝里看到一小片衣角,虽然从这个角度看不到脸,但光凭这片衣角和那人浑身散漫的气势,不是他家那位肖少爷还能是谁。

陆延喊:"来了也不吱个声,你玩捉迷藏呢。"

肖珩这才把烟掐了,走过去。

"你怎么跑这儿来了。"

"不是说了嘛,想……你。"

"我信你个鬼。"

肖珩没说话,从他手上接过那张碟。

Thirteen Senses(超感乐队)。

"这张专辑,高中那会儿我同桌常听。"陆延说。

"你还有同桌?"肖珩言语间那份难以置信表露得相当明显。

"……"陆延越过最后几级阶梯,直接跨下来,"你这什么语气,我怎么就不能有同桌了,我同桌还是我们班学霸。"

肖珩说:"听你高中的那些事迹,我要是老师我就把你课桌扔教室走廊里。"反正这人整个一叛逆少年。

陆延说:"我们老师当初是有这个想法来着,但是看我成绩还不错,想试着挽救一下,就让班长坐我边上。"

"班长男的女的?"

"女的,戴个黑框眼镜,外号老古董。"陆延又说,"就是千算万算,没想到老古董也是个乐迷,她自习课偷偷在袖子里藏耳机,后来我翘课她还给我打掩护,让我给她捎专辑。"

在与他格格不入的高中生活里,陆延和那位班长倒还有些共同语言。

肖珩说:"跟许烨挺像。"

是有点像。老古董做的最出格的一件事,就是高考前鼓起勇气跟他翻墙翘课,去酒吧看他们乐队的演出。那天他在舞台上,看到了那副黑框眼镜后面热烈的目光。

陆延边回忆边说:"那回我吉他弦都差点弹断了……"

吉他。

陆延不知道话题怎么就扯到吉他上了。

"我去结账……"

话还没说完,肖珩就伸手抓住了他的手腕。

"如果……你的手有可能治好,"肖珩这话说得异常缓慢,"但这个可能性，也许只有百分之一。"

陆延一下子没反应过来肖珩在说什么。

半小时后，翟家大院。

翟壮志陪着翟爷爷下了两盘棋，如坐针毡，这时有人进来通报说有人上门拜访。

翟壮志喊："来了来了。"

"我当是谁呢，原来是肖家那位。"翟爷爷放下手里的黑子，看了一眼对面走的棋，又顺口骂，"你看看你这下的是什么东西！"

翟壮志："……"

陆延对这位翟爷爷的第一印象是性格毒辣。两个人跟翟爷爷打过招呼，翟爷爷上下打量了陆延几眼，最后目光落在他左手手腕上，说："离得近些我看看。"

陆延把手腕伸过去。被黑色文身覆盖的地方，仔细看还能看出一块不如周围平整的皮肤，微微凸起一道。

翟爷爷问："什么时候的伤？"

陆延答："四年前。"

"说具体点，伤势和手术情况，有没有病历。"

肖珩和翟壮志两个人离得远，坐在另一侧的圆桌旁，给他们腾出来空间。

陆延说："有。"

病历内容触目惊心——手筋断裂，神经受损。

翟爷爷把手搭上去说："孩子，你握紧我瞧瞧，用点力。"

陆延的左手除了阴雨天会疼、有时候会突然间脱力之外，恢复得其实还算可以，毕竟四年来他没停过练琴。他握完拳后，翟爷爷颇感意外地看了他一眼，说："平时没少练。"

"刚开始根本使不上劲，后来好点，当时医生说多锻炼，恢复到不影响生活的状态还是可以的。"

"就不影响生活这一点而言，你已经做到了。"翟爷爷又问，"你想恢复到什么程度？"

陆延松开手问："能……弹吉他吗？"

翟爷爷抬眼说："那可不容易。具体什么情况还得去做个肌电图检查，看看做完手术后神经的恢复程度，不排除术后关节粘连的可能性。很困难。"

翟爷爷以为陆延听了这话会失望。

半晌，陆延却说："我不怕做困难的事。"

这下翟爷爷是真对面前这位年轻人刮目相看了。

肖珩听不到他们都说了些什么，倒是翟壮志在边上跟他说了一通，从最近酒吧里的漂亮妹子扯到和翟父的争吵。

"我跟我爸最近也在吵，他想让我继承家业，但我一点也不想干那个，你说我要是接手家业，我能干些啥呢？"

肖珩说："从富二代变负二代，以一己之力把你爸从厦京市富豪榜上拉下来。"

"还是兄弟吗？能好好说话吗？"翟壮志又说，"对了，你不是说陆延可能不愿意来吗，你这是说动他了？"

肖珩转了转手里的茶杯，说："他哪儿用得着我说。"

陆延听完事情原委之后，想都没想就说："别说是百分之一，就算是零我也没打算认命。"

肖珩认识的陆延从来都比他想象的还要勇敢。

他只身一人，身后却像有千军万马。他一往无前。

简单的面诊过后，陆延向老人家道谢，翟爷爷摆摆手说："担不起担不起，下次我安排时间，你再带着检查结果过来。"

"翟爷爷，可能得两个月后。"肖珩说，"他这段时间有个比赛。"

这个点太阳正要落山，回七区的路上车灯闪烁，车辆川流不息。他们俩走到车站，刚好赶上公交车。

"你怎么知道是两个月？"陆延投完币，往后排走。

"我又不瞎。"肖珩说，"你那手机屏幕也不关，就搁床头。"

由于是首站，公交车上暂时还没什么人。

"我正准备跟你说这事，我过几天要是进去了……"陆延说到这儿，觉得"进去了"这个说法听着有些奇怪，不知道的还以为进哪儿去，"你要实在太想你延哥，可以多看看老子挂在墙上的海报。"

录制地点其实就在厦京市，跟下城区挨得不远，跨了两个区，往返车程加起来不超过两个小时。

白天李振说与世隔绝的时候，陆延就开始思考这与世隔绝的两个月该怎么过——肖珩这个一碰电脑要是没人喊都想不起来要吃饭的人，等自己两个月之后回来，他没准已经飞升成仙。

还有七区那栋破楼，他们已经跟拆除公司僵持了好几个月，保不准对方后面还有什么意想不到的骚操作。他这一去，回来可能连楼都没了。

陆延漫无边际地胡思乱想了一会儿，车正好驶进隧道，眼前突然陷入一片昏暗。就在这时，他听到肖珩说："伸手。"

陆延在一片漆黑中不明所以地把手伸出去，然后在车鸣声里，一个冰冰凉凉的铁圈从他右手无名指指尖一点点套进去。

隧道很长，等那个冰凉的铁圈触到指根，眼前迎来一片强烈的光，陆延就着那束光看清了自己手上被套上的是枚戒指，这枚戒指还很眼熟，是他给蓝姐当手模那天戴过的那个，内圈像咒语一样的字母此刻正贴在他无名指上。

肖珩手上是另一枚。

"上回没要报酬，蓝姐非要给这东西，又怕你不收，让你上节目的时候顺便给她打打广告。"肖珩说到这儿顿了顿，"还有，别怕。不管发生什么事，珩哥在。"

"珩哥。"陆延突然叫他。

肖珩迎着明明灭灭的光看过去。

陆延想说谢谢，谢谢你让零变成了百分之一。

翟爷爷图清静，没住市中心，翟家离七区倒也不远，车到站，两个人上楼。

肖珩回屋之后就坐在电脑前，继续边抽烟边敲代码。陆延蜷腿坐在床上，毫无睡意，他手里捏着个录音笔，摁下开关。屋内没什么声音，仿佛能把空气流动的声音都录进去。

打开窗通风后，窗外隐约传进来张小辉念台词的声音，还有小年妈妈时不时的呵斥声："一加一到底等于几？！"

这些零散的生活琐事被悉数收进录音笔里。这其中最清晰的，是键盘声，和男人夹着烟、轻到几乎听不见的呼吸声。

陆延平时总拿它收集素材，有时候写歌没灵感会拿出来听。买第一支录音笔那会儿还在雾州，他几乎录遍了雾州的大街小巷，后来最常录的地点是酒吧杂货间，夜深人静时录自己的呼吸声。然后想着，什么时候能离开这里。

陆延断断续续录了几段。

肖珩敲几行代码，抬眼看他："东西收拾完了吗？还不睡。"

"过会儿就睡。"陆延说，"我录会儿音。"

陆延说完后，屋子里安静了一会儿。直到肖珩突然叫他的名字。

"？"

"陆延真棒。

"拿个冠军回来玩玩。"

录音笔的呼吸灯闪烁着，陆延的心脏跟着呼吸灯一起跳，他遮掩不住，把脸埋进膝盖。

"乱说什么。"

"这话不是你说的吗？怎么，没信心了？"

十八号，晴天。

陆延提前收拾好行李，他出门没那么多讲究，箱子里就放了几套衣服和简单的生活用品。最大的一件行李是肩上背着的那把琴。

李振叫的车停在七区门口，陆延刚走出去，车里就探出来三颗脑袋，其中最绚烂的那颗笑着说："大哥，走，我们拿冠军去！"

陆延也笑着说："走。"

李振坐在副驾驶上，说："你邻居没来送你啊？"

陆延把行李箱塞进后备厢。"我没让他下来。"送什么送，矫不矫情。陆延不习惯送别的氛围，再说想说的话他都听到了。

他只管往上冲，身后有他。

许烨的假期还有不到一个月，他提前请好长假，为了参加这次的比赛。

"许烨请完假了，大炮你呢？"李振在车上问，"你刚好大一开学吧，新生报到，这能不去？"

许烨提醒："不只是报到，还有军训。"

李振说："啊对，军训，我毕业太多年，都忘了——大炮你这咋整？"

大炮大一开学，正好有一个月的军训期。大炮不愧是从霁州走出来的，非常淡定，丝毫不慌："我找替训了，从今天起，我不再是戴鹏。"

陆延、许烨、李振："……"

赛前会议以吃午饭的形式召开。

节目组在酒店里包下了整整一层楼，两个乐队一桌，黑桃队长手里举着个鸡腿，见陆延来了，挥着鸡腿喊他："这儿！这儿还有位置！"

陆延走过，他发现这里到处都是摄像机，镜头一桌一桌晃过去，偶尔还会停在某一桌前录乐队成员间的对话。

陆延坐下之前，试图在纷乱的饭厅里找南河三的身影，但人实在是太多，找了一圈还是无果。

"你看到风暴乐队了吗？"他问道。

黑桃队长埋头苦吃，口齿不清："森（什）莫（么）乐队？"

"算了。"陆延说，"吃你的吧。"

摄像机晃过大半圈后，总算停下来，在乌泱泱一大群人里，Vent乐队仍很扎眼，其中一台摄像机最后对着他们桌录了很久。

赛前会议讲的都是些比赛规则和录制期间需要注意的事项。最后是一番动员："首先恭喜各位过关斩将成功入围，我知道在座的你们，有的可能已经在地下待了很多年，四年，五年，甚至十年。今年夏天，国内乐队将进入一个——由你们开创的全新的纪元！"

评审话音落下的同时，台下十几桌人全体起立，举杯高呼。

陆延用几根手指举着酒杯一脚蹬地跟着站起来，边上的摄像机也正好凑近他。陆延实在是很喜欢这番动员宣言，他笑了笑，镜头里是男人邪到不行的长相，他把手里的酒杯凑上去，细长的无名指上套着一枚戒指，女式戒指戴在他手上并不突兀。

砰。

"干杯。"

会议散场后，三十支乐队，一百多号人坐上大巴车前往封闭录制地点，宿舍是四人间，到地儿之后他们只有半个小时的时间收拾东西。

两个月的时间不算宽裕，陆延进去了才发现所有录制都是不分白天黑夜，玩了命录，还得给后边的后期剪辑留出时间。

第一天需要录制的场景有"搬寝室""乐队介绍"和"第一场公演曲目抽签"。节奏远比他们想象的要快。

乐队介绍就是一组一组进棚里，坐着谈谈理想，讲讲自己的乐队成立以来有多么艰辛。

陆延他们排在后面，轮到他们的时候，许烨已经紧张得不会说话了，李振觉得陆延是队内的门面担当，最后一致投票让陆延发言。

陆延想过很多种坐在那里侃侃而谈"我们乐队如何如何"的情况，他一个在直播时都能给自己乐队疯狂打广告的人，真正面对镜头，那些花里胡哨的东西全都凭空消失。

只剩下……

李振看着陆延突然认真起来的样子，心里咯噔一下，心说陆延虽然是门面担当，但他好像忘了一件很重要的事情。可他已经没有反悔的余地，因为陆延已经对着摄像机说："大家好，我们是 Vent 乐队。我们来拿个冠军回去玩玩。"

李振："……"太嚣张了吧大哥。

别的乐队费尽心机打感情牌。你却只顾着放狠话。

摄像师问："还有别的话要说吗？"

陆延说："没有。"

摄像师把镜头移到陆延边上，对着大炮，大炮一仰头说道："我？我这次参加比赛就带着四个字过来：干翻他们。"

摄像师和边上的节目组工作人员："……"

李振坐在边上，把原本闲适跷起的二郎腿猛地放下。"这位兄弟，你别听他们瞎说，我们其实是一个很谦虚的乐队……"李振伸手，强行把镜头往自己这边扳，他的脸呈放大状出现在屏幕上。

李振的发言是全队最正常的，他先是对乐队的风格和运营状况做了说明，最后他说："我们乐队成立并且走到现在这一步真的非常不容易。依稀记得那是四年前的一个夏天……当时我由于前乐队解散心灰意冷，一度想结束自己的音乐生涯，就在这个时候我遇到了 Vent。Vent 代表着我的新起点，而今天，我希望 Vent 也能在这里重生。"

录音棚里只有一张简单的长沙发，地上遍布着散乱的电线，出于摄影需要，边上有好几架强光灯，强光打在四个人身上，画面定格。

七区还是像往常那样热闹。张小辉接到新剧，在楼道里拉着伟哥念台词。伟哥的广场舞比赛因为陆延临时退出，只拿到第二名，最终还是和电饭锅无缘。

比赛那天肖珩也在。确切地说，不是他想去，他对这种挤在各路大妈中间听"你是我的小呀小苹果"这种事一点也不感兴趣，只是他觉得：要是陆延在，他肯定会来看。

伟哥很拼命，一个浑身肌肉的男人混迹在中老年队列里，把手里那把太极扇舞得风生水起。

肖珩站在台下，录了一段视频发给陆延。周围有台上不知道哪位人气选手的粉丝应援，隔壁小区几个人奋力地喊："王大妈！大妈大妈你最棒！"

肖珩的内心毫无波动，他对着那个毫无反应的聊天框看了半天，又动动手指发了几句话过去，然后忍不住退出去翻陆延的朋友圈。

陆延朋友圈里基本都是广告，新歌广告，酒吧演出通知，商演广告，往前翻甚至还有十九块九包邮小蛋糕的广告。

偶尔会发几条意味不明的"加油"。

那天之后肖珩租了一个工作室。项目进展到现在，工作室里只有五台电脑，这也就意味着除他以外，整个"公司"只有四个人。这四个人都是当年在论坛上认识的，这次 AI 项目的设想源于肖珩发过的一个帖子，这个四年前随手在论坛上发表过的设想，现在正一点点往现实转变。

创业初期，一穷二白。

等肖珩从电脑屏幕前抬起头，天早就暗了。截止到今天，新项目初期筹备已经全部完成，这次项目转 AI 并不容易，即使有多年的学习经验，之前四年的空窗期还是带给他不少影响。要学的东西太多了。要思考完善的东西也太多。

"我这边差不多都完成了，原始数据……"几个人开会时聚在一起，一个穿白 T 恤的瘦弱男人正在发言。这些当年论坛上认识的"网友"，四年后再联系时散落在各个行业。

肖珩松开鼠标，往椅子里靠，微扬起下巴。连着熬夜，每天的休息时间不超过三个小时，让他的面色看起来很不好，眼下有一圈深色。

在瘦弱男人发言时，他感觉回到了刚决定重拾这个项目的那天晚上。这个策划案还是在陆延家里那台破电脑上写的，用了一个通宵。当时它还只是一个想法，一个不一定会实现的天马行空的幻想。

瘦弱男人汇报完，其他人鼓掌。他们中有人是辞了原先的工作孤注一掷过来参加这个项目的，能走到这一步，谁都没想到。

掌声久久不停歇。

是啊。肖珩想。怎么转眼就走到了这里。好像遇到某个人之后，凭空拥有了做梦的勇气。短暂的工作汇报结束。时针指向一，大家再度埋首投入紧张的工作里。

　　肖珩低下头习惯性点了一根烟，他烟瘾大，将那口烟吐出去时他抬眼去看面前的窗户，工作室内的景象映在大落地窗上。他们所在的楼层很高，窗外万家灯火连成一片，看着像从天空倒映下来的星。

　　肖珩看了一会儿，咬着烟，继续看电脑屏幕。

七芒星 2

CHAPTER

6

公演

追星这个词用得分毫不差，他追的确实是颗星。

《乐队新纪年》第一期先导片一周后于各大网络平台播出。播放量在同期综艺里还算可以，点击过百万，属于正常水平。乐队元素本来就不是主流，关注度不可能一期之内就起来，更何况只是一期没有舞台内容的先导片。

先导片最开始的镜头是从厦京市高空俯瞰的景色，紧接着放了一大段五个城市拼凑起来的海选视频，最后镜头移动到飞跃路三号防空洞，在防空洞停留一会儿，然后转进会议中心门口，一辆辆车在门口停下，一组组人拉开车门，背着琴从车上下来。

一张张乐手的脸和无数声音出现在画面里。

有人说："我玩乐队六年了，看不到希望，真的很难……太难了，如果这次还是没希望，我可能会放弃。"

也有人笑笑调侃说："周围总有人问，欸，你整天搞这个，能挣多少钱啊，说实话，饭店洗盘子的一个月挣的都比我多。"

"我们这次来，除了想多挣点钱以外，还想让更多人看到我们。想让别人知道地下有像我们这样，坚持做音乐的人。"

镜头扫过一张张面孔，转进会议中心，记录下整个赛前会议，在这个地点，最后一个画面是陆延跟镜头碰杯。

…………

没有舞台可看，观众就只能看脸和采访表现。

播出当天，陆延碰杯这个动作和其他几个乐手被截出来在网上疯传。

请问这是什么帅气酷哥？

碰杯那一下，我死了！

看来这节目我得蹲一蹲。

放狠话那段也很有意思啊，队友都急眼了。哈哈哈，强行扳摄像机。

这些陆延都不得而知。他们没有手机，进去第一天收拾宿舍的时候，所有人的手机都被工作人员收走，他也没时间关注这些，抽完签确定各组曲目之后就进入紧锣密鼓的排练当中。

改编，排练，上舞台彩排，赶录制，忙起来连睡觉的时间都没有。

他们可选的歌都是几位评审老师的作品，评审也是想借着节目的东风给自己打打歌，陆延他们抽中一首很有年代感的《让我告诉你》。

这首发行于二十年前的歌实在太老，在改编上需要花费很多心思，光是确定风格他们就讨论了一整晚。

"这首歌我妈挺喜欢的。"大炮说，"我是不太喜欢听这种，我觉得我们可以做个不一样的风格。"

李振说："改编不是说新潮就行，得看特质，人明明就是身旗袍，你不能往婚纱改。"

许烨说："我觉得吧……"

许烨一开口，其他人立马统一战线说道："你别说话。"

许烨："……"

许烨加入乐队之后，自学写歌编曲也有段时间，他把编曲书看完之后写的一首歌曾经在防空洞震撼了全乐队。

许烨一个人玩贝斯久了，经常能暴露出没有团体意识的毛病，比如写歌。

大炮说："你这首歌……不需要吉他是吗？"

李振说："鼓呢，我好像就听到敲了两下，你把你振哥放哪儿？"

陆延说："我看也不太需要我这个主唱，你比我们乐队上一任贝斯手还厉害，他写歌最多也就给自己多加两段 solo，你这完全是独奏。"

几个人在排练室争论许久。陆延抢了李振的位置，坐在架子鼓后，靠着墙，手里转着根鼓棒，最后说："我有个想法，我们从内容出发。"

不同的内容，表达不同的情绪。这首歌原先的风格是比较温柔的，像对这个世界的低语。

李振想了一会儿说："从里头往外找，我懂你的意思。行，那我们就这样改。"

陆延撞上南河三是在排练室过道上。男人穿着一身洗到发白的旧衣服，坐在过道尽头的窗台上抽烟，窗户是开着的，风从外头刮进来，狠狠吹在他衣服上，勾出他消瘦的身形，头发也被风吹得凌乱。

听到脚步声，他缓缓抬头，由于眼睛被碎发遮住，他微微眯起眼，又盯着陆延看了一会儿才开口。

"老七？"

陆延喊他："三哥。"

南河三不是很意外："你也在啊，名单上没看到你。"

陆延说："改名了。"

南河三弹弹烟灰，倒也没继续追问。

沉默了一会儿，南河三随手把烟摁在边上，垂下眼，目光落在他的手腕上，说道："我要是没猜错，你现在应该是主唱？"

陆延没把手的事说出去过，问他："你怎么知道的？"

南河三说："我在霁州那么多年，想打听点事还不容易。"

陆延说："也是。你现在在风暴乐队？"

南河三应了一声。

"那之前的乐队……"

"早解散了，老五出去打工，老六搬家去了县城。"南河三又说，"能出来，谁愿意在霁州那地方待着。"

边上排练厅的门开了，南河三的队友叫他，他撑着窗台跳下去，留给他一个背影，他挥挥手说："不唠了，比赛见。"

陆延出来透完气后，回排练厅继续改歌。这天他们改了一整个通宵的歌，紧接着就是没日没夜的紧急排练。

评审会来排练厅给他们指导，这些评审也都是音乐人，给的意见都让他们这些狂野生长、自由摸索起来的野路子乐队受益匪浅。

尤其是陆延唱功这块儿，他之前弹了七年吉他，唱歌也是靠自己瞎摸索，网上看到什么技巧方法就跟着练。

公演前一天晚上，陆延躺在床上睡不着。可能是近期节奏太快压力大，也可能是紧张，晚上彩排的时候他才发现舞台有多大，比四周年舞台要大得多，即使台下的位置全是空的，从四面八方照过来的灯已经闪得迷了人的眼。

陆延翻来覆去后睁开眼。电子设备全让节目组给收了，录音笔倒是没收走。

宿舍条件普通，上下铺。李振在他下铺打着呼噜。陆延从枕头底下把录音笔摸出来，插上耳机，漫长的琐碎声音过后，键盘声响了很久，然后在陆延快睡着的那一秒，键盘声停下，传出来的是一句："陆延。"

陆延把这段录音听完，又倒回去听一遍，最后在李振的呼噜声中闭上眼，一夜无梦。

早上六点整，有参赛选手陆陆续续去水房洗漱。宿舍里的大喇叭喊着："请各位选手八点前到排练厅集合——"

大炮的起床气较重，他直起身，顶着鸟窝头往喇叭上扔了个枕头，又一头栽下去。

整间宿舍里只有陆延起来了，他穿好衣服，踩着双拖鞋挨个拍拍他们的床沿："起来。大炮，你还想干翻他们，你准备在梦里干翻？"

大炮翻个身说："大哥，我再睡十分钟。"

许烨跟着喊："大哥，我也再睡十分钟。"

陆延扔了手里的毛巾，正好盖在大炮脸上。"你们怎么不问上天再借五百年。"陆延说完往大炮床上爬，威胁道，"都给老子起来。"

狭长的宿舍楼走廊里，一队人从宿舍门口走进来。

是几位工作人员和评审，走在最中间的是那个女人。

女人的高跟鞋踩在光洁的地板上，站定后问："都安排好了吗？"

"八点进行最后一次排练，下午四点前结束造型，同时安排观众陆续入场。"

"嗯，舞台设备都没问题吧。"

"葛老师您放心，没问题，都已经检查过了。"

这群人匆匆忙忙进来巡视。

陆延喊人起床失败，把毛巾挂在脖子上，带着脸盆打算自己先过去洗漱，刚走出去两步，正好撞上工作人员。最中间的那个女人，陆延记得她，乐队经纪人葛云萍。他贴着墙根站，给这帮人留位置。

葛云萍听着汇报，表情没有任何变化，经过陆延身边时却改了主意，她停下脚步，高跟鞋声没了。

葛云萍问："你们乐队抽到哪首歌？"

她的语气很随意。这个女人很有意思，往他面前一站，让他梦回高中，好像对上教导主任一样。

陆延回答："沈城老师的。"

评审沈城抢话道："哎，对，我的歌，是首老歌了，'让我告诉你，这世界太多身不由己'。"

这些天他们改歌，沈城作为歌曲的原唱，对改编这件事总是放不下心，时不时会去排练室监督进度，生怕他们把这首歌毁了。

葛云萍问："改得怎么样？"

陆延看着挺谦虚地说："沈城老师原来的版本已经很难超越了……"

沈城高兴地拍拍陆延的肩，决定跟选手商业互吹一波："没有的事，你们改得特别好。"

然而陆延没说完的后半句话是："如果是我们乐队的话，要超越应该没有太大问题。"

沈城："……"

葛云萍笑了一声。女人往那儿一站，气势凌人。

"真是人才辈出。"葛云萍转而看向沈城，似有感慨地说，"老沈，我记得你原来也是玩乐队的吧。"

沈城当年也是风靡校园的偶像歌手，只是二十年过去没熬过中年危机。

"是，出道之前在大学里组过。"

陆延没插话，他隐约觉得葛云萍这番乍一听稀松平常的话，可能没有听起来那么简单。

葛云萍没跟他多说，只留下一句"你现在在网上人气不错，加把劲"，就带着工作人员穿过走廊，从另一头的楼梯下去了。

陆延在快节奏的准备和录制下，很快把这个插曲抛到了脑后。

节目组安排了十名造型师，三十组乐队人不少，化妆时间争分夺秒。演出服装也全靠抢，黑桃队长抢得哭天喊地："我腿短……请把那条黑色高腰裤让给我，我们全村都在电视机前等着看我。"

陆延拿到一件黑色带闪片的小衫，里头搭件简约的衬衫，用李振的话说就是骚得很内敛。

从更衣室推门出来时，其他几个人忍不住对着他吹口哨："老陆，你这也太犯规了，不知道的还以为我们这是什么偶像选拔比赛。"

陆延说："太帅，没办法。"

陆延平时演出全是自己瞎化的妆，偶尔还需要给李振他们几个手拿不稳眼线笔的人代勾眼线，由于他自己化妆技术不咋的，化完妆跟原先差别不太大。然而专业化妆师上过妆后，他整个人的颜值又往上蹿了一级。

"第一组准备——"

"五分钟设备调试时间，调整好举手示意音响老师。"

"三，二，一，开始！"

这场比赛三十进十五，淘汰一半人，陆延他们在第六组，对战蓝色乐队。台下观众席上坐着近千人，灯从后往前逐渐熄灭，只剩下舞台上的灯光，评审坐在观众席前面的评审席上，舞台上的光亮得刺眼。

这是陆延第一次直面"竞争"。

蓝色乐队是一支大学校园乐队。他们舞台经验不足，纯粹得甚至有几分天真，但风格清新，这种白纸一样的特质是他们乐队所没有的。

"老陆。"李振看着蓝色乐队的表演,心里不由得涌上几分担忧,"这就是年轻人啊,对比一下我们简直就是老流氓。"

陆延说:"把们去掉。"

李振说:"怎么的?"

陆延说:"就你一个人老而已,你看看这位 C 大学子,还有 C 大边上不知名学校的可是高中刚毕业,至于我,老子我也正值青春——"

李振说:"你正值什么青春!你在社会上走过的路比这帮人走过的桥还多。"

"还有大炮,那孩子哪儿有一点大学生的样子?!看着就社会。"李振又说,"早知道我刚才就去抢那套棉麻衬衫和蓝色牛仔裤了。"

陆延说:"别人这样穿叫清新,你穿叫装嫩,省省吧。"

几个人在后台插科打诨聊了一阵,紧张的气氛消散。即使两个乐队之间并不熟悉,临上场时,陆延还是过去跟他们击掌说道:"兄弟加油,别紧张。"

陆延上台前用指腹轻轻去摸无名指上那枚细铁圈。他不知道肖珩会不会在台下。

这次演出的票并非公开售卖,陆延想着,又觉得纠结肖珩在不在台下这个问题没有什么意义,那个人的存在,就像无名指上套着的这个圈一样,贴着连向心脏的脉络,和呼吸和心跳共存着。

陆延想到这里,再去看那个亮到让人头晕目眩的舞台,眼前的舞台变得逐渐清晰。

"六组,准备——"

陆延握紧手里的话筒,踏上台阶。开头两句是清唱,等陆延最后一个音落下去,紧接着吉他、贝斯、鼓点,所有声音一齐冲了出来!

一首略带悲伤和无奈的《让我告诉你》,被他们改成对教条的质疑和冲破——让我告诉你,即使这世界太多身不由己。

"沈城老师那歌改得简直神了,"有工作人员在后台的机器后边议论,"明天估计能上热搜吧,叫什么,Vent 乐队?"

观众席的掌声久久没有停歇。下一组还没准备好,评审席上的各评审暂时休息。

其他评审对沈城说道:"沈城你这歌要翻红啊,我打包票。"

沈城说:"过奖过奖,是那帮孩子改得好……"

"这支乐队不简单,吉他手这水准我估摸着在所有乐队里能排上前三,贝斯手也不容小觑,就是看着舞台经验比较少,应该是刚玩吧。鼓手就更别提了,一看就是老手,不过我觉得最强的还是主唱的舞台表现力……"

主唱的舞台表现在张口的那一秒,便把所有情绪带给所有观众。

评审们还在分析各乐队的实力选手,有人扭头问边上的女人:"葛老师您觉得呢?"

葛云萍没说话,由于需要面对镜头,她今天的妆容化得愈发精致,精致得透着强烈的疏离感,她低头在名单册上随手勾画了一个圈,圈起来的正好是陆延两个字。

陆延并不知道他们乐队表演完,台下、幕后,甚至评审席都炸了。下台之后他问李振要了根烟,躲在厕所里抽烟。从第一天进这个封闭录制营到现在已经有一周多时间。

杀进前十五,紧张和喜悦都有,但除此之外脑子里最多的还是……想知道肖珩今天来没来。

陆延蜷腿坐在马桶盖上,十分克制地只抽了两口,然后动动手指等烟一点点自己燃尽。他掐灭烟推门走出去之前,隔壁隔间隐约有几声"嘟",有人在拨电话,等几声"嘟"过去,是特别小声的一句:"我们晋级了。

"前十五强!

"刚在台上差点没紧张死我,台下人真的特别多……"

在隔间里打电话的不知道是哪个乐队的乐手。

陆延脚步一顿。

隔间里那位不知名乐手还在抒发自己的激动之情,等他抒发完,又跟做贼似的说一句:"不说了啊,我们这儿不让带手机,被人发现就不好了,我这手机还是拼了老命偷偷藏的呢……"

说完，他挂断电话，然而刚打开门——猝不及防地迎面就看到一张脸！在他还没反应过来之际，门外的人已经逼近他，挤进了隔间，然后啪的一下反手落锁，一系列动作做得干脆利落。

被堵在厕所的人抓紧电话，脚下踉跄几下往后退，最后手撑着坐在马桶盖上，惊恐道："你……你……你，谁啊！"

这个时间，这个糟糕的地点。这来势汹汹的样子，都让偷摸打电话的那名乐手心猛地一颤。恶霸吗？还是以前有仇？

陆延一只脚踩在马桶盖上，正好踩在他手边，然后陆延垂下眼一言不发地盯着他看。

被盯的那人有种被社会恶霸盯上的错觉，虽然面前这个人长得不赖，但整张脸冷着，有种说不上来的压迫感。他正努力回想什么时候得罪了恶霸大哥，到底什么仇什么怨，看这样子自己下一秒准要挨揍。

然而陆延看了他几秒，缓缓张口："我，Vent乐队主唱，交个朋友？"

那人："……"

陆延又伸手说："朋友，你手机借我用用呗。"

那个人大概是被吓傻了，半天没缓过神来，但吓傻的同时，与生俱来的摇滚精神让他习惯性说"不"，他反问："我为什么要借你？"

陆延说："因为大家都是地下乐队圈一分子，追逐音乐梦想道路上的同行者？"

陆延观察这人的神情，感觉他脸上写着不想借三个字。

"当然，你也有拒绝的权利。"

那个人说："我拒绝。"

陆延看他两眼，心平气和地把脚放下去，甚至十分贴心地帮他把锁上的门拧开，门嘎吱一声打开，然后他退后两步，给他让道。

那个人将信将疑地迈出去一步。

陆延倚着门，冲着外头喊："有人吗？工作人员在不在，这里抓到一个藏手机的。"

"我×！"那个人没见识过这种套路，生怕陆延真把工作人员喊来，崩溃道，"兄弟你用得着这么狠吗！"

陆延说:"老子还可以更狠一点。"

那个人实在是头一次遇到这种人,朝外头看了一眼,确认没人之后把手机扔过去,认输道:"行了,给你给你……就十分钟啊。我去外头给你看着。"

宿舍楼里没有任何充电插口,手机电量要是用完根本没法充电,陆延对十分钟没什么意见,说:"谢谢。"

陆延退回隔间,用和刚才同样的姿势坐在马桶盖上,登录自己的微聊账号,上线后手机振个没完。

肖珩发过来的消息占了一大半。前面全都是些视频、图片和分享链接之类的东西,陆延从第一张开始看,第一张照片是他们那栋单元楼,只是这栋楼跟平时相比有了一些变化,从顶楼垂挂下来一条大红色的巨型应援条幅,上书:陆延勇敢飞,七区永相随,陆延你最牛,爆发小宇宙!

条幅在风中飘摇,场面十分壮阔,土得很耐人寻味。

肖珩:伟哥召集楼里开了个会,说要给你应援。

肖珩:高兴吗?

肖珩:够不够有牌面。

陆延笑着往下翻,心说:有牌面个屁啊,土死了好嘛。

后面是一段广场舞比赛的视频。

这些消息里乱糟糟的什么都有,甚至七区楼下难得有摊贩过来卖早餐的照片也混在里头。

陆延动动手指,手臂随意搭在膝盖上,继续往下翻。从应援条幅开始他就笑得停不下来。然而翻到后面,他的手却突然顿住,最后一句是肖珩发过来的消息。

肖珩:加油。

时间是昨天晚上。

陆延的喉结微微耸动一下,他打字回复:好。消息才发出去不过几秒钟,对方直接抖了个视频过来。视频里是肖珩照在路灯下的脸。两个人没说话,只是安静地盯着对方看。

最后还是肖珩先开口："能用手机了？"

"不能。"陆延说，"这是别人的。"

肖珩低低地笑了一声。他走在路上，道路两旁的景色在往后退。

陆延又说："手机主人是我刚认识的一兄弟，他现在正在厕所门口看门。"

肖珩立马反应过来，说："抢的吧。"

陆延惊讶于肖珩对自己的了解，但碍于颜面，他还是说："是借，用词能不能文明点，我是土匪吗？"

肖珩说："你是。"

"……"

道路两旁的景色退到一个亮着灯的高塔边。在那个高塔换颜色之际，肖珩说："恭喜晋级。"

陆延盯着那个塔，听到他这句恭喜，隔两秒才反应过来那是会场附近的信号塔，他直起背，说："你来了？你在台下？演出你也看了？"

陆延没来得及换衣服，穿的还是刚才舞台上那一身，因为紧张，上台前解了几颗衣扣。这个人刚才在舞台上就已经足够耀眼，视频里看得更真切，本就突出的五官在妆发造型的帮衬下好看得不似真人，肖珩能清楚看到陆延脖子里那根细链子，吊坠歪斜着垂在清瘦的锁骨处。

银质吊坠上划过的细碎的光不及他的万分之一。

半晌，肖珩说："嗯。"

肖珩确实在现场。十多天没见着面，想见这位朋友就只有去现场当拍手观众。他头一次托人买票，这节目不火，但是有几个人凭着脸出了圈，票倒是炒得挺高。

帮忙弄票的是工作室成员，他有朋友正好是黄牛，买票前还特别惊讶地问他："珩哥你也追星啊？咱项目都忙不完了，你这去一趟回来，晚上是又打算通宵？不是，而且你看起来……不像追星的人。"

追星这个词用得分毫不差，他追的确实是颗星。

陆延咳一声别开眼。"人这手机就借我十分钟。"岔开话题后，陆延想起来另一件事，"后面还有好几组吧，没表演完呢……这么急着走，你工作室有事？"

肖珩说："后面又没有你。"

陆延还想再说点什么，再多看他两眼，隔间门被人猛拍几下，手机主人在门外着急地喊："兄弟！来人了——好像是沈城老师，快点把手机还给我吧！"

来的人确实是沈城，沈城刚进来，就见到陆延和另一个乐队的键盘手两个人站在厕所同一个隔间里。

沈城问："你们？"

手机兄弟临场反应能力不行，光是紧抓着把手机藏在身后就已经花光他全部勇气，陆延只能自己撑场面，说："我们……在交流赛后心得。"

沈城没多想，他点点头，夸道："你们两队这次表现得都不错，到时候节目播出去，话题度肯定很高，尤其是我。"

陆延不知道话题怎么扯到评审自己头上去了。

沈城大笑两声说："哈哈哈！我的老歌有望翻红啊！"

陆延："……"

陆延抓着边上那位离开厕所后，手机兄弟才擦擦汗说："好险。"

陆延问："你哪个乐队的？"

那个人这才自我介绍说："我叫高翔，你叫我翔子就行，我是风暴乐队的键盘手。"

风暴乐队。不是南河三那个乐队吗？巧了。

陆延拍拍他的肩，跟他一起往等候厅走，别有用心地说："我跟你们队三哥认识，我们是兄弟乐队啊。"

"真的？你认识我们三哥？"

"老朋友，好几年的交情了……哎，你住哪个宿舍？"

高翔毫不设防地把自己宿舍号交代了出去。他要是知道接下来很长一段时间里，这位恶霸有事没事就要来他们寝室串门抢他手机的话，他宁愿一巴掌扇死此时此刻天真的自己。

陆延回到等候厅，这段跟坐牢似的封闭录制时间里，在看到那些消息，在跟肖珩视频过后，总算有那么一缕风、一束光透进来，带给他能够张口呼吸的地方。

第一场比赛还没开通场外观众投票的通道，晋级方式是现场观众投票。由于三十进十五，后面不好对决，所以赛制上，第一场投票选出的第一名拥有直接通过第二轮的特权。

Vent 乐队以四票之差和第一名擦身而过。

观众投票第一名是一支成军十几年的乐队。这支乐队的赛前发言就已经让无数观众动容，当时乐队队长还没说话，眼泪已经先往下落，他背过身去，飞速擦了两下眼睛，说："很多人对我们的第一印象是，老。我们确实已经很老了，但我们年近四十，还在玩乐队。"

李振也很动容，说："他们乐队的鼓手以前是我的老师，我学架子鼓那会儿他教过我一阵……坚持到现在真的不容易。"

玩乐队的几乎没几个人不认识他们。虽然因为歌曲风格的问题他们在逐渐老化，这些年渐渐从地下淡出，但陆延刚接触国内地下乐队的时候，也曾经翻来覆去地听他们的歌。

"老前辈。"陆延输得心服口服，没有任何异议。

比赛结束，十五支晋级乐队名单公布后，他们坐上大巴车回到录制营。比赛什么时候播出，播出之后会有什么样的反应……封闭录制营里的所有晋级选手都不甚了解，他们很快投入紧张的改编环节。

第二轮抽签除了决定演出曲目之外，还得提前确定下一场的对手。抽签之前，李振非要找个手气好的人上去抽，最后看来看去觉得谁都不靠谱，说："算了，还是我上吧。"

李振的手气确实不错，抽到一个各方面实力都不怎么样的。

"我去！纸风车乐队，这好打啊，我闭着眼睛打鼓都能赢，老实说上一场比赛我觉得就该淘汰他们乐队，能留下来真是奇迹……"

这支叫纸风车的乐队实力确实不佳。

大炮凑过去说："是，我有印象。"

许烨说："他们上一场失误很多。"

只有陆延不太高兴。

李振说:"老陆你怎么回事,弱还不好?!"

虽然陆延一句对方不好的言论都没说,但说出来的话却更伤人:"没劲。"

李振:"……"

就算再没劲这签也已经抽完了。

几天后,节目播出,场外网络投票通道开启。然而让人怎么也想不到的是,这支乐队比陆延想象的"有劲"多了。

这天晚上,陆延照例去"兄弟乐队"那儿串门。

高翔一见到他进来就装死道:"我睡着了。"

陆延踹他一脚说:"你睡着个屁,起来。"

"大哥。"高翔把蒙在脸上的被子掀下来,"我手机都快没电了!"

陆延一脸"你骗谁"的表情说:"昨天不还百分之四十。"

高翔从床上坐起来说:"投票通道不是开了嘛,我就忍不住,晚上一直在刷……对了,你们这次抽签抽到哪个乐队?"

陆延说:"纸风车。"

高翔的表情扭曲了一下。

陆延问:"怎么?有故事?"

高翔说:"你不知道?"

高翔用同情的眼神看着他说:"你真不知道?出了名的'海王'啊,网投一开一晚上暴涨三万票,公司派过来参加比赛刷脸的,后台硬着呢,不然你以为他们上一场是怎么赢的?"

陆延参加比赛前就想过黑幕这个东西,只是没想到以这样的姿势撞上。

妈的。陆延心说。李振这运气真是好到没谁了。

录制营会议室里。会议刚结束,葛云萍起身走到落地窗前。她身后的长桌上摆着一沓纸。这沓纸最上面那张写的是:纸风车乐队,所属公司,腾翎娱乐。

有人推门进来,喊她:"葛老师,叫的车已经到了。"

葛云萍转身说道："行，我一会儿就下去。"

会议室里除了她，还有沈城，沈城的视线离开了手机屏幕，抬头调侃道："葛老师辛苦，葛老师慢走。"

葛云萍和沈城是老朋友，她的神情放松下来，把手插进口袋里问："你什么时候走？刚开会看你刷半天手机了。"

"我再刷会儿微博，你看今天热搜没有。"说到这儿，沈城语气雀跃，"我的歌挂了一天——你觉得最后谁会赢？别的不敢说，但是 Vent 这支乐队走到最后挺进三强绝对没问题。"

葛云萍说："按实力来说确实没问题，只是……可惜了。"

沈城微愣。

葛云萍拎起包，边往门口走边说："我原先对这支乐队的关注度很高，或者说在地下有这样一支各方面来说都具有主流特质的乐队，让我感到意外。"

葛云萍的手握在门把手上，边按下去边说："我也想继续观察下去。"

咔嗒一声，门开了，葛云萍走出去。

"但很可惜，他们这次只能走到这里了。"

另一边，陆延摁着高翔的脖子叫他赶紧把手机拿出来，高翔无奈只能下床，掀起床垫，在床垫下面的一个夹层里掏出了手机，畏畏缩缩道："喏。"

陆延接过手机，说："出去之后，这份恩情我会还给你的。"

高翔："……"

还出去之后。这氛围真整得和坐牢似的。

陆延虽然经常找他借手机，但除了上线几分钟看看和肖珩的聊天记录外，很少会去搜比赛的相关动态，免得看了之后想太多容易分心。这还是头一回，陆延点进新出的投票榜。果然，投票榜上纸风车乐队一骑绝尘。

Vent 乐队靠着陆延第一期的几个经典镜头和亮眼的舞台表现，话题度一直不低，按理来说票数不会低，但纸风车这个讨论度明显低一截的乐队的票数却是他们乐队的两倍。

陆延看了两眼票数后，登录微聊账号，点开肖珩那个乍一看还是一片黑的星空头像。

肖珩今天凌晨发过来的话是挂在七区楼外的土味应援里的，不过是改编版。

肖珩：延延勇敢飞，你爹永相随。

看到第一句的时候陆延还有点感动，然而第二句一出来，他只剩下一个念头，老子打死你。

陆延在高翔寝室里坐了没多久，南河三洗完澡进来，两个人简单聊了两句。

"翔子说的厕所恶霸就是你？"南河三问。

陆延被刚才刷票的消息震得还没缓过劲来，脑子里乱得很，也没去纠结"恶霸"这个词，说："我就借个手机，你们乐队键盘手不至于见谁都说我一顿吧。"

南河三似笑非笑地说："长大了。以前你出了名地冷，好些小姑娘想接近你都不敢找你要手机号，后来找的我，我一周得给你打发掉不下十个。"

陆延在霁州那几年确实不喜欢接触人，行事想法也幼稚。

"那会儿……叛逆期。"

南河三又问："纸风车的事我听说了，这才第二场，你们打算怎么办？"

陆延沉默了一会儿。南河三没再继续这个话题。

陆延问南河三借了根烟，坐在他们宿舍把烟抽完，走之前他最后看了一眼肖珩的改编版应援语才把手机还回去。

这个点大家基本都准备睡了，走廊上空无一人，陆延回到自己宿舍，大炮和许烨因为各自支持的女偶像又开始互相嘲讽。

"她跳舞跳成这样你也喜欢，你去品一品我家这位的美貌！"

"美什么美，虽然她跳舞一般，但唱歌好听，声音特空灵……你去听一听这天上有地上无的神仙声音！"

两个人争得脸红脖子粗，一个上铺一个下铺，恨不得隔着床板打架。陆延打断他们："你俩停一下，我有个事要说。在说之前你们做一下心理准备，特别是李振，你最好躲远点，我不敢保证你的人身安全。"

李振疑惑道："怎么还扯上我了。"

"由于我团鼓手手气实在是太好。"陆延说，"我们乐队这次对上的是个刷票队。"

自以为手气最佳的李振："……"

简单讲完来龙去脉后，全队没有一个人说话。

最先开口的是大炮，他脾气暴，嘴里全是脏话。

许烨问："那我们怎么办？"

陆延也还在理头绪。和资本比起来，他们 V 团实在过于渺小，无疑是鸡蛋碰石头，资本轻轻松松能把他们捏死。但陆延从来不信命，也不认命，更加不会妥协。

陆延最后只确定下一点："不管怎么样，明天排练照常。"他们这几天刚把编曲做出来，为此熬了好几个通宵，已经在隐隐期待下一个舞台，即使这个消息对所有人来说都相当于一个噩耗，但在想好对策之前，他们能做的也只是全力以赴。

七芒星2

CHAPTER

7

刷票风波

肖珩说："你只要想，不管发生什么事。"
陆延在心里接，珩哥在。

次日，他们是在午休时遇到的"海王"乐队。

自从上回舞台上见过一面之后，纸风车乐队很少出现在陆延等人的视野中，也很少花额外的时间排练，摄像机录不到的地方一般见不着他们。

纸风车乐队吃完饭从餐厅回来，经过陆延他们的排练厅门口时，有一位成员笑了一声说："他们还挺努力。"

事情的起因很简单，就只是这一声笑和六个字。也许含义并不是大炮想的那样，但大炮现在看见他们就不爽，控制不住地觉得对方就是在嘲讽他们。

大炮毕竟年纪轻，在雾州那种地方土生土长十几年，什么事都习惯直来直去，他直接把琴放下，走到门口说："有事吗你们？"他的语气太冲，纸风车乐队其中一个人说："怎么着，这过道是你修的？我还不能在这儿说话了。"

大炮原本就满肚子火，从昨天晚上憋到现在，说出来的话也不怎么好听："能，但是不会说话还是建议有些人把嘴老老实实闭上。"

纸风车乐队成员说："你小子说谁，怎么说话呢。"

陆延来不及阻止，喊："大炮，回来，别动手。"

大炮这会儿哪儿还听得进陆延的话，说道："说谁心里清楚，刷票的也敢在这儿乱吠。"

刷票这个词一出，气氛立马炸了。

"我 ×，你谁啊，小子做人别太狂。"

然而大炮远比他们想的狂多了。

"我是谁？老子是你爷爷。我记得你，你那吉他弹得跟屎一样，学了多久？我猜不超过十天。"

混乱中说什么的都有。大炮的几句话将原本并不算大的矛盾彻底激化，纸风车乐队有人讥讽地说出一句："还练什么，别练了，我劝你们赶紧收拾收拾回家得了——"

大炮对着对面几张脸，暗暗握紧拳头，眼睛也红得跟他前阵子染的头发一样。陆延头皮一麻，心说肯定要出事。这孩子还太小，他不知道这个社会上不公平的事多了去了，成年人的世界不是每件事都有道理可讲的。

如果换成四年前的陆延，他也忍不了，他甚至都不会走过去问"你们有事吗"然后充满火药味地跟对方呛几个来回，他没那么多话，保准二话不说直接挥拳头上去——哪怕这赛不比，哪怕爽完立马扭头走人。

"戴鹏。"陆延冷冷地喊，"叫你别动手听没听见？！"

李振试图打圆场："大炮，冷静点……"

许烨作为一个从小到大没打过架，只被同学单方面欺负过的人，说："是啊，有话好好说……"

大炮压根不听劝，一拳直冲着纸风车乐队其中一位成员的鼻梁而去。事情发生得太快，话语和人物在这个场景里显得尤为混乱，前后不过几秒钟时间。李振和许烨两个人离得远，在大炮那一拳打出去的瞬间，没来得及拦住他，心说这下完了。

然而一阵混乱过后，本以为会出现的场面却并没有出现。吵得不可开交的几个人集体陷入某种诡异的安静。

无形的硝烟逐渐散尽后，所有人的目光都停在大炮身侧那个戴着眉钉的男人身上，眉钉再冷也冷不过他此刻的神色。

陆延站在大炮边上，一只手握着大炮的手腕，他手指指节泛着不正常的白，手背上青色的脉络明显突起，脸色也白，这一拳拦得很费劲。

大炮垂下眼，目光触及陆延拦着他的那只手……手腕上的那片黑色文身，几个尖锐的角正对着他，他浑身的热度立马消退，头脑也清醒不少。

"大……大哥……"

"老陆……"李振更是说不出什么，话卡在嗓子里。

陆延用左手生生挡下了大炮这一拳。

大炮头脑是清醒了，但他还是想不通："打就打了，怕什么，有什么好尿的！"

午休结束后就是下午的录制时间，纸风车乐队和其他排练厅跑出来看热闹的人很快散开。

走廊上只剩下他们几个。

"闹够了？"陆延说，"这一拳下去，之后呢，真想收拾包袱滚蛋？由于不良影响被迫退赛你想过后果没有，以后谁提到大炮都知道是那个打人的混子——传出去是不是还觉得自己挺光荣？"

陆延刚才站的位置只能用左手，右手根本伸不过去，他忍着疼又说："他们队的票有多水，我们这次能不能打得过暂且不论……戴鹏你想过没有，给我们乐队投票的几万个人都在等我们下一次的演出。"

陆延说的这些是大炮完全没想过的问题。大炮愣在门口。陆延说完这句，没再看大炮有什么反应，转身去了洗手间。

陆延走后，李振心情复杂地拍拍大炮的肩说："我去看看他。"走之前忍不住多说一嘴，"还有，你大哥那不叫尿。"

"挥挥拳头上去也不叫强，那太容易了。"

大炮缓缓蹲下，抓着头发沉默。李振看着大炮这样，知道他是明白自己的意思了，于是没说后半句。

他进洗手间的时候，陆延正在用凉水冲手腕。整个洗手间里只剩下水龙头流水的哗哗声。

李振问："你手没事吧，我记得这儿好像有医务室，过去看看？"

陆延说："没事，过会儿应该就好了。"

李振说："去开个什么药膏，止疼喷雾之类的也好。"

陆延冲了会儿，把水龙头关了。

"那些东西我都有，真用不着。"陆延靠着洗手池说，"不就是一拳嘛，老子一个大男人，别说是一拳了——"

"得，话说到这儿差不多就行了啊。"李振比了个暂停的手势，"就知道你要装 ×。"

陆延笑笑。

隔了会儿，李振又说："那孩子还是太小，别跟他计较，我看他也知道错了。我像他那么大那会儿，脾气比他好不了多少，长大也得有个过程是不是。"

"是。"陆延胡乱用衣摆擦擦手说，"没打算跟他计较，我就是刚才憋完大招，手疼，又想来个完美帅气又有威慑气势的退场……"

"对了。"陆延说到一半，话题一转，"关于纸飞机乐队，我昨天晚上想到个对策。"

五分钟后，乐队四个人聚集在排练室里。大炮见陆延进来，猛地站起身，说："大哥，对不起，我……"

陆延在麦架边上的高脚凳上坐下，腿被拉得老长，男人之间没那么多弯弯绕绕的心思，他比了个静音的手势说："这页翻篇了，下回长点记性。"

大炮说："我一定牢记大哥的教诲！"

陆延说："我说个事。"

陆延的对策很简单，票数做假不可能查不到痕迹，不管是哪种方法，假的成不了真。

"所以我们先得证明它是假的，然后再网络曝光？"李振听明白了，"可我们怎么证明它是假的？"

许烨好歹是个计算机专业的学生，立刻回道："现在是大数据时代，那些票很有可能是用刷票软件盗用其他用户的账号刷上去的，要是现在给我一台电脑，我可以试试。"

连手机都没有，电脑就更别提了。

李振头疼道："那咋整。"

几个人头对头凑在一起，围成一个圈。

陆延在这个圈里，伸手打了个响指，说："所以我们的第一步，找外援。"

高翔已经记不清这是多少个没有睡好觉，被恶霸拽起来问"手机在哪儿"的夜晚了。他迷迷糊糊睁开眼，发现这回恶霸长了四个脑袋。他用力揉眼睛，确认不是自己眼花，而是今天晚上确实来了四个人。

高翔说："陆延你不是人，你不但自己要用我的手机，你还要带那么多人过来一起蹂躏它？！"

陆延这天穿了件带帽子的卫衣，他动手前将头微微向后仰，帽子顺势滑落，说："少废话，东西呢？刚在你床垫底下摸半天没摸到。"

"在我洗脸盆里，用毛巾盖着的，不是，你们这么多人要干什么啊？"高翔坐起来给他们拿手机。

陆延说："老子今天要逆天改命。"

高翔："……"

熄灯后的宿舍漆黑一片。几个人围着高翔的手机蹲成一圈等手机开机，高翔也感到好奇，加入这个圈跟他们一起蹲着。

手机开机后，连上网，陆延还没来得及把高翔的账号退出去，就看到通知栏里跳出来一条消息：惊！纸风车乐队被爆投票数据造假！

这条消息震得陆延都不知道下一步要干什么了。

高翔解释说："那是我关注的一个推送号，每天都推送一些咱们比赛的大小八卦动态什么的……不过纸飞机怎么这就被爆了？这届网友这么优秀的吗？"

陆延没有说话，但他的心跳越来越快，他心底隐隐有个预感。直到他动动手指点进去，完整的推送展现在几人面前。

今天下午，网投通道才开不到一天，一位网名叫 XH 的网友深度解析了纸风车乐队的一系列刷票操作。近三万票居然都是由五台电脑操作完成的！从这名网友放出来的图里可以清楚看到，这些投票账号登录使用时的电脑 IP 完全相同……

从截图里看，XH 这条微博发得言简意赅，一个多余的字都没有。

手机屏幕上的字逐渐变得模糊，最后剩下的只有两个英文字母——XH。

陆延半天没说话，李振却看得万分激动。

"这位网友真是好人啊！苍天有眼！"李振激动完，回过味来，"不过这位 XH……等等，XH，怎么感觉那么熟？"

"怎么着，认识？"高翔也被这样一出转折弄得特激动。

陆延说："认识。"

高翔看着他问道："谁啊？"

陆延盯着那个 XH，心头一动，又想到昨天晚上，肖珩发过来的那句土味应援。

——延延勇敢飞。

于是，陆延脱口而出："我爹。"

高翔真以为是陆延爸爸，他脑海里浮现出一名为儿子保驾护航、坐在电脑前奋力杀敌的中年男子的形象。

"你爹真厉害，叔叔一定很支持你的事业吧。我爸就不一样，他整天叫我回去继承家里的小卖部。"

"其实……"陆延刚才就是一时口快。

高翔说到最后拍拍他的肩膀，道："你能有这样的父亲真好！"

陆延："……"他该怎么解释。

和陆延这边不同，节目组忙得焦头烂额。纸风车乐队刷票的消息一出，引发网民热议。

《乐队新纪年》这个节目除了小打小闹上过几次热搜之后，一直没什么太大的火花，刷票事件倒是给他们带来一波流量。

现在选秀节目不好做，市场趋近饱和，也正是因为这样，这些公司才会去找寻"新题材"。

节目组内部正在紧急处理。

"怎么回事？公关呢，公关都死了吗？"

"撤热搜，先撤，这都要我手把手教？！"

"把内容拟好发过来给我看一眼。"

有人问："那咱们的公关方向？"

领导在电话里沉默了一会儿，说："我们和腾翎有合作，这次比赛他也是赞助方，不好得罪……能保就保吧。"说完他又忍不住破口大骂，"腾翎找的这什么破刷票团队！票都不会刷！"

按理说刷票软件没那么容易被人破解，而且还是在这么短的时间内。节目组应对得很快，事态刚发酵没多久，便将热度压了下去，紧接着是一份官方声明。

陆延几个人讨论了一阵，正要把手机还给高翔，八卦推送博主又在第一时间推送了另一条内容：节目组发声！称刷票完全是子虚乌有！

节目组发的声明大致内容就是刷票是不可能的，这位网友的证据不足以证明这是刷票行为，以及节目组一向公正，对刷票零容忍。

一番声明说得跟真的一样，顺便还买了水军，底下评论一边倒。

我相信纸风车！

从第一期开始就看好他们了，谁说我们家刷票！

纸风车冲啊！

在这样的言论引导下，其他网友也开始动摇：节目组都这样说了，看起来是真没刷啊。

反转来得太快。

"什么玩意儿啊这是，这是人话吗！有没有天理了还，刷这么明显都他妈不管？！"李振的笑容凝固在脸上。

许烨一直在学校里待着，也是头一回遇上这种事，向来不说脏话的他也憋不住骂了一句。

大炮是脏话担当，能骂半小时不带重复，气得连飙霁州话。

陆延也蒙了。

骂完之后，几个人又不约而同地陷入沉默。这种感觉远比得知纸风车乐队刷票还要难以承受，一种更深的无力感席卷上来。在资本面前，世界可以是黑白颠倒的，舆论也是可以被操控的。

沉默一会儿后，陆延把页面退出去，说："别看了。"

那么多人戳在别人宿舍里也不好，人家也要休息，李振叹口气，拉着大炮他们起身。

"先回去吧，养精蓄锐，这事明天再说，再怎么着，两天后下一场舞台还在等着我们……"李振走到门口，又说，"老陆你不走？"

陆延说："你们先走吧，我过会儿的。"

高翔也被这突如其来的反转吓一跳，正想安慰安慰这位恶霸兄弟，却听恶霸问："你……手机能再借我会儿吗？我想出去打个电话。"

"行，你去吧，替我向叔叔问好！"高翔瞬间明白。

陆延没心情跟他解释父亲这个误会，他抓着手机走出去，走廊里有监控摄像，陆延顺手把帽子戴上，找了个监控照不到的角落，靠着墙拨出去一通电话。

高翔的手机号是陌生号码，陆延听到肖珩接起电话，冷着声问："哪位？"

陆延其实没什么话想说，就只是想听听他的声音。

等肖珩耐着性子问完第二遍，陆延才说："你流落在外的儿子。"

肖珩在那头笑了一声，然后喊他："延延。"

走廊上太安静了，这声延延清晰地从那头传过来。陆延应了一声。

肖珩问："又去抢手机了？"

陆延说："都说了是借。"

肖珩又问："你看我信吗？"

"能不能给点面子。"陆延说，"老子是遵纪守法好公民。"

两个人谁都没提刷票的事，随口扯了会儿，陆延问："你工作室现在怎么样？"

肖珩详细地给陆延讲自己最近在做的项目，虽然涉及的专业术语陆延不一定听得懂，但光是这样听着，积压下来的情绪竟逐渐平息。

肖珩说完，陆延也聊了会儿录制时的事情，聊到他们这几天编的曲，陆延停下来说："今天刚排过一遍，改出来效果还不错，听不听？"

"听。"

在电话里给人唱歌还是头一回。陆延站的角落正好对着窗，看着窗外星星点点的灯火，他清了清嗓子。陆延清唱的时候，并没有舞台上那种攻击力，他把声音放轻，低低的，像是往人心口上砸。

陆延唱了几句，停下来，突然说："谢谢。"

"说什么傻话。"肖珩此时正站在工作室外的抽烟区，指间还夹着根烟。

陆延说："我都看到了，热心网民肖先生。"

"虽然……"虽然最后还是被节目组反过来将了一军。陆延顿了顿，又说，"总之谢谢。"

肖珩问："能开视频吗？好久不见，想看看你。"

陆延登上微聊账号。走廊上光线暗，只能看到一个轮廓。他站得累了，干脆直接蜷腿坐在地上，刚坐下帽子也落下去，肖珩隐隐看到陆延低下头整理帽子时露出来的后颈线条。

肖珩盯着他看了一会儿后说："你刚才想说虽然什么？"

陆延一下子没反应过来："啊？"

"你是不是想说虽然没什么用，还让节目组和纸风车平白赚了流量？"手机镜头里，肖珩不动声色地把手里那根烟掐灭了，"我发微博的时候就没想过他们会清票。"

"什么意思？"陆延察觉到肖珩后面还有大动作，只是他想不到这人到底想干什么。

肖珩不想拿这事扰乱他，只是问："还记得走之前我说过什么吗？"

陆延一怔。

肖珩说："你只要想，不管发生什么事。"

陆延在心里接，珩哥在。

"明天你就知道了。"

肖珩最后催他把手机还给人家，赶紧去睡觉。

发生这么大的事，陆延回宿舍之后居然没花多久就睡了过去，然而这对另一批人来说却是一个不眠夜。节目组的人好不容易加班处理完刷票危机，没过多久又被紧急召回。

"有人在刷票！"

"查不出源头。"

"查不出就拦着！技术部门呢！"

"试过了，拦不住……"

节目组内一片混乱。最后工作人员对着电脑，电脑屏幕上是十几条不停疯狂上涨的曲线，工作人员呆滞地说："这——疯了吧！"

纸风车乐队用刷票软件刷了多少票，他们就用同样的方式给其他所有乐队刷了相同的票！

有工作人员说："已经有网友注意到了，讨论度在上涨……票数也还在涨……"

不光是节目组，这回连腾翎都坐不住了。腾翎娱乐老板一通电话拨过来，质问道："他们这是公然刷票，你们节目组在干什么？！清票啊！"

节目组已经烦得焦头烂额，接电话的那位心说：最先公然刷票的不是你们家吗？

然而这话并不能往明面上说，只能回道："我们这刚发声明……要不你让你们的刷票团队先停吧，别刷了。"

下城区某破旧大厦内。五台电脑一齐亮着。手速最快的一名瘦弱男人问："肖哥，对方停了，我们还要往上刷吗？"

"水多少票刷多少票，其他一票也别碰。"肖珩的衣袖折上去，耳机挂在脖颈间，敲键盘的指间还夹着根烟，似乎目前在做的事情压根用不着费心。

他们几个人都不是善茬，要论用电脑"干坏事"，比起腾翎娱乐请的刷票团伙，他们刷起票来连电脑 IP 都让人扒不着。

瘦弱男人又说："嘿，他们原来那刷票软件，那弄的什么啊，代码写得全是漏洞，碰这种软件都在侮辱我的电脑。"

肖珩没有接话。他刚才在电话里对陆延说没想过节目组会清票，这话不假。他就等着节目组发"刷票合理"的声明。

在腾翎娱乐收手、纸风车投票涨幅回归正常后，其余十四支乐队也恢复正常。

虽然节目组不知道背后操控者是谁，但他的目的已经表达得很明确：你们不是发大水嘛，谁还不会了。

由于刚发过声明，这会儿也不能自己打脸，唯一能做的只有把相关话题的热度压下去，连夜撤热搜的工作人员都在心里默默地想：这得是个什么样的狂热粉丝。

一般人就算察觉票数不对最多也就说两句，谁会费那么大劲去搞这么个东西。

此时，狂热粉丝肖珩正坐在工作室里赶落下的项目进度。有同事结束工作，关上电脑，回家前冲他招呼："肖哥还不走啊，要不我等会儿你，咱俩顺个车？"

肖珩点上烟，抬手掐了掐鼻梁说："还有几项工作没做完，你先走吧。"

以肖珩的工作效率，绝对不可能是所有人里最晚完成工作的那个，同事觉得奇怪，问道："你又接什么活了？"

肖珩说："没有。"

同事说："那你……"

肖珩抖抖烟，眼皮垂着，回答他："昨晚也追星去了。"

同事："……"

肖珩又似乎是想到了什么，目光从电脑屏幕上移开，打量这位同事。

同事被他盯得发毛。

肖珩低头抽了一口烟，再抬头的时候问他："你有 × × 视频的账号吗？"

同事说："有……有啊。"

肖珩现在的行事作风越来越有某个下城区市民的风范，他起身走过去说："帮忙投个票。"

肖珩顺便给同事介绍了一下这支乐队。他平时在工作室里话并不多，人跟他写的代码一样干脆简洁，这会儿居然破天荒跟同事讲什么"风格多变才华横溢"。

"支持一下。"肖珩咬着烟说，"一天两票，别忘了。"

次日。

陆延是被高翔抓着衣领晃醒的，他半睁开眼，意识还不太清醒，说："这才几点。"

高翔一天之内经历两次颠覆性的大逆转，他激动地把手机举到陆延面前说："大消息！又反转了！"

陆延撑着床半坐起来缓了会儿。李振大炮他们连滚带爬下床，四个人凑在一起，只见投票榜上，除纸风车外的所有乐队都涨了四万多票，纸风车滑到倒数的位置，而 Vent——

"你们是投票榜第二！"高翔说，"当时纸风车刷票的事爆出来，你们乐队粉丝爆肝投票，之前纸风车一直在刷票所以票数上看不明显，照这个趋势下去可能都要超过第一了……"

高翔又说："这是不是你爹干的，你爹真是好样的！叔叔太牛了！"

陆延："……"

震惊归震惊，惊喜归惊喜，但是要怎么告诉你那位"叔叔"其实是老子朋友？

昨天拦下大炮那一拳，手腕直到现在还在隐隐作痛，但此刻任何感受都逐渐退去，陆延脑子里只剩下"肖珩"两个字。

V团的粉丝群体，有下城区摇滚青年，有直播时常听陆延唱歌的观众……更多的还是节目播出后的新粉丝。

陆延愣愣地翻微博评论。不到一个月的时间，他们乐队的微博涨了近十万关注。

有粉丝留评说：很遗憾那么晚才认识你们，第一场舞台入坑，回去补了你们乐队出过的歌……我们一起努力，一定会冲出去的！

逆天改命这个陆延抢手机时随口胡扯的词，用在这场博弈里再合适不过。

这些粉丝是实打实地一票一票在投，想把纸风车乐队压下去，这也是纸风车乐队需要刷那么多票的原因——V团票数摆在那里，不多刷根本压不下去。

星星之火，可以燎原。在肖珩出手前，他们就已经在拼命改"命"。

陆延很难形容自己现在是什么心情。他看到李振偷偷抹了一下眼睛，许烨难掩激动，大炮则是想到昨天差点冲动打人的事，咬着牙，眼圈泛红，低声说："在他们给我们投票的时候……我在干什么啊……"

陆延没说话，他动动手指登上微聊账号。在手机屏幕上敲了半天，最后又一个字一个字删掉，只留下最前面两个字：珩哥。

肖珩那边没回。估计忙活了一晚上，这会儿刚睡下。

"那我先走了，再不回去三哥估计得催。"高翔说着，鬼鬼祟祟地带着手机一溜烟跑回寝室。

陆延向高翔道谢后，靠着床头那根铁栏杆，习惯性地用两根手指捏着无名指上那枚铁圈将它转了半圈，转动间，圈内侧那串凹凸不平的"符文"划过，仿佛深深烙进了皮骨里。

陆延摸了一会儿，起身踩着拖鞋下床。新的战役还在等着他们，他走到门口停下脚步，回头说："收拾收拾——排练去。"

陆延拉开门时笑了一声，说话间仿佛有无限勇气，口气也狂得可以："我们这次的目标……把纸风车打回老家。"

离第二次公演还剩不到一天。节目组临时开了个会，就明天公演的问题做完汇报后，话题转向投票榜。

"这几支乐队的票数现在涨得很厉害，从涨幅上来看，后续可能还会继续涨下去。"

"除了 Vent，现在风暴也赶上来了。"

"……"

葛云萍坐在长桌对面。黑西装，红唇，以及一张没什么波动的脸。在听到投票榜时，她才抬眼。

提到投票，沈城作为那场史无前例的投票拉锯战里的一名吃瓜群众，好奇问道："纸风车乐队这是彻底完了？"

葛云萍本身除了是经纪人外，还是娱乐公司的股东，这次乐队节目，她也是主办方之一，拥有参赛选手的直接运营权。她沉吟一会儿说："出了这种事，腾翎娱乐不可能再继续推他们，淘汰的概率很大。敢跟资本对抗的我遇到过不少……但命像他们那么硬的，这还是第一次。"

葛云萍面前那页纸正好是介绍 Vent 的，她这回是真的开始重新审视这支乐队，评价道："也算选秀历史上难得一见的奇观。"

或者，说是奇迹也不为过。

沈城说："我是觉得他们不错，你呢葛老师，看到好苗子就不心动？"

很长时间葛云萍沉默不语，直到散会，她才抛下一句意味不明的话："现在还不是时候。这些从地下冲上来的人，身上刺太多。"

刺太多的陆延正在宿舍里给乐队其他成员开会。陆延坐在李振的床上，从上铺往下俯视他们，他刚洗过澡，身上被蚊子咬了好几个包，摸着后颈说："说几个问题，我昨天晚上借高翔手机的时候……"

李振、大炮、许烨齐声说："是抢。"

陆延沉默，然后他把李振的枕头往下扔，又说："我看了网上对我们乐队的评价，有几点我觉得还算客观，一个是采访问题。"

现在的节目都靠剪辑，在有素材的情况下，节目组为了吸引眼球，颠三倒四什么都有可能剪出来。

想到这儿，陆延感慨道："我们乐队简直是个素材库。"他们平时接受采访说话太直，想怎么说就怎么说，尤其是大炮。

"还有曲风这一块儿的问题，我们在地下那会儿什么风格都玩，但网上有很多观众反应有些风格接受不了。我觉得不是说风格小众才导致接受度不高，而是没有做好。"

"足够好，就是流行。"陆延对"流行摇滚"的认识跟很多故步自封的乐手完全不一样。

李振从认识陆延那天就觉得这个人的意识……太成熟了。他在陆延这个年纪的时候，想的都是"你们不懂我的音乐，老子的歌多好啊，是你们这些凡夫俗子不懂！"

第二次公演，毫无悬念地，Vent 乐队以两万多的票差击败纸风车乐队。

表演结束后，两支乐队互相握手致敬。陆延起初还担心大炮还会跟对方起冲突，然而大炮一夜之间长大不少，他只是冷酷地伸出手，挑衅的话一句也没说。

这一战之后，Vent 乐队势如破竹，在投票榜站稳高位，简直像大魔王出世，将魔王乐队的名号从下城区带到了赛场上。

观众最常看到的场面就是全暗的舞台上，突然亮起一边舞台的光，然后主持人铿锵有力地喊："获胜队是——Vent！"

强光猛地洒下，照在四个人身上。

跟海选片段里野生野长、没有经过任何包装，在地下恣意生活的那个 V 团相比，他们变了很多，主流乐队的姿态逐渐显现，站在舞台上时好像真的有光从他们身体里一点点透出来。

台下粉丝尖叫，V 这个手势占领了半边观众席。

陆延站在那个位置上，每次获胜都觉得自己离那颗想要亲手摘下的星星越来越近，从这个角度看过去，台下观众手里晃动的灯光，就像一片壮阔的星海。

陆延没由来地想起四周年那会儿的场子。那个场子是真的小，三百个人。而在这个舞台上，三百个人，仅仅占了台下的一个角落而已。他们一直说着要冲到地上去，却从来没想过，原来站在"地上"是这样一种感觉。

无数星光环绕，头顶烈阳，热烈生长。

评审席上，沈城说："是我的错觉吗？他们……他们几场下来，成长速度太快了。"

葛云萍手臂环着胸，挑了挑细长的眉，没有回答。

七芒星 2

CHAPTER

8

银色子弹

地下虽暗，一旦有光，那抹光却可以刺破黑暗。

后续的赛程安排更加紧张，前几场还能给他们缓冲时间只做改编，但随着剩余乐队的数量越来越少，开始进入纯原创环节。

灵感不是水龙头，拧开就有。要在短时间内写出一首歌来，对每个乐队都是一种考验。对此，李振感到非常崩溃，陆延这个人寻找灵感的手段总是出人意料。

"老陆，你整天蹲厕所里干什么？"

陆延说："找灵感。"

"等会儿再找，我尿急！"

"……"

他们乐队在原创方面不占优势，去掉大炮和许烨两个没有写歌经验的，就剩下陆延和李振。李振编曲还行，写的歌词是真的没眼看，陆延永远记得他曾经的一首大作：妈妈打电话叫我回家，别再浪迹天涯，而我只想飞，飞吧，像只自由的小鸟一样飞吧。

还好陆延能打，一个人的战斗力能当四个人用。在厕所关了一晚上之后，倒真让他熬出一点灵感。

这时，离下一场四进三的比赛还剩不到四天。

"你们看看，有什么想法没有。"

"厉害啊老陆。"李振看完词曲之后说，"以后我绝对不跟你抢厕所了，你爱待多久待多久。"

"一小时后叫我，去排练室练一遍试试。"陆延困得不行，顾不上吹自己，躺床上准备补会儿觉。

排练的同时还有杂七杂八的一堆事。采访、拍广告，陆延排了两天，中途被节目组从排练室里拉出来。

"有个采访，就五分钟……"

陆延问："就找我一个？"

节目组的人说："代表嘛，对方说派个代表去就行。"

节目组的人说完一路小跑着领他进去，推开门，房间里摆放着几个凳子、一台摄像机、打光板，还有一个娱乐台记者。

陆延走进去坐下，采访环节确实进行得很快，话筒在陆延面前，娱乐记者问："参加这次比赛，带给你最大的收获是什么？"

陆延想了想说："有更多的人听到我们的歌。"

娱乐记者说："我注意到你们乐队的风格有些转变。"

陆延说："对。"

娱乐记者问："这种转变是有意识而为的吗？"

陆延现在官腔打得越来越利索："意识倒说不上，我觉得大众喜欢的和我们想表达的东西，这两者并不冲突，让更多人了解并接受摇滚文化一直是我们的目标。"

娱乐记者把采访纸翻过去一页，又说："你们以前是一支地下乐队。"

这名女记者其实全程都特别紧张，根本不敢直视陆延的眼睛。随着赛程推进，现在只剩下四支乐队，造型师也空闲下来，甚至有时间专门给他们设计造型。陆延略长的头发被造型师往后梳，这种搁别人头上准成灾难的发型，在他身上却并不突兀。

娱乐记者咳了一声才说："你对'地下'这个词怎么理解？"

陆延抬手，把散落在额前的头发往后抹。

采访过后，紧接着是广告的拍摄。

"这款面膜，敷上去之后记得念广告词……你们几个人自然一点，别太拘束，蕴含一整瓶的精华原液哦，这个'哦'字念得俏皮点。"

"俏皮？"陆延对拍广告这种事情并不热衷，也没有在镜头前演绎愉悦的嗜好，而且这种广告词普遍比较羞耻。

陆延拍的第一条广告播出后，晚上跟肖珩打电话，在电话里足足被笑了半分多钟。

"你他妈再笑。"陆延恼羞成怒。

"不笑了。"肖珩说完又笑了一声,"不好意思,忍不住。"

陆延抓抓头发说:"回去收拾你,你给老子等着。"

肖珩低声道:"嗯,我等着。"

节目播出到现在已经一个多月的时间。临近决赛,马上就是四进三,如果这次V团顺利杀进三强,就真的只要再伸伸手就能够到顶点。

肖珩看着陆延领着V团一步步从地下走上来,面对镜头时越发从容得体,就连曲风也进行了一定程度上的调整。这段时间,他们成长的速度太快了。

陆延在舞台上的样子,耀眼得过分。有种人生来就属于舞台。

于是肖珩说:"希望你们走到最后。"

陆延头一次拍广告时,台词念得比较僵硬,几回下来已经相当熟练,别说俏皮了,只要提得出,他什么风格都能驾驭住,广告拍摄两遍就过。陆延把面膜从脸上揭下来,转身去洗手间洗脸。

这段时间连轴转,很少有休息的时间,陆延洗完脸后从兜里摸出一颗润喉糖,咬在嘴里提神,站在走廊尽头的窗台边看窗外的云。他在心里默念,比赛赶紧完吧,拿了冠军回去。

陆延正打算回排练厅,身后传来一阵由远及近的高跟鞋声,葛云萍恰好经过。

陆延对这个女人的印象就是"商业",她说的话残酷,但句句都很现实,能站到这个位置不是没有原因。

"葛老师。"

葛云萍点点头,并没有直接越过他,反而停下脚步。她问:"准备得怎么样了?"

陆延说:"排得差不多了。"

葛云萍看着他,在心里惊讶于从海选见他第一眼到现在的种种改变。

"晚上有时间吗?"她抬起手腕,看一眼腕表后又说,"十点左右,来3号会议室,有点事和你说。"

陆延想了一下，"李振他们……"排练问题比较多，十点可能结束不了。

葛云萍打断他："我找的是你。"

葛云萍重复："你一个人。"

陆延并不知道这位王牌经纪人找他到底有什么打算，他也不认为跟葛云萍熟悉到私下约谈的地步。

"你干什么去了？"陆延回到排练室，李振转着鼓棒说，"那么久。"

陆延想说遇到了葛云萍，但是只找他一个人，还不知道是什么事，于是只说："没什么，接着排吧。"

晚上十点，3号会议室。陆延推门进去的时候，会议室里已经坐了几个人。从主位开始依次是葛云萍，沈城……还有南河三。

风暴乐队作为Ｖ团的劲敌，在投票榜上的票数一直跟他们不相上下。

随着比赛环节愈发紧张，陆延已经有段时间没跟南河三碰过面。他才发现南河三剃了个断眉，又冷又酷，他的五官本来就优越，包装过后更是只剩下精致两个字可以形容。他坐在那里，跟刚开赛时陆延见过的那个穿旧衣服迎着风坐在窗台上的南河三截然不同。

"来了？"葛云萍往后靠了靠，说，"把门带上。"

陆延关上门，心底隐约有个念头升上来。

"我也不跟你们绕圈子，实话跟你们说，我从来没有想过要运营乐队。"葛云萍的话语一个字一个字砸在空旷的会议室里，也像一记重锤，重重地砸在陆延头上。

陆延想过无数种情况，唯独没想过眼前这种。

"国内乐队的前景，我并不看好。我们节目跟同期播出的其他爆款比赛相比，播放量、讨论度，各项指数也并不及它们。

"我不是什么慈善家，你们不必跟我谈梦想。从商业角度上来说，我更偏向运营个人。关于这个圈子，你应该了解过音浪唱片，即使是这种根基稳固的老牌唱片公司，近十年来也只签主唱，从未破例。

"事实上你们自己也应该清楚，所谓的乐队粉丝，这其中你们个人的粉丝占比是多少。运营团体，最现实的就是平衡问题，也许是看脸，因为样貌出色，或者实力拔尖，性格吸粉……群众总会有选择性地、择优挑选自己更偏爱的那个。"

葛云萍这话说得其实没错，在 V 团里，陆延的粉丝确实更多，风暴乐队也是因为南河三在舞台上一段相当经典的贝斯 solo，排名才能从后头追赶上来，进入观众视线。

而且南河三的唱功也不差，是个全能选手。

"沈城。"葛云萍说到这儿，又侧头看沈城，"你当年不是没尝试过带乐队，结果怎么样？"

沈城原先就是好奇，听她说找了他们开会，过来凑个热闹，没想到参加的是场鸿门宴。

沈城语焉不详道："呃……那什么……就，散了。"

"这里有两份合同。"葛云萍说话时语气平淡，"我给你们一天时间考虑，比赛前一天告诉我你们的答案。"她势在必得。

陆延觉得很有意思，参加了一个多月的乐队比赛，临近决赛之际，主办方却突然告诉他：我们并不想运营乐队。他甚至想笑。但等那份合同被推到面前，看着那些白纸黑字的条款，他发现自己抵在膝盖处的手都在控制不住地发抖。

静默间，南河三说："明天给你答复。"说完后，他站起身，拿着合同往外走。

葛云萍似乎对这个情形早有预料。她的这份自信不是没有原因的，这个女人太聪明了，聪明到可怕。她在等他们自己沉进去，亲眼看到站在顶峰是什么样子，等他们自己扒光身上的刺修剪成她想要的主流模样。而她只是冷眼站在远处考察他们身上的商业价值。

葛云萍神情轻松，她从不打没准备的仗，合同的事等到现在才说，也正是因为这个。

如果见过光，谁甘心再缩回地下，熬着漫无边际的时间去等一个不知道可不可能降临的机会？

"你呢，离四进三比赛还剩不到两天，还是你也需要考虑？"葛云萍又说，"老实说比起南河三，我更看好你，你很清楚地知道自己要什么，你们最近的采访我都看了，还有曲风，流行曲风确实接受度更高……陆延，你会成为一名出色的主流歌手。"

陆延摁住手，等手指轻微颤动的情况平息。手是按住了，心底那股不断往上烧的火依旧按捺不住。

葛云萍清楚听到陆延笑了一声。

换发型后，陆延凌厉的眉眼毫无遮掩地展露出来，带着十足的攻击性。他身上穿着件黑衬衫，身形清瘦，又长又直的腿，往那儿一坐引得人挪不开眼。

然后陆延伸出手，拿起合同。

"你想多了。"陆延说着，当着葛云萍的面，把合同一点点撕了。陆延细长的手捏着碎纸片。他的声音和他的脸色一样冷。

葛云萍睁大眼睛，合同像雪花般洋洋洒洒地撒在她眼前。陆延坐在长桌另一边，垂眼看着她。

"我也不是你想的那种什么主流歌手。"陆延身上那种无拘无束的地下摇滚乐手独有的叛骨彰显无疑，"老子妥协，为走到地上做好所有觉悟，不是为了让你单签我的。"

葛云萍以为陆延真的被修剪成她想要的主流模样，怎么也没想到这个人本质上压根没有任何改变。

唯有一点她说对了，他很清楚自己要什么。

陆延说："今天有个娱乐记者问我对'地下'这个词怎么理解。"他完全知道因为地上阳光太烈，所以才会有影子。而地下虽暗，一旦有光，那抹光却可以刺破黑暗。

陆延走出去之前说："我倒想问问你们，你们懂什么叫乐队吗？"

陆延没去关注葛云萍是一副什么表情，他回到排练室，手搭在门把上，听着里面李振他们练习时的说话声，最后还是没有拧下去。他们满心都是下一场比赛，这要怎么说？陆延最后躲在走廊尽头，想抽烟，摸了半天身上只有一盒润喉糖，他低声骂了一句。

"抽一根？"陆延出神间，从边上伸出来一只手。

南河三把烟递给他，陆延接过。南河三看到他空荡荡的双手，猜到了是怎么回事。

"你把合同撕了？"

陆延低头抽了一口烟，没说话。

南河三也不在意，他靠着墙，捏着打火机说："我打算签。是不是觉得我挺过分的？"

陆延吸了一口烟，苦的。

"你乐队怎么办？"接二连三的消息让他莫名烦躁，"高翔呢，他把你当哥，你抛下他不管？"

南河三沉默了一会儿，又忽然笑了，不知道是在笑自己还是在笑谁，他说："陆延，在这点上你还真是一点没变。"

"当年因为那帮人打了老四，你就单枪匹马冲过去……你去之前不是不知道有危险吧，我也提醒过你，你还是去了。"南河三说，"我当时可以帮你，但我没帮。我怕惹麻烦。"

陆延抽烟的手顿了顿。

南河三最后说："陆延，人总得为自己打算。我在地下待够了。"

南河三走后，陆延弯下腰，缓缓蹲下，被嘴里那口烟呛得直咳嗽。

陆延并非生在霁州，而南河三在霁州土生土长，走到哪儿都有人敬他一声三哥，在霁州，不狠一点根本站不稳脚跟。

陆延没法去说对错，他不知道初中开始就在酒吧打工的南河三在霁州过着什么样的生活，有着什么成长轨迹，也不知道黑色心脏解散后的四年他都经历了什么。

但南河三是第一个给他灌输"乐队"观念的人。曾几何时，这个男人在酒吧迷乱的灯光下对他说："你就叫老七吧……算是，一种传承。"

陆延咳了半天，最后捏着手上那枚戒指，起身把烟扔了。

高翔好不容易排练完，累得十根手指都差点没了知觉，刚躺下又被一股力道拽起来。

"手机呢。"

高翔："……"

陆延这次没什么心情多说什么玩笑话，只说："我就用三十秒，这是最后一次找你借。"

高翔本来想说还三十秒、还最后一次呢，我信你个鬼，然而他感受到陆延身上传来的不明情绪，愣愣地说："我……我给你拿。"

陆延站在走廊里。他听着手机里传来的"嘟嘟"声，看向窗外，这会儿是半夜十二点，天早已经黑透了。

电话接通，肖珩那边还没来得及说话，陆延就说："珩哥。"他的声音有些低。

"我想见你。"

"就现在。"

陆延说借三十秒，实际通话时间可能连二十秒都不到。

肖珩没有多问，没有问你们那儿封闭录制怎么还乱跑，也没问发生了什么事，他关了电脑，边站起身边说："地点。"

陆延说："基地后门。"

肖珩不是没去过那个录制基地："你们基地后面有门？"

门当然是没有。

陆延说："有墙。"但老子能翻。

录制基地一共有六层楼，他们节目组包下两层。因为录制的特殊性，加上偶尔会有粉丝过来堵人，因此保密措施做得相当到位，几堵墙将整栋大楼围得密不透风。

肖珩在电话里让他等半小时再出来，陆延等了十几分钟，实在等不下去，他起身就往楼下走。

他已经很多年没干过这种冲动的事了。高中那会儿倒是整天翻墙出去，去音像店，去酒吧，去废弃高楼楼顶练琴……陆延想到这儿，单手撑着窗台，弯腰，从一楼窗户翻出去。

边上就是监控摄像头。陆延身上还是那套衣服，他避开监控，在避无可避的时候，直接用石头把监控摄像头砸了。摄像头只来得及捕捉到一只手的剪影。伴着"啪"的一声，画面瞬间转黑。

盛夏已经过去，天气远没有他进录制基地时来得热，陆延踩着废弃桌椅翻到墙上去的时候，有风从墙外刮过来。

肖珩从车上下来，站在路的另一边远远看到的就是这样一幅景象——陆延双脚悬空坐在高墙上，几乎和夜色融为一体，强烈又喧嚣的风打在他身上，掀起一侧衣角，他整个人像只即将腾飞的鸟。

陆延看到他，收回聚焦在对面街灯上的目光。

一个多月不见，肖珩的头发长了些。不再是之前那个摸着都觉得扎手的短寸头，几缕碎发落在额前，离陆延最开始印象里的那位"有钱少爷"近了一步。又或者说他从来没变过，无论落魄还是重新站起来之后的肖珩，身上总有一种无形却相似的气场。

街道不过几步宽。陆延却在肖珩朝他走来的这几步里回想起很多个肖珩。那场雨夜里的他，掀开黑网吧那片帘子看到的那张散漫的脸。夸他、对他说不管发生什么事都有他在时的神情。

…………

只要一看到这个人，心里所有纷乱的念头都消失了。葛云萍那句"我从来没有想过要运营乐队"和南河三"我打算签……陆延，人总得为自己打算"的混杂声逐渐远去。

当烦躁、不耐、愤怒的情绪散退后，剩下的居然是一种陆延自己都不敢相信的委屈。

这种情绪过于陌生，他从小野到大，去雾州之后即使被打得浑身伤痕，也只是在街头石阶上坐一会儿，跟不知道疼一样。

手伤之后也只是一声不吭回学校宿舍，把压在枕头底下的信封拿出来，拖着行李上了开往厦京市的火车。

陆延不着痕迹地轻吸鼻子。"不是说半小时吗？"他才在这儿坐了不到五分钟。

"问同事借了辆车。"肖珩晃晃手里的车钥匙。

陆延腿长，垂着离地面只差半堵墙。

风把他一侧的衣摆吹起来，腰身隐在夜色里，只能看到模糊不清的半截轮廓。

肖珩张开手说："下来？"

陆延的手搭在粗糙的墙皮上："接得住吗你？这个月是不是又整天忙项目……腹肌还剩几块？"

陆延之前就肖珩腹肌的事说过一回。

肖珩嗤笑一声："你说呢。"

陆延坐在那堵墙上，没回这句话，只是低着头看他，突然喊："珩哥。"

肖珩"嗯"一声。

下一秒，陆延直接松开手往下跳，这一瞬间他背后仿佛长出一双看不见的翅膀，像是不计后果、孤注一掷地决定从这个地方出来。

陆延呼吸间都是肖珩衣服上干净的洗衣液的味道，带着阳光晒后的气息，暖得他鼻尖一热，而这其中还混杂着淡淡的烟草香。

"珩哥，我想抽烟。"陆延的喉结忍不住动了动。

肖珩在他耳边问："你就这样往外跑？你晚上住哪儿……带身份证了吗？"

"带了。"陆延的声音听起来有些闷。

陆延坐上车，肖珩将车开到附近酒店。

订房、上楼。

肖珩这才问他："怎么了？"

陆延不说话。

肖珩又问："为什么跑出来？"

陆延沉默一会儿，说："他们压根不想运营乐队，今天带着合同找我，想单签。"

肖珩没再说话。他在陆延小幅度往边上挪位置的同时，下意识去抓他的手。他抓的正好是陆延的左手。

那片黑色的星星就在他眼前。

肖珩额前的碎发垂下来，遮住他此刻所有神情。

…………

陆延这几天忙着录制，写歌，神经一直紧绷着，这会儿才感觉到累，他倒头就睡，四个多小时后又强撑着去浴室洗澡。

肖珩也醒了，坐在床边抽烟等他。

陆延洗完澡后，清醒不少，他穿上来时的那套衣服，只是造型师给他弄的发型是回不去了，半长的头发随意散在脑后，他把一切都整理妥当后，才赤着脚走到肖珩面前。

肖珩看着他，问出一句："想好了？"

肖珩隐约察觉到陆延今晚偷跑出来找自己，不是没有缘由，他好像想借着自己、借着某种东西去坚定自己所做的决定。葛云萍和南河三的话难道他会不清楚？错过这次机会，下一次是什么时候——这个问题，在地下待了那么多年的陆延比谁都清楚。

比赛进行到现在这个环节，他们离顶点已经很近了。不，是太近了。在地上的那种感觉，无数双高高举起比着"V"字形的手，热烈的、向阳而生的强光，陆延真真切切地体验过，他承认他确实也很渴望。

想冲出去的人，谁能抗拒得了这些？

陆延缓缓把嘴里那口烟吐出来，说："想好了。"

陆延再度翻墙回到录制基地的时候，天还没亮。

摄像头损坏的事也没人追究，监控室的门卫估计晚上不小心睡了过去，一切都跟往常没什么两样。除了李振几个人，只从高翔那儿听到陆延让他带的话，不知道陆延具体什么时候回来，担心得一晚上没怎么睡好觉。

"你疯了你。"陆延刚推开门进去，李振反手就扔过一个抱枕，"我就怕你被节目组抓到，你看规定没有，擅自出去是会被取消参赛资格的——你还有事外出，我问高翔，高翔就回我四个字，说你有事外出……你这托话的字数还敢再少点吗？什么事你倒是说清楚，你去哪儿鬼混去了？"

李振说完，目光触及陆延匆忙间没来得及扣上的衣领，这下是真的惊了。

"你你你——"李振的语言组织彻底失败，"你"了半天后说，"胆子也忒肥了！你怎么出去的？外头不是有监控吗？你怎么躲开监——"

"砸了。"

"砸了？"

陆延说："不砸难道还等着它把老子的罪行录下来吗？"

李振原本还有点困意，这会儿彻底清醒了，他隐约察觉到不对劲。"我说老陆，你平时不是这么冲动的人。"但他实在想不到还能有什么事，"你就这么想你那姓肖的朋友？想到分开几天就受不了？老陆，我跟你说你现在的思想很危险，朋友固然重要，但是事业也不能落下啊……"

"你瞎猜什么！"陆延没回答，他抬脚把许烨踹醒，经过许烨边上时又把刚才李振砸过来的抱枕往大炮头上砸，"都醒醒，有个事跟你们说。"

大炮坐起身，脾气火暴道："谁砸我！让不让人睡觉了！"

陆延说："你大哥我砸的，怎么着。"

大炮消音。

许烨跟着坐起身，揉揉眼睛，问："什么事啊？"

陆延的声音虽然轻，却带着异常坚决且永不回头的决心。

他说："我打算退赛。"

陆延后面的话说得很艰难。

李振玩音乐的时间比他更长，许烨还等着拿了冠军向家里人证明自己的能力……更不论，他们背后还有几万名给他们乐队投票的观众。

陆延在很多事情上都能妥协，但这是底线。

"你逗我呢吧，老陆，这事不能开玩笑啊。"李振呆愣两秒，紧接着陷入混乱，"明明说了是乐队节目，怎么会不想运营乐队，怎么会……"

李振说到这儿，说不下去了。大炮经历过纸风车乐队的事之后性子磨平不少，按他的脾性，没有立马跑出去把节目组闹个人仰马翻已属不易。长时间的沉默过后，陆延缓缓呼出一口气："要是没有异议的话，我们就退赛。"

"有。"李振抹了一把脸。

李振抹完脸，又把头抬起来看他，突然破口大骂："你傻啊你！那份合同就这样让你撕了？"

李振这话说出口自己也难受，但即使难受，作为兄弟，他也不希望陆延是考虑到他们才一口回绝。这种机会来得确实不容易，如果他们当中有人能够冲出去，他私心其实是希望陆延去的。

陆延琢磨了会儿说："撕了确实有点可惜。"

李振说："你现在知道可惜了？！"

陆延点点头道："浪费纸，也不环保，合同留着没准葛女士下次挖人的时候还能派上用场。"

李振差点被陆延弄得背过气去，但陆延这番话也让他冷静下来。最后他只问："退赛流程怎么走？我记得要给节目组交什么文件，咱是不是得提前说。"

关于退赛，陆延嘴里所说的跟李振想的还不太一样。他弯腰把桌上的几张纸拿起来，纸上是他们原先打算上台表演的原创曲目，几天前就已经完成词曲部分，但陆延看了会儿纸上的歌后，把纸折起来扔进边上的垃圾桶里。

"这场赛，我们照比。"

四进三这场比赛的赛场比以往任何一次都要大，节目组提前租下了一个小型体育场，光是布置就花费了一周时间。

天还没亮，会场里的工作人员已经开始为了晚上八点的比赛东奔西走。

"试一下音。"

"那个花篮就别摆舞台上了，挡他们站位。"

"灯光！这边灯光重新来一遍！"

"……"

陆延在化妆间足足做了一个下午的造型，这个化妆师似乎很喜欢捣鼓他，也许是难得碰上个这么经折腾的，什么造型都驾驭得住。上回给他梳大背头，今天又说要试个新造型。

陆延实在太困，这两天压根没怎么休息过，任由造型师在他头上一通操作，靠着椅背合上眼睡了过去。

"你看看，觉得怎么样！这造型还可以吗？"陆延睡了两个多小时，被化妆师叫醒，他睁开眼，对上镜子里的自己。

镜子里的人刚画完眼线，勾得眉眼愈发浓烈。最大的变化是垂到男人胳膊肘的一头长发，陆延恍然间似乎看到了去理发店烫那个扫帚头前的自己。

比起短发，陆延长发时有种摄魂夺魄的气场，衬出几分妖气，又冷又邪，看着很有距离感。造型师也就是心血来潮，动手给他接了个头发，没想到效果比想象中还好。

"没白费我给你接这几个小时……以前留过长发吗？"

留过。

起起伏伏，一切好像又回到原点。

口红颜色涂得稍有些浓了，陆延抬手抹掉一点，他顺势低下头，刚好看到手指上那枚戒指，想到前天晚上从酒店出去时肖珩说的话："想好就去做。"

当然，如果没有后面那句"爸爸永远站在你这边"就更好了。

陆延事后回想这天的一切，像做了一场盛大的梦，工作人员在后台进进出出的声音萦绕在梦境周围，夏天的余温混在凉风里吹向他们。

天暗下来，体育场里的灯一盏盏亮起。星光璀璨。

观众的呼声掀翻全场，震塌天空。

"Vent——"

有人喊着他们乐队的名字，尖叫声穿透整个体育场。强光打在主持人身上，从远处望过去看不清面目。

"下一组，让我们欢迎——Vent 乐队！"

彩排那天沈城没来，他之前看过他们的词曲，还没现场听过，他翻着节目表说："他们这次的歌，挺抒情的，慢歌啊。"

葛云萍神色不明。

沈城看她一眼说："看你这一脸碰钉子的表情，敢情那天之后他没再来找你？想不到金牌经纪人葛云萍也有被人当面撕合同的一天。"

葛云萍张口道："闭上你的嘴。"

沈城说："得，火气那么大，我不说了。"

舞台上，主持人介绍完，继续说："他们表演的曲目是……"

陆延在幕布后面，整个舞台被幕布挡住。观众只能透过剪影看到里面的人站在麦架前动了一下，然后一个稍有些沙哑的声音接下了主持人的话："《银色子弹》。"

"银……银什……"主持人差点就要说银什么子弹。

节目表上完全不是这首歌啊！但多年的主持经验让他临时改口："啊，《银色子弹》。"

这个陌生的歌名一出，所有参与过彩排的工作人员都疯了。

"怎么回事？"

"这首什么歌？"

"伴奏也换了？！"

"刚才他们说原先的伴奏出了问题，换伴奏的时候我没留意……"

连沈城也翻着节目表问："改歌了？"

然而他们没有时间追问，因为台上的光已经暗下去，幕布后，李振低着头、转了两下手中的鼓棒，狂躁激烈的鼓点和大炮的吉他声一齐从幕布后面冲出来——什么抒情，这是一首硬到不能再硬的硬摇！跟他们前几场越来越流行的曲风完全不同，这次他们没有去管接受度高不高的问题，甚至带着明显的地下特质，又或者说，这才是 V 团这个地下大魔王的真正面目。

陆延面前只有一块半透明的幕布，他闭上眼，张开双臂，跟着节奏左右晃了一会儿。他不知道肖珩会在台下的哪个位置，但他知道他在。

就在方寸之间，在伸出手就能触碰到的地方。

台下观众清晰地看到最中间的那片黑色剪影，长发男人身形高瘦，腰扭动的幅度虽然不大，但在剪影的衬托下异常显眼，毫无章法、自由洒脱。

贝斯手切进来的瞬间，陆延才开口唱第一句。他的第一句甚至不是一句完整的歌词，只是一声低低的嘶吼，那一声低吼穿透整个体育场——像恶魔降临人间。

紧接着，幕布轰然落下。舞台上的四个人仿佛披着星光而来。这首歌是他们连夜改的，也是 V 团重组后真正意义上由四个人一起创作的歌。所有人都参与了编曲，歌词部分由陆延提供主要要素，许烨再将其翻译成英文。

就算要退赛，也得最后在舞台上给辛苦投票的观众一个交代，也是给葛云萍的最终答案。

悄无声息地交表退赛从来不是陆延的风格。他骨子里那种嚣张的劲从来没有散过。

陆延这段嘶吼持续了很久，跟以往的唱法不太相同，直到许烨抱着贝斯原地转了一个圈，伴奏部分进入主旋律，陆延这才收嗓，转着话筒往前走了两步。他转话筒相当熟练，手腕跟着转，等一圈转完，将话筒再度抵在嘴边时，台下尖叫声比音浪还强。

这时，陆延才单脚踩在音箱上，拿着话筒的手肘碰上膝盖，垂着眼开始唱。

> Red blood blooms at night（鲜血流淌于黑夜）
> He reaches out（他向我走来，伸出手）
> And I see the immortal（我看见不朽）
> He reaches out（他向我走来，伸出手）
> Take away all the sorrow（逃离这令人悲伤的世界）
> …………

陆延唱这段时和第一排观众离得很近。男人脚上是双军靴，踩着音箱。风吹起他的衣摆，长发披散，有观众对上他的眼睛，只觉得这双眼睛就像歌词里唱的那样，几乎要把人吸进去。

节奏前所未有地激烈，李振的存在感暴增，从前奏开始观众便陷入这种席卷所有感官的节奏里，举着手疯狂跳跃，四面观众台上无数双手都在跟着节奏一齐摆动。

陆延唱到这里，转身往回走，像一个不断引诱着人跟着他一起走的魔鬼。

Enter the world of eternal life, break into hell（来吧，永生降临，堕入地狱）

大炮和许烨俯身，凑在面前的麦上给他合音，重复念其中两个词，喃喃低语："eternal life（永生）。"

无数句环绕的"永生"过后，陆延的声音陡然升高，哑着嗓喊："Shut up（闭嘴）！"

随着这句 Shut up，伴奏里传出扣动扳机的音效，歌曲进入高潮。

陆延的声音条件本来就好，经过这一个多月专业的声乐训练之后更是进步神速，唱法方面学了不少技巧。他音域广，高低音转换转出了一种广阔的空间感，不管是哪种唱法，都泯不去他独有的音色。

现场气氛到达顶峰，在陆延剧烈的晃动下，衣领滑下去几寸，他边唱边往舞台另一侧走。

Run, catch up with the silver bullet（去追银色子弹）
Against the wind and the birds meet（逆着风和飞鸟相逢）
The sky is about to dawn（天将要破晓）
Run, I see the sun（不要停，直到追上太阳）

这首歌的最后是一声枪响。

乒。

陆延事后回想这天，觉得一切就像一场梦，汗水顺着额角滴落，他睁开眼看到一片星海，脚下仿佛悬空，唯有音乐和手里的话筒是真实的。他听到自己的声音："大家好，我是 Vent 乐队主唱陆延。因为一些原因，Vent 乐队不再参与接下来的比赛，我们自愿放弃晋级机会。感谢《乐队新纪年》节目组这段时间以来的照顾，也祝愿三强乐队在之后的舞台上能有更精彩的表现。"

然后是李振。

"我……"李振的声音顿了顿，他浑身都是汗，"大家好，我是 Vent 乐队鼓手。"

"我是 Vent 乐队贝斯手，许烨。"

"我是 Vent 乐队吉他手，我叫戴鹏。"

他们退赛的时候并没有说太多，甚至只说了几句自我介绍，就像海选那天一样。

退赛宣言一出，台下一片哗然。

台下工作人员陷入混乱，主持人接到节目组导演的指示，擦擦脸上的汗，临危受命，僵着脸紧急控场："呃，感谢 Vent 乐队今晚带来的精彩演出，不过确实呢，也是因为一些原因，他们不得不……不得不……那个，接下来，我们进入一段休息时间。"

葛云萍怎么也想不到自己会得到这样的答案。常年工作使然，她很少会暴露自己真正的情绪，但此刻却管不了那么多，她把胸前的麦摘下去，站起身说："疯了……他们是疯子吗？"

沈城也被这支乐队震得说不出话，从那首歌出来开始，他就从歌词里听到了那天在会议室里撕合同的男人的一句回答。

他在说：去你妈的。

陆延没工夫去管比赛乱成了什么样，他回到后台对着镜子卸妆发，造型师接发水平一流，他试图去拆，然而半天一缕头发也没拆掉，最后只换了衣服。

陆延回到录制基地，把宿舍里所有东西都收拾好。比音乐和话题更真实的，是他拖着行李箱从大门出来时，街对面肖珩的身影。

男人在抽烟，整个人隐在黑暗里，只有那截烟亮着，见他出来，把烟掐了。

　　肖珩看完他们乐队那场表演后就从后门退了场，他说不出看演出时是一种什么心情。跟在防空洞里，四周年舞台上，每一场比赛时都不一样，但似乎又没什么不同。陆延一直在坚持走自己那条路，用一种常人难及的毅力，不管前路是否光明，如果没有，他自己就是光。

　　陆延正想说"老子只是把冠军让给他们"，然而话还没说出口，他听见肖珩说："冠军，回家。"

七芒星 2

CHAPTER
9
意外登门

"珩哥，不管发生什么事，都别放弃。"
别放弃自己的选择。
别放弃……自己真正想做的事。

"恭迎乐队节目全国四强乐队主唱，下城区之光陆延荣耀归来。"

陆延回去那天晚上，由于天太黑没注意单元楼有什么变化。等他和肖珩两个人第二天一大早踩着拖鞋下楼买早饭，这才看到七区楼侧的巨型条幅换了字。

还荣耀归来，怎么这么羞耻。

陆延下楼前跟肖珩两个人猜了半天拳，约好谁输谁去买早饭。

"老子饿了。"

"老子也饿。"

两个人说完一起沉默一会儿。

"珩哥，做人有点良心，我这可是刚退赛回来。"

"你想怎样？"肖珩闻言掀开一点合着的眼皮。

"猜拳吧。"

然而陆延猜拳输了之后，毫无契约精神，强行把肖珩也拽出门。

肖珩在陆延边上，跟着下楼。他身上那件衣服是刚才随手从陆延衣柜里扒拉的，肖珩问："你什么时候说话能算数？"

陆延以为自己退赛之后的心情应该比较复杂，他出门前也确实蒙了很久，说不上是高兴还是难过，更多的还是恍惚。这种恍惚来源于从一段时间的重复生活中突然抽离出来，没有摄像机对着他不停地拍，也没有了排练厅。

但实际上，当他从楼上下来，听到楼里传出来小年稚气念着 abcd 的声音，只觉得双脚慢慢落了地。

伟哥着急上班，快迟到了，风一样跑下楼，经过他身边时，这阵旋风跟他打招呼："延弟回来啦，早啊，延弟厉害！等哥下班回来咱哥几个好好喝一顿！"

陆延来不及回答，伟哥已经头也不回地冲出楼。

蓝姐那间屋也开着门，她正把包好的快递往外搬，东西挺沉，陆延顺便给她搭了把手。

陆延走下最后一级楼梯，推开七区那扇熟悉的大门，铁门上被拆除公司泼了不少红油漆，为了覆盖，整扇门干脆都被涂红了。

人走出去后，哐的一声，门又再度跌回去。

陆延眯起眼，发现外头阳光明媚，是个好天气。

"威震天那帮人又来过了？"陆延看着红漆问。

肖珩说："来过，往门上写了四个字就走了。"

陆延问："什么字？"

肖珩说："赶紧搬走。"

陆延乐了，说："是他们的作风，这油漆伟哥刷的吧。"

虽然比赛期间肖珩一直在给他发各种动态，但陆延走在路上，还是问个没完："广场舞最后哪个队赢了？"

肖珩早就把这种事抛到了脑后，再说他哪儿有工夫去管这些，随口说道："三区的吧。"

"三区。"陆延说，"那应该是牛姨那队。"

肖珩说："你连人家叫什么都知道？"

陆延说："我连人家孙子刚上小学还早恋都知道。"

广场舞小神童的名号不是白叫的。陆延在广场上混迹了一段时间，成功打入中老年群体内部，互相交换微聊账号之后，偶尔能收到阿姨们发来的语音。

七区横幅上写的下城区之光虽然是当年他随口吹下的牛，但《乐队新纪年》播出后，陆延确实作为下城区代表人物火了一把。这个"火"具体表现为，肖珩点了几样东西之后，原本还在炸油条的老板抬头，看到陆延，明显激动地说："你是那个电视上的！"

陆延毫不避讳："是我。"

老板问："能合个影不？"

"能。"陆延指指刚才肖珩点的那些东西，"那这些，给打折吗？"

老板："……"

陆延说："打个八折就行，下回还来你这儿吃。"

肖珩已经找了张空桌坐下，撑着脑袋笑了半天。陆延最后凭着自己下城区之光的身份，拿下八折，他拿着找下来的毛票——一共一块五毛钱，坐下之前边往肖珩裤兜里塞边说："收好，延哥给你的爱，明天早上还能买俩包子吃。"

肖珩出门之前还担心他退赛之后心情会不太好，正常人从那样一个位置跌下来，心理难免会有落差，但他很快就发现自己想多了。

陆延身上的那种难以言喻的张力，和他所处的位置是高是低并没有任何联系，不管他是星光环绕高高在上，还是坐在下城区早餐摊上吃豆腐脑……他都还是那个陆延。

陆延吃饭时低着头刷了会儿微聊。

赛后，V团各成员都回到原先的生活轨道上。

李振：我学生说给我爆肝投了几百票，别以为说这种话讨好我，我就能对他倒退十个月的双跳网开一面。

大炮：我找的替训被老师发现了，因为我在决赛上说我叫戴鹏……我要在德普莱斯皇家音乐学院的处分表上"名垂青史"了。

许烨：我作业堆积如山，还有几科新学期要补考。

陆延放下勺子，打字回复，先发出去一个字卖关子：我。

群里众人等待他这个"我"字后面的内容。

陆延：我在跟朋友吃早饭。

李振：……

大炮：……

许烨：……

陆延甚至还打开摄像头拍了张照片，阳光，餐桌，还有他和肖珩两个人的衣角。

肖珩跟李振他们也互换了联系方式，下一秒，他放在桌上的手机就振了两下。

李振：请管管你边上那位正在吃早饭的朋友，让他别秀了。

肖珩看了陆延一眼，隐约猜到这人干了些什么。

几秒后。

肖珩：管不了。

边上有小孩抓着根油条往他们这边跑过来，陆延怕他一头磕在桌角上，伸手轻轻摁了摁小孩的脑袋，领着他转个弯，这才问："你等会儿去工作室？"

肖珩说："嗯，你记得去趟翟家。"

陆延之前跟翟爷爷约的时间就是赛后。

肖珩又问："记得路吗？"

即使陆延说记得，临出门时还是收到了肖珩发过来的详细指导路线。忽略肖珩写这些时一副指导盲人的语气，这份老父亲指南还是令人感动的。

陆延不能空着手去，但身上确实也没什么钱，最后就在水果店买了个果篮。

翟爷爷倒也不在意，说："放边上吧，你跟我进来。"

翟爷爷的私人理疗室在书房后头。

翟爷爷说："你这个情况……"

陆延的情况比较特殊，当年没什么钱，在霁州小诊所做的手术，诊断书跟实际情况有出入，但跟其他患者不同的是，这四年来他的练习没有间断过。琴虽然弹得磕巴，但对活跃关节有很大帮助。

理疗刚开始的两周，治疗效果最明显。陆延甚至逐渐能弹几段速度较慢的曲子，但两周之后，治疗效果停滞。

"急不得。"翟爷爷说，"谁都保不准每次理疗有没有效果、做多久能恢复，你现在的恢复速度已经比大部分人快很多了。"

现在的恢复速度已经是意料之外，陆延连连道谢。

翟爷爷拍拍他说："你要真想谢我，下次就带着你们乐队，走到更大的舞台上去……"翟爷爷也是追节目的人，和为了泡妞苦练吉他的翟壮志性格很像，他说到这儿，吹胡子瞪眼，"那个什么葛云萍，我看不太行。"

《乐队新纪元》最后一期已经收官，最终出道乐队是风暴乐队，宣传照几乎是南河三的个人写真，乐队其他人沦为陪衬，估计等乐队出道的风头过去，就连陪衬都不需要了。

关于葛云萍，陆延没有多说。他不是喜欢背后说闲话的性子，即使有过矛盾，不在葛云萍的立场上，也没法评价什么。

赛后葛云萍给他打过一次电话。离开比赛，抛开商业关联后，就两个人之间的沟通而言，女人说话时平和不少。

她问的第一句话是："后悔来参赛吗？"

陆延说："不后悔，我从不后悔做过的事。"

《乐队新纪年》这个节目给他们带来的暂时的关注度不是假的，商演的邀请，上涨的演出费……以及不管是不是节目的本意，在一定程度上确实把乐队文化拉进了观众视野。

第二句她问："你认为……乐队是什么？"

陆延没想过葛云萍会找他问这个。这个问题太突然，一时间，他想不出具体的、可以准确描绘出来的答案，最后只能说："乐队……是一种你没办法从伴奏里找到的表演。"

葛云萍沉默了一会儿，之后挂断了电话。

陆延这天从翟家出来后，下午去酒吧排练，等排练完出来，晚上去了趟肖珩的工作室。

肖珩的项目越到后头越关键，这段时间忙得沾上枕头就秒睡。他去的时候肖珩正在开会，他弯着腰悄无声息地从门口进去，找到空位坐下。

不到五十平方米的房间里拉着帘子，男人站在台上，他谈工作的样子和平时不同，连向来散漫的语调也变得锐利起来："你看着你的代码，再跟我说一遍。"

肖珩工作起来特别不好相处，之前嘴毒刻薄的劲全使在这上头了。

"你是生怕自己的代码写得太简单被人一眼看懂？

"说实话，我想建议你转行。"

…………

工作问题汇报结束之后，肖珩的语气才缓和过来，他问："还有没有什么问题？"

陆延趴在电脑桌上眼睛都不眨一下。

肖珩问完，垂下眼，正要说散会，突然从最后排传过来一个声音："有。"

陆延举手说："想问问你什么时候下班。"

肖珩似乎是惊讶陆延这会儿居然会出现在这儿。由于需要放投影，整个房间的灯都关着，陆延离得远，一只手撑着脑袋看向他，眼睛是亮的。肖珩的语气缓和下来，甚至带着点自己都察觉不到的笑意问："你怎么来了？"

陆延比个口形：顺路。

刚才挨训甚至受到转行攻击的同事问："老大，我……我那个代码……"自从翟壮志来过几趟之后，老大这个称呼在组里流传开来。

陆延来了，肖珩的脸色转得比唱戏还快。

同事做好了被狠嘲一通自取其辱的准备，然而平时说话刻薄至极的肖老大，此时竟对他露出略显和善的眼神。

"其实你那个代码，写得也没那么差。"肖珩说，"只是还有很大一部分提升的空间，继续努力。"

散会后，肖珩勾勾手指喊陆延过去说："我还得过会儿。"说完，扔给他一个平板，哄道，"拿去玩会儿。"

陆延接过平板，毫不客气地往沙发上一坐，跷起腿问："密码？"

肖珩说："八个八。"

陆延啧一声："之前不还说俗吗，俗你还用。"

肖珩不光平板的密码是这个，连电脑的密码也是。他自己都说不清楚，为什么当时自己装完电脑，摁下开机键，电脑屏幕亮起，设置密码的时候脑海里浮现的是旧电脑主人的那串密码。这串密码在陆延把电脑借给他的那天晚上，同时也打开了他心底的那把锁。

工作室里除了键盘声外，剩下的就是几位同事交流项目，测试软件的声音。

肖珩这次的项目是 AI 律师，用来完成相关咨询工作以及法律普及。

工作室里间隔一会儿就有测试员喊出一句："我老公出轨了，我想离婚！"

然后是一个机械音响起："您好，请问您是否已经掌握确切的出轨证据？"

测试员说："我那么爱他，我实在是想不到他居然会这样对我，呜呜呜，嘤嘤嘤！"

肖珩这个组里一个个都是戏精，连哭腔都那么真实，把被渣男无情抛弃的女人形象塑造得栩栩如生。

陆延低头拆了颗润喉糖，没再说话。他翻了半天，发现肖珩这台平板上也没几个游戏可玩。最后咬着糖习惯性点开"库乐队"，这玩意儿虽然功能少，也不是专业的作曲软件，但基本功能都有，陆延并不挑软件，哪怕里头只有一个音色他也能坐那儿玩一下午。

参加比赛有知名度后，虽然商演价格是高了，但这种机会还是不多。许烨和大炮平时要上课，从时间上来说也并不适合到处跑场子。

陆延最近还是靠直播和给人写歌挣点钱，等他从电子音乐软件里抬头，已经过去两个小时，工作室里只剩他和肖珩两个人。

倒是有个瘦弱的男人给他倒过水，工作室其他人在此之前都只在节目和投票选项里见过陆延，每天两票，要是忘了还会收到他们组长审视的目光。

倒完水后，那个人又驻足片刻，发出感慨："总算见到活的了。"

陆延问："你是……我的粉丝？"

那位同事说："算是吧，我们每天都在老大的威逼利诱下给你投票。"

"……"

工作室的人走完后，陆延伸展双臂，把平板搁在边上，歪着头去看肖珩。

肖珩抽空看他一眼，正好对上他的视线，问："看我干什么？"

"刚才你的组员说你叫他们投票。"陆延盯着平板久了有些犯困，一条手臂横在沙发扶手上，半张脸都埋进去。

肖珩拖着鼠标"嗯"一声，说："有问题吗？"

"没。"陆延说，"就感觉你现在越来越有下城区居民的精神风貌了。"

肖珩问："下城区居民是什么精神风貌？"

陆延答："坚强，热情，执着，民风淳朴。"

"说人话。"肖珩看了他一眼。

陆延改口说："不要脸。"

肖珩把这三个字在嘴里嚼了嚼，对陆延说："过来。"

陆延一条腿蹬地，走过去问："干什么？"

肖珩说："让你看看大哥今天的工作成果。"

陆延今天戴了一串造型夸张的手链，手撑在桌面上俯身凑近肖珩的时候，链子丁零当啷地响。

肖珩手里那截烟早就烧到头了。他松开手，那截烟落到烟灰缸里。落地窗外霓虹夜色照映在两个人身上。

所谓的工作成果是一大段代码。陆延正要细看，肖珩的手机在桌上振了起来，来电显示是陌生号码。

肖珩看了一眼后，摁了拒接。

肖珩说："我下周得去趟隔壁市，有个交流会，前些天刚收到邀请函。"

陆延问："新闻上报道的那种，看起来贼高级的交流会？"

肖珩说："差不多。"

陆延对技术行业交流会的了解，仅限于电视上的转播和各种报道。尤其肖珩重拾计算机事业之后，陆延偶尔上网会看看相关信息，眼睁睁看着 XH 这个名字从无人知晓到逐渐被很多圈里人提及。

肖珩能收到邀请函不是一件容易的事，如果说 V 团是想要冲到地上去，肖珩则像在爬楼梯，一步一个台阶，最后站在谁都能看到的地方。

由于工作关系，他们俩经常互相汇报行程。

陆延想了一会儿，发现自己最近的行程里"格调"最高的是一个代言，于是把代言的事说了。

"七区附近那个好又多超市，打算找我们当代言人。"

这行程乍一听档次确实够高。

肖珩捏着打火机说："国际巨星，连代言都有了。"

但陆延接下来说出口的话，使得整个档次完全垮掉："送一张超市打折卡，再加四桶油。"

肖珩："……"

"咱家是不是没油了？"陆延觉得这代言费还挺实用。

肖珩说："儿子，还能再出息点吗？"

陆延笑了半天，他本来还想说几句玩笑话，最终还是昏昏沉沉地睡了过去。他梦到肖珩在交流会上发言，台下都是记者，男人从容不迫，会场里所有灯光都汇聚在他身上，他说："我是肖珩。"

陆延觉得现实绝对比他梦里的场面引人注目多了。

第二天一大早，他习惯性地推开窗，在七区门口看到一辆黑色的迈巴赫。这个场景有几分熟悉，七区从来没出现过这种动辄百万的豪车——几个月前肖珩那辆意外闯进这里的改装车是第一例。

肖珩天没亮就去了工作室。

陆延收回目光，弯腰洗完脸，再度直起身的时候，感受到右眼皮控制不住地跳了跳。

车里，司机不敢吱声。见车后座上的男人一直没反应，摸不透老板的心思，犹豫着开口："肖先生，到了。"

肖启山一身西装，皱眉看着七区门口那片狼藉的废墟。

在来这儿之前，他一直知道肖珩住的是个正在拆除的小区，但他怎么也没想到居然拆成了这样。放眼望去整个小区就没几块完整的地方，连楼都只剩下半栋。遥遥望去，残留着的那栋楼的楼顶晾衣杆上晒着两床大红色碎花被子，这个地方实在超出了他的认知。

静坐许久后，肖启山终于下车。

陆延是在楼下撞见的肖启山。

事后回想，这个会面还挺糟糕，当时陆延拎着一袋垃圾，肖启山问："你是陆延？"

陆延抬眼。

肖启山又说："我是肖珩的父亲，有时间谈一谈吗？"

十分钟后，陆延和肖启山面对面坐在附近的咖啡厅里。

肖启山定定地看着他，说出进门后的第一句话："我知道这段时间，你和我儿子走得很近。"

肖珩离开家后，两个人的关系僵持不下，虽然肖珩退学后不再接他的电话，肖启山也没有放任他离开自己的视线范围。他雇人关注肖珩的一举一动，也知道肖珩在外面搞了一个小公司。

陆延怎么也没想到这种剧情会发生在自己身上，连发言都跟电影里演的相差无几。他分神打量着肖启山。

肖启山长得和肖珩并不相像。同样都是一身名牌出现在七区，肖启山跟肖珩的神态完全不一样，虽然刚见面那天两个人一言不合打了一架，但肖珩除了脾气不好以外，并没有流露出对这个地方的半点鄙夷。

肖启山却是压根瞧不上这个地方。

"肖珩他早晚要回家，他会有自己的事业，而不是……"肖启山说到这儿，实在羞于启齿，"而不是在这里玩这种过家家的创业游戏。你们还年轻得很，一时间冲昏头脑，分辨不清。"

肖启山说："我看了你的节目。"

威逼完该利诱了。陆延本来以为肖启山嘴里能说点别的，没想到来来回回还是那几句。

从肖珩嘴里听到是一码事，真正见到这位传说中的"父亲"，他才发现原来世界上还有这种人。

"这种人"是肖珩的父亲。在觉得可笑的同时，更多的是一种说不上来的情绪，陆延见过肖珩从淤泥里自己一点点爬起来，也见过他在天台上说"就那种东西，我一晚上能写十个"的样子，更多的还是他熬夜抽烟的模样。

陆延想说，你知不知道他做了什么才走到这里。

…………

陆延彻底没耐心再听下去。

肖启山的话才说到一半，就见对面那位戴眉钉的年轻人突然笑了，他把手伸进裤兜里掏了半天，最后摸出几张纸币。

陆延把浑身上下所有能掏出来的钱扔在肖启山面前。他抢了肖启山的台词，一句话说出两亿五千万的架势，他说："拿着这二百五十块，离开你儿子。"

肖启山："……"

"你跟他不合适。"豪门套路里应该由肖启山说的话，被陆延说了个遍。最后一句，陆延毫不避让地对上肖启山的眼睛，说："你不配当他父亲。"

面谈情况完全超出肖启山的预料，陆延没有像他想的那样，听完之后对自己有求必应，情况恰好相反，头一次有人对他说："你离开你儿子吧。"

肖启山暴怒过后，冷静下来重新审视他。

陆延浑身上下就只有这二百五十块，银行账户里可能还剩下点钱，前两周跑商演的费用还没到账。

如果可以，他是真的想把那些钱全都砸过去。他想说：你给老子离肖珩远点。他现在过得很好，项目进行得也很顺利。

虽然外人看起来，肖珩这一路顺风顺水，以惊人的速度跻身行业上层，但陆延知道，这个人刚起步那会儿只有一台暂时借用来的破电脑，和破电脑并行的是长达四年的空白期。

四年的影响对一个玩电脑的人来说实在太大了。面对日新月异的技术，肖珩深刻体会到被时代甩在后头的滋味。他要学的东西太多，整夜靠抽烟提神。

他是经历了这些，才走到今天这一步的。

长时间的对峙后，肖启山也没了耐性，他沉下脸说："你以为……我今天坐在这儿，是来跟你谈条件的？"

"你错了。他没有别的路可走。"肖启山太笃定了。

陆延从肖启山这番话里听出一点别的意思，从早上就不安分的右眼皮又控制不住地跳了跳。

同一时间，工作室里，满屋键盘声。

"午饭前开会。"肖珩停下手，掐着鼻梁说。

"好的老大。"

"没问题老大，老大吃过早饭了吗，一块儿订外卖？"有人伸着懒腰问，"这附近有家豆腐脑还不错……"

不像陆延昨天来的时候那样，今天的工作氛围还算比较轻松。他们这个项目前阵子由于技术问题停滞了几天，只要周末前按时把手上的工作完成，这个项目最大的坎就算是跨过去了，能继续往下推进。

肖珩放松不少，他伸手想去摸烟盒，发现里头已经空了。几乎就在同一时间，原先还在伸懒腰的那位同事猛地坐直。

"怎么着，豆腐脑卖完了？"坐在边上的人以为是外卖出了什么问题。

只听那名同事嘴里爆出一句脏话。

"火气别那么大，我们男人，千万不能吊死在一棵树上，早餐店那么多，这家没有就换一家，其实我还挺想来碗馄饨的。想想飘香的葱花，入口即化的馄饨皮——"美食家发言中止，"等会儿，数据库是怎么回事？"

"有人在入侵我们的数据库！"

只这一声，工作室所有人都停下了手里的动作。

肖珩把空烟盒扔回去，起身过去查看。几台电脑接连转黑，数条代码不受控制地在屏幕上飞速跳跃，黑底、荧绿色字体，不明程序一个接一个运行。

几个人尝试着拿回电脑的控制权，然而对方压根不给机会。

"截不住，对方太强，看着像职业的。"

他们工作室里的电脑防御力极强，能成功黑进来就已经充分证明了对方的能力。

肖珩在所有人束手无策之际，手握在鼠标上，说："我试试。"

这帮人紧张过后，冒出来的第一个念头居然是："刺激啊。"

这句之后，应援声四起。

"老大，上！干他！"

"让他们知道这个世界上，有些电脑能碰，有些电脑碰不得。"

"开什么玩笑。"这其中有以前跟肖珩在论坛上交过手的，说，"四年前 XH 这个账号的风头就传到外国去了，老大黑国际网站服务器的时候，他还不知道在哪儿玩泥巴呢。"

肖珩嫌他们吵，腾出一只手把挂在脖子上的耳机戴上。

十分钟后。男人指节分明的手在键盘上一顿敲打。发出去一行字：你是谁。

对方并没有回应。

肖珩盯着自己传达出去的信息看了会儿，这才从数据库被入侵的刺激里缓过神来，脑海里闪过一个人名：肖启山。

他松开手，往椅背上靠，对方抓到机会，几秒后，电脑彻底黑屏。

围观的同事正看得热血沸腾，没想到形势突然反转，一个个都愣了。

"老大，就这样收……收手了？"

肖珩把耳机摘下说："我出去一趟。"他说完推开门出去，站在过道里翻黑名单。

这事想都用不着想，肯定是他那位彻底沉不住气、从上周开始就不断给他打电话的父亲干的。

肖启山这段时间陆陆续续给他打了不少电话，他都没接。肖启山这个人好面子，即使想找他，反复被拒绝脸上也过不去，之后隔一段时间才会再来一通电话。只是最近不知道发生了什么事，电话打得格外勤。肖珩干脆把他拉进了黑名单。

肖珩找到那串熟悉的号码，摁下呼叫，电话没响几下就被人接起。

"我在你们公司楼下，想找我就下来吧。"

肖珩通过楼道里那扇玻璃窗，看到楼下确实停着辆车。他走下楼，拉开车门弯腰进去。

车里的光线比外头暗，肖珩把手搭在车窗上说："黑客是你找的？"

肖启山没出声。

肖珩这才看向他，问："你到底想干什么？"

肖启山说："你还有脸问我？！这话我倒要问问你，你打算胡闹到什么时候！"

"我以为我们之间已经说得很清楚。"肖珩觉得他这话说得挺有意思，"踏出肖家这个门，我就不是什么肖家大少爷。"

"你以为肖家少爷是什么？是你随随便便就能扔掉的一件外套？肖珩，你真觉得你能吗？"

肖启山一天接连碰到两个钉子，他强压下怒气说："你出去，行，你出去都干了些什么，你干的事就是跟那个搞音乐的混在一起？！"

肖珩原本虚虚地靠着椅背，听到这句突然直起了背。

"你别动他。"肖珩声音沉下去。

肖启山没想到找的黑客没能让他服软，只不过说了"搞音乐"三个字，肖珩的反应比他想象的还大，他冷笑说："晚了，人刚走。我动不动他，这取决于你。"

肖启山接下来说的话他一句都没听进去。肖珩这会儿突然想抽烟，他本以为肖启山是他早已经跨过去的一道坎，然而现实却告诉他，这个人就像怎么也甩脱不掉的影子，无论他走到哪儿都会跟着。

只要他身上还流着肖家的血，肖启山就永远不会放过他。

肖珩心底的那股情绪怎样也压不下去，正要爆发，却听肖启山用一种他从未听过的语气说："肖家出事了。"

肖珩一愣。话到嘴边，又咽了回去。

"投资失败，公司严重亏损……"

肖启山说这话时不再高高在上，反而显露出一种疲态。跟肖珩离家的时候相比，他的头发白了一片。

在和儿子的剧烈争吵里，他开始真正感觉到无力。几个月来他备受决策失败的折磨，只能靠吃安眠药镇痛的压力席卷而来，撕破虚张声势的表象。

沉默在两个人之间蔓延。

　　肖家做的是实业，医疗器械生产，规模相比其他产业来说更为系统化，也有相对固定的模式。可以说器械这块儿，肖家就是顶端。但肖启山并不满足于此，他在朋友的介绍下开始投资一个医药研发类项目，然而这个项目就像是个无底洞。

　　投资前准备和了解的不足，以及开发性投资的不确定性，在投资中期暴露无遗。投资就像炒股，已经投入那么多成本，谁愿意铩羽而归？

　　肖启山这辈子从来没在谁面前示弱过，能把他逼到这个份上，看来这次投资几乎耗空了所有能拿得出来或是拿不出来的流动资金。

　　直到肖启山说："秦老爷子的孙女过几天回国，我安排你去见见。"

　　肖珩听到这儿算是明白肖启山急着叫他回去是在打什么算盘了。他笑了一声，拉开车门，头也不回地下了车。

　　肖珩上楼后，大家的电脑已经恢复了正常。

　　"老大，电脑恢复正常了！"

　　"也不知道谁那么无聊，闲着没事干，黑数据库玩？"

　　肖珩坐回电脑前，想接着工作，然而脑子里全是肖启山颓然的样子。他忍不住打开网页，搜索公司名，出来的第一条消息就是：肖氏集团投资新型药物失败，或面临危机。

　　连公关都没工夫做，看来这回确实是回天乏术。肖珩以为自己会觉得痛快。肖启山奋斗了大半辈子的事业，为了这份事业，甚至可以用婚姻做交换，把孩子当工具，如今一夕之间却要面临倒塌。

　　肖珩从同事桌上顺了一根烟，点上后，关上了网页。他抽完一根烟，又低下头，点开陆延的聊天框。

　　肖珩：你在哪儿？

　　陆延看到消息的时候，手里正拎着一桶油，他回：你延哥赚钱养家。

　　肖珩：好又多？

　　陆延：[视频]。

　　陆延发过来的视频里，李振和大炮两个人穿着好又多超市里的工作服，手里拎着两桶五升的葵花籽油，手拉着手面带微笑念广告词："购物就上好又多，好又多超市，又好又多！"

这个广告语结束之后，就是两个人蹦蹦跳跳拎着油往外走的场景。

视频录到最后画面都在抖，陆延边录边笑，最后录进去的是陆延张狂的笑声："哈哈哈！"

肖珩原本想问"肖启山找你说什么了"，但他把最后那段笑声反复听了几遍之后，突然觉得什么都用不着问了。

倒是陆延主动发语音说："我今天见着你爸了，他一大早就在七区门口堵着，说了一堆有的没的。"

肖珩：然后呢。

陆延：老子让他滚。

陆延不知道肖启山有没有去找肖珩项目的麻烦，他也不知道肖启山那句"他没有别的路可走"是什么意思，但他压根不怕。

陆延看着李振和大炮的背影，最后倚着超市那扇玻璃门低声说："珩哥，不管发生什么事，都别放弃。"

别放弃自己的选择。

别放弃……自己真正想做的事。

陆延这条好又多的代言广告一直拍到晚上。这家代言费不高，要求倒是不少。大炮没耐性，拍到中途把那桶油扔下就要走人。

"这油我不要了！不拍了！"

超市老板说："你这怎么还耍大牌呢！"

"你自己听听你这提的都是什么要求，动作设计得还能再傻点吗？我们摇滚歌手也是有尊严……"

超市老板坐地起价，说："五千。"

原先谈的只是附赠礼品，还没谈正价。大炮还想再说话，陆延走过去直接从后头捂住大炮的嘴，说："老板，你听错了，我们摇滚歌手没有尊严。"

大炮："……"

李振："……"

陆延又说："而且我觉得你这个动作设计得不错。就说那个比心，多正能量，符合摇滚青年的核心价值观，把爱洒满全世界。"

大炮挣扎。

李振难以置信道："你还要脸不要了？"

肖珩走到好又多门口，看到的就是这样一幅画面。

陆延从超市老板手里接过钱，点完后，他侧过身，发现肖珩倚在门口。

陆延把自己那部分分成抽出来，其他的塞进大炮口袋里，走过去说："这么早？"

肖珩说："那帮人连着熬一个月了，今天提前结束回去休息。"

陆延凑近他，闻到一股子烟味，比平时还要浓些，心说看来跟自己猜的一样。

"你爸找你了？"

"说了几句。"肖珩顿了顿说，"他投资失败，急着让我回去。"

"严重吗？"

"情况不是很好，如果没有足够的资金周转，可能熬不过去。"

之前肖珩从家里出来，陆延瞅着他就像位破产少爷，怎么也没猜到他们家真能破产。

老板在里头喊继续拍摄，陆延说："回去说，我这儿还差两个镜头。"

陆延耳朵上那个耳坠的几根链子缠绕在一起，肖珩伸手轻轻将它拨开，原本混乱的心情逐渐平复。

"拍到哪儿了？"

他们的广告极其弱智，差的一段是两个人一前一后进超市，拿东西的时候意外碰面，说："欸，你也来好又多啊。"

另一个人结账时露出谜之微笑，说："是啊，因为好又多，又好又多。"

"……"

陆延想到这里，说："你来得挺巧，正好是最弱智的一段。"

陆延是四个人里最没有底线的一个，简直是所有甲方都喜欢的完美乙方，让摆什么表情就摆什么表情，演得跟真的一样。

在陆延的带动下拍摄很快结束，散伙之前又聊了几句这个周末的商演。他们周末的商演是校园演出，大炮虽然回学校就拿到一张处分单，但他很有经济头脑，在这方面跟陆延比真是有过之而无不及——在系主任办公室里写检讨书的时候谈下的演出。

李振说："大炮，你们这什么普斯皇家音乐学院不错，有眼光。"

陆延说："你这处分拿得不亏，以后找机会，多拿几张。"

大炮说："多拿几张就不了吧……"

谈话间，肖珩留意到超市货架上的一种进口巧克力的包装，他隐约想起来《乐队新纪年》出道乐队的第一个代言是巧克力，听说代言费有六位数。风暴乐队出道后，南河三上了几档综艺，直接一跃成为新的流量人物，在娱乐圈横空出世。跟陆延他们这支只能在下城区小超市内播的广告相比，双方处境天差地别。

陆延语音里那句别放弃，或许不只在对他说。

"走了。"陆延推门出来。他把分到手的钱又数了一遍，顺手把肖珩手里那截烟劫过来。

"晚上想吃什么，延哥请客……你少抽点。"

肖珩被收了烟，也不恼，说："谢谢老板，老板说吃什么就吃什么。"

陆延自己抽了两口，把烟扔进边上垃圾桶里，说："那就随便吃点……再买几罐酒？"

"行。"肖珩没有异议。

"今天怎么这么听话？"没听肖珩撑两句，陆延还真有点不习惯，他把手搭在肖珩肩膀上，"叫声延哥听听？"

肖珩眯眼说："啧，得寸进尺是吧。"

陆延的手不太老实。

肖珩一把抓住，提醒他："你珩哥今天出门可没带身份证。"

饭店正好到了，陆延进去打包几份熟菜，又要了半箱酒。

等陆延拎着啤酒上楼，正好撞到伟哥出来倒垃圾，伟哥不知道是不是跟张小辉搭戏搭多了，指着陆延颤颤巍巍地说："延弟你怎么可以这样，我们还是不是好兄弟，我掏心掏肺对你，你却背着我喝酒？！”

“哥，没有。”陆延说着伸手拉他，“这不是正好要来找你嘛。”

伟哥说："你这是正好找我的状态吗？你这明明就是路过！"

确实是路过的陆延："……"

自从忙起来之后，两个人很少有时间上天台喝酒，这会儿倒有点刚来七区的样子了。

七区天台上那盏灯在长年累月的劳作下，已经不太起作用，灯泡偶尔还会诡异闪烁，衣架上挂着不知道谁没来得及收回去的花被子。

“大明星，走一个。”伟哥支起塑料桌后，打开一罐啤酒。

“什么大明星。”陆延笑笑，“打个商量，咱楼上那条幅能撤了吗？比赛都过去多久了。”

伟哥摆手道："这不能撤，这是我们七区永远的荣耀。"

“哥，一家人不说两家话。”陆延要是能信这种狗屁的“荣耀”言论，他在下城区就白待那么多年了。

伟哥坦白道："贵啊，你知道做这一块花了我们多少钱吗？众筹来的，必须得挂着，得挂回本。"

伟哥这人喝高了之后话特别多，核心内容是安慰陆延，人生总是起起落落："你看你辉弟，前段时间台词刚加到十句话，他那个乐，结果今天过去就被导演给导死了。"

肖珩坐在陆延边上，心说如今再上天台喝酒，确实应了伟哥那句起起落落。

即使生活永远在不断起伏，但唯一不变的好像是下城区这片璀璨夜空。

喝到最后，肖珩起身走到矮墙边上，仰头看天空。伟哥彻底醉倒，趴在桌上睡过去。

陆延拎着酒站在肖珩边上，终于还是避免不了提起白天发生的事。

“你爸的事情……你打算怎么办？”

虽然酒精不断在作祟，但肖珩的脑子无比清醒。白天肖启山有句话倒是说对了，肖家少爷不是他随随便便脱掉一件外套、扔下所有跑出来就能甩下的东西。他要想跟肖家彻底脱离关系，就有笔账得算算清楚。

肖珩最后说："我明天回去一趟。"

肖珩说的回去不只是字面意思那么简单，陆延隐约察觉到他想做什么，但只是说："听歌吗？"

肖珩问："唱哪首？"

陆延想了想，哼唱出一段《银色子弹》。

跟舞台上充满爆发力的声音完全不同，他清唱时有种异样的柔和，夜风吹过这个声音，似乎在说，走吧，不要怕。

Run, catch up with the silver bullet（去追银色子弹）

Against the wind and the birds meet（逆着风和飞鸟相逢）

有风刮进来，带着一丝若有若无的凉意和潮气。肖珩只觉得陆延的声音像刚从他喉咙里滑下去的酒，又清冽又热烈。

陆延迎着风唱着：

The sky is about to dawn（天将要破晓）

Run, I see the sun（不要停，直到追上太阳）

次日。

肖珩召集工作室几个人开会。项目进展到现在这个阶段，最难的问题基本上都已经攻克，后面就是一些测试和较为重复的后续工作。

其实走到现在这一步，离他们最初的设想已经很接近了，或者说这个项目的前景比原先设想的还要好，然而肖珩却在总结完工作之后说："感谢大家这段时间的努力。"

大家隐约有种不太好的预感。果然，肖珩下一句是他已经将相关工作移交。

"移交？"

"什么移交，老大你要上哪儿去？这项目你不管了吗？"

工作室炸锅。

肖珩拿了自己那部分钱，临时退出项目。虽然谁都知道，这会儿走是最不明智的选择。都到这一步了，之后的利润空间更大，远比眼前这百来万要多。

然而肖珩没多说什么，他从工作室离开，再踏进肖家大门，恍若隔世。

肖启山斜躺在客厅沙发里，一身酒气，衣服都没换。家里用人也少了半数。见他进来，这才眯起惺忪的眼，不知有没有认出来的人是谁。

肖家倒得比他想象中更快，在商界一旦显出一点弱势，无数人会扑上来——在连番重击下，要是没有那位名义上的妻子拉一把，公司现在只怕早已经承受不住。

直到肖珩走到他面前，肖启山才看清肖珩手里拿的是一张银行卡。

肖启山愣愣地问："你这是什么意思？"

肖珩弯下腰，把卡放在桌子上。这段时间他改变不少，要是像刚出来那会儿，他保不齐会把银行卡往肖启山脸上扔，再用鼻孔对着他扔下一句："以后别来找我。"

但他现在居然能站在肖启山面前不卑不亢地说："肖少爷的身份确实不好脱。"肖珩说到这儿话锋一转，"能还的我都已经还了。"

从昨天晚上就愈发潮湿的空气聚起来，终于，汇成大雨倾盆而下。

"天台上的花被子到底是谁的啊，能不能收一收，下雨了！"

"我的我的！我马上就收！"

有些住户还没回来，陆延上天台帮忙收衣服，无意间往楼下扫了一眼，一时间愣住。

七区楼下，肖珩从头到脚淋了个透。

陆延琢磨不透这是什么情况，等肖珩上楼，便倚在楼道里问他："你又走回来的？"

肖珩甩一甩头发，说："我有毛病还是你有毛病？"

看来没什么情况。

　　肖珩只是没料到今天会下雨，打的车只开到七区门口，他从门口跑进楼这段路还是淋了一身。

　　"你洗个澡？"陆延侧过身看着他。

　　肖珩问："收费吗？"

　　男人的上衣贴在身上，雨水顺着发丝往下落，面前这个场景和这句话一下让陆延回到把他捡回来的那个雨夜。

　　像上回一样。但又跟第一次完全不同。

　　陆延横在他面前说："收，交三百放你进去。"

　　肖珩："三百？"

　　陆延："现在物价飞涨，我这儿也涨了。"

　　陆延说到这儿，自己没忍住，他倚着墙笑了半天之后，说："行吧，不收你钱。"

　　这场雨没下多久，天很快放了晴，被雨水洗刷过后的天空亮堂得晃人眼睛。

七芒星 2

CHAPTER

10

原点与起点

他和肖珩两个人还真是挺有意思。
走来走去，最后总是绕不开原点。
或者与其说是"原点"，不如说是不断打破后的新起点。

　　肖珩直接从陆延衣柜里找了套衣服和干毛巾，拧开淋浴开关。这会儿才终于有了点从肖家出来的感受。

　　像是给了前二十多年的那个肖珩一个交代，以后他就真的只是肖珩，不是肖氏集团的肖少爷，他就只是他自己。

　　肖珩想到这里，浑身上下好像都轻了，他闭上眼睛，任凉水迎面往下冲。

　　项目组的群肖珩并没有退出，从他搬东西离开工作室后，群里不断在刷消息。肖珩简单洗完，把水关了。

　　再翻看手机的时候群里已经刷了不下一百条，他倚着水池点进去，发现群消息从满屏的"到底出了什么事啊"到胡乱猜测，再到后面已经变了内容。

　　　　老大，不管你做什么，兄弟都支持。

　　　　是啊老大。

　　　　要有什么事，说一声，兄弟们能办的一定给你办。

　　　　老大，有机会……要是以后还有机会，还跟你一起搞项目。

　　　　楼上 +1。

　　肖珩翻完消息，正要推门出去，听到一阵断断续续的吉他声。是陆延在练琴，边弹边哼。现在他的吉他弹得已经不像之前那么磕巴，只要手指发力时间不持续太久，摁出来的声音还算过得去。

　　肖珩想起刚进楼那天，这人连和弦都摁不响，摁下去全是闷音，弹成那副鬼样子居然还有自信用插电箱的电吉他，声音张扬地从楼上传下来。

虽然陆延现在换和弦的速度还是很慢，弹出来的东西也没有太大技术含量，但比那会儿确实是强上不少。

这要是搁升级游戏里，那就是某玩家苦练四年总算从倔强青铜打上了一个新的台阶。

肖珩去看窗外，才发现天晴了。

陆延之后几天在为商演的事奔波，去了两趟大炮的学校看场地、彩排，甚至还跟他们系主任坐下喝了几杯酒。

德普莱斯这个学校虽然以分数线低著称，但校风独特，一路上什么"奇形怪状"的音乐生都能遇到，和教学严谨的学院派完全不同，看得许烨连连称奇："我刚路过操场，看他们好像在上课……你们学校上课还能这样的吗，不在教室上？"

大炮说："声乐课老师喜欢带我们出去练，下周还说要去爬山练肺活量。"

许烨想象一个班的人边爬山边高歌的场面，说："你们艺术生的世界未免也太神奇了。"

不光学生神奇，就连系主任都不走寻常路。系主任约莫四十来岁，烫着一头不服老的金色摇滚卷。

"听戴鹏那孩子说……"系主任给他们倒上两杯酒，"你们是一支饱受挫折不肯放弃，有坚持有梦想的乐队。"

陆延："……"

大炮翘着屁股弯腰在这儿写个检讨还能扯上这些。

事实上，大炮那篇洋洋洒洒一千五百字的检讨总共写了一下午，这期间话就没停过，话多到系主任都想把他赶出去，对他说"行了这份检讨我不要了"。

系主任说："我后来看了你们的节目，我校学生在校……"系主任是想说"在校学习期间取得这样的成绩非常了不起"，但一琢磨大炮才刚入学，充其量就军个训，一节课没上，于是改口，"总之，能取得这样的成绩，很不容易。"

系主任笑笑，把手里那杯酒灌下去，感慨道："还是现在的年轻人有干劲。"

许烨受到大炮那份"干劲"的启发，决心靠自己的力量，也为乐队做点贡献。第二天他跑去敲校领导的门，结果被毫不留情地赶了出去。

"为什么？"彩排后，许烨在舞台上沉思，"我一句话都没来得及说完。"

"你们领导？"

"计算机科学与技术系主任。"

李振笑他："你这能成就有鬼了，你能不能找个对口的？"

陆延听完也笑，笑完又转了话题，问："阿姨现在态度怎么样？"

提到这个，许烨抓抓头，略有些不好意思地说："我妈她嘴硬，也没说不支持，后来还是我爸跟我说，比赛期间她弄了好几个账号给我们投票。"

李振拍拍他说："可以啊，哥跟你说，女人都嘴硬心软，我妈以前也这样……"

他们的商演场地压根不用搭，学校广场上就建了一个开放式舞台，平时学生也会自发组织演出活动。

陆延在大学校园里逛了两天，好像也当了回学生。

彩排结束后，陆延坐在舞台边上，两条腿荡下去，用手机拍下一张校园风景，照片上有背着琴包来来去去的学生，有聚在篮球场上练发声的人。

陆延刚拍完，肖珩正好发消息过来。

肖珩：没谈拢。

肖珩今天去一家公司谈合作。这家科技公司早就向他抛了橄榄枝，主要工作内容是手机芯片开发。肖珩之前还在做手头上的项目，完全没有考虑过这件事。

现在情况跟之前不同。就算他有下一个项目的想法，一时半会儿也做不起来，加上之前的项目确实开始得较为仓促，空有构想，缺乏实际经验，走了不少弯路。如果有合适的开发岗位，也不是不能考虑。然而真正谈的时候还是发现理念不合。

陆延：没事，下一个更好。

陆延回复完，顺手把刚才拍的照片发过去。

肖珩：还在学校？

陆延：嗯。

肖珩从科技公司往外走。他知道陆延当初自己攒钱想念音乐学院的事，因此点开那张照片，第一个反应不是感慨什么美好的校园生活。

半晌，肖珩回：羡慕？

说不羡慕那肯定是假的。陆延以前在霁州的时候，睡在酒吧杂货间里，想过的大学校园生活跟现在看到的几乎差不多，自由、随性、张扬又热烈，就像活在阳光下一样，能做任何想做的事情。现在再想这些也只剩下感怀而已。

陆延又扫了一眼面前经过的人群。

陆延：羡慕是有点。

陆延：但不后悔。

人生这条路上的选择又或是被迫选择，哪儿有什么对错之分。只不过换了条路，去看另外的风景罢了。就他而言，在"社会"这个学校学到的东西，远比四年大学重要得多。

陆延懒得打字，干脆发过去一条语音，他一手摁在录音键上说："以前确实有段时间也自暴自弃过。不过后来想想，要是没发生之前的事，就不会有 Vent，不会搬进七区，也……"

陆延说到这儿，顿了顿，话里沾上几分笑意："也不会遇到你。"

陆延回去之前拐去菜市场买了点菜。肖珩推开门进来，就看到陆延在颠锅。陆延刚洗过澡，头发微湿，身上穿着件 T 恤。他颠两下，收完汁后把火关了，推开窗散油烟。

"回来了？"陆延没回头，说，"正好，再煮个汤就能开饭。"

肖珩问："做的什么？"

陆延说："红烧肉。"

陆延说完用筷子夹起一块，准备自己尝尝咸淡。肖珩看准机会，低头把那块肉抢走。

"你是狗吗？"陆延推了推他。

"咱家只有一条狗。"肖珩无意跟陆延抢这个狗的名号，"狗延。"

肖珩说完，陆延自己都听笑了："你别说，以前乡下不是喜欢取土名吗，好养……"

肖珩说："你还真叫狗延？"

"差得不多。"陆延转过身，又说，"不过你这样的，要是在我们村，一般都叫富贵。"

这顿饭吃完，肖珩洗完碗才进浴室洗澡。陆延又开始抱着琴，弹了几段肖珩之前没听过的旋律。

肖珩听了会儿，一把扯过毛巾擦头发，边擦边走出去问："弹好几天了，这是哪首歌？"

陆延坐在电脑前面换下一个和弦，说："新歌。"他拨完弦，拿起笔在纸上把原来那个和弦部分给画下去。

陆延说："有个网络剧联系我们乐队微博，估计是看了节目来的……就是价格不高，得了，你今晚有事没有，没事就滚去睡觉。"

肖珩由于这段时间长期"修仙"，被陆延催着躺床上闭眼睡觉。房间里一时间只剩下陆延时不时弹两段吉他的声音。陆延歌改得差不多，打算从头到尾来一遍。然而连着弹完一整首，手速根本跟不上。他甩甩手腕后又尝试了几次，决定还是去电子音乐里听听效果得了。

就在陆延准备把琴往边上放的时候，后背猝不及防地贴上一片温热——陆延的电脑桌腾不出地方塞把椅子，只能直接坐在床尾，肖珩起身就能碰到他。

这姿势就跟把他揽进怀里没什么两样。紧接着是男人低低的一句："睡不着。"他的生物钟一时半会儿调不回来，平时这个点他都还在敲键盘，思维活跃得怎么压都压不下去。

肖珩眯起眼，就这样从他身后横着伸出一只手，说话间鼻息尽数洒在他耳根处："你这个怎么摁？"

肖珩低下头，越过陆延的肩，去看他的手指。陆延刚才放好的手指还没来得及放开，是一个很简单的 C 和弦。他的指法相当漂亮，光摆上去不弹看着都赏心悦目。

肖珩没忍住多看了两眼。

陆延的指法摁得好是出了名的，黄旭和大明刚入队那会儿，黄旭还不知道他的实力，一见到他的手就感慨："这手，这层茧，你一定是高手吧。"

不管黄旭怎么怂恿，陆延都没在他们面前弹过。这还是后来熟了，陆延被烦得受不住才说："行吧，给你们露一手。"

陆延拿起琴，黄旭看得眼睛都不眨。

"这拿琴姿势，标准！嚯！看这指法！这一看就是高手中的高……这弹的什么玩意儿？！"

被人这样从身后环住，陆延施展不开，不太适应地动了动手指，说："你想弹？想弹老子……"

"教你"这两个字没能说出口，肖珩的手已经贴了上来。准确地说，是覆在他手指上。指腹不轻不重地触在他手指第一根指节处。一股力道把原本摁不下去的弦牢牢钉在品位上。

"愣着干什么？"肖珩的左手无名指微微用力，提示他，"弹啊。"

陆延这才拨弦。

肖珩像是找到了什么新玩具一样，觉得挺有意思，干脆半合着眼，将下巴抵在陆延肩上，陆延指法换到哪儿，他就跟着摁到哪儿。

琴声缓缓流淌而过。

陆延从来没有这样弹过琴，起初的不适应过后，只觉得手指仿佛一点点飞了起来。肖珩的气息打在他耳畔，陆延对这个夜晚最后的记忆，就是男人温热的手指和几段旋律。

甲方这部网剧是一部奇幻类型的题材，陆延找了好几天都没找到感觉，主要原因也是跟他平时写过的歌风格差别太大，光编曲就卡了几天。交上去的第一版也被人直接打回来。

陆延这天晚上却突然有了灵感，他动动手指，示意肖珩换弦。

　　"摁这根。"

　　肖珩挪过去。

　　陆延弹完几段旋律，俯身又在纸上写写画画。

　　肖珩玩了半天，不知道自己弹的是什么，难免有些好奇，低头看着怀里的人问："这叫什么……和弦？"

　　"嗯。"陆延说，"你条件挺好，大横按都能跟着跨，之前没学过？"

　　"没有。"肖珩说完又补充一句，"当时没兴趣。"

　　翟壮志当年学吉他那会儿，肖珩对这玩意儿压根不屑一顾。

　　翟壮志当初还劝过他："老大，你真不学？泡妞神器啊，谁不喜欢一个帅哥抱着吉他唱情歌的样子呢，哪个男人心里没有一个吉他梦？"

　　肖珩当初就赐给他一个字：滚。

　　想到这里，肖珩盯着陆延耳朵上那个耳钉说："老实讲，有点后悔。"

　　陆延还在改歌，没注意听，随口问："后悔什么？"

　　"后悔当初没跟着学……歌写完了？"要是当初跟着学一阵，没准还能来个联弹。

　　陆延说："还差一点，剩下的明天再改。"

　　次日，陆延起得很早。等收拾得差不多了，出门前才想起来挑几个耳环戴。他想找蓝姐上次送他的耳链，临走时在放首饰的桌上翻半天，最后耳链没翻到，倒是让他翻到一个唇环。

　　陆延捏着细细小小的一个半圆形，思考这玩意儿是什么时候买的。他很早之前在唇上打过一个洞，后来实在嫌不方便，主要原因还是看腻了，等长好之后就买了个假的戴着玩。

　　"现在几点？"肖珩被他翻东西的声音吵醒，哑着声问。

　　"八点。"陆延捏着唇环往自己下唇上戴，"……你今天上午有事？"

　　肖珩说："嗯，得去趟工作室，之前那个项目遇上点技术问题。"

　　陆延戴的这个假唇环直接扣上去就行。他戴好之后对着镜子说："你这售后服务不错啊。"

　　肖珩这回却没说话。他坐起身，遥遥透过陆延面前的镜子看他。

　　唇环造型简单，金属质地，细细的一圈卡在他唇侧。由于是校园商演，造型不适合太浮夸，陆延今天穿的跟平时没什么两样，只是他头发长长后整个人看起来比之前还邪乎。

陆延摸着唇环走过去说："有段时间没戴过了，这样戴着会不会太奇怪……"

肖珩说："走近点，离得远看不清。"

陆延心说已经够近了，只好弯腰凑上去。

"还是看不清。"

"……"

"啧，再近点。"

"你玩我呢。"

陆延话刚说完，肖珩说："不奇怪，挺好看的。"

陆延到的时候李振他们已经在台上试完音，正拿队友的乐器换着玩。

李振背着许烨的贝斯说："哟嗬，你还戴唇环了？这环好久没见你戴了，就是你这……说好大家都不收拾，以最质朴的面貌面对这帮音乐圈未来的花朵——过分！"

李振说："能把这人踢出乐队吗？咱换主唱吧，我受不了了。"

陆延说："够了啊，差不多得了。"

他们几个人经常换乐器玩，玩乐队的基本各种乐器都会一点儿，目前台上的阵容是大炮主唱，许烨吉他，李振贝斯。

陆延看了一眼，上台之后坐到架子鼓前问："怎么玩？"

陆延说这话时手里转着李振的鼓棒，他架子鼓的技术一般，转鼓棒耍帅的技术倒是比李振还强。

大炮提议："《银色子弹》走一遍？"

许烨毫不留情地说："不行，你英语发音不标准。"

大炮："……"

说到英语发音，李振也是奇了怪了，说："你说你陆大哥，就坐后头甩棒子玩的那个，英语水平屎一样，发音倒是挺标准。"

陆延说："怎么着，怎么还人身攻击呢？"

最后几个人合了段老歌，确定设备和音量都没什么问题。

上午十点校园演出准时开始。从调试设备开始，广场上已经围得水泄不通。V 团正式演出的时候更是引发不小的轰动。比起普通观众，音乐生的世界明显要狂得多。

陆延头一次碰到这种不需要他热场子，现场气氛就已经自燃的情况。

"Vent！！！"

同学们挤在广场周围，尖叫声几乎响彻整个校园。

陆延握着话筒，唱到高潮部分，边唱边转，旋转间他弯下腰，整个世界仿佛都是他们的声音。

那声音真的像飞鸟。越过光线，越过空气，越过层层人海，飘向广袤高空。

"最后一首……"陆延迎着风说，"是我们乐队在节目上创作的新歌《银色子弹》。"

这帮学生里估计有不少人看了节目。《银色子弹》前奏一出来便开始齐声合唱："Run！"

陆延的目光掠过一张张阳光、叛逆、特立独行的脸。他唱到最后干脆把话筒反转方向，对准台下。

从前往后，参差不齐的音浪一层一层扑过来。

陆延正要把话筒转回来，听到最后一句歌词被这帮学生改了。

You will see the sun！（你们会看见太阳！）

陆延愣住。差点忘了后面应该说什么。直到李振多敲两下提醒他，他这才把话筒收回来，面对人群笑着说了句谢谢。

回程的路上，李振控制不住刷乐队相关的微博。乐队比赛结束之后，V团官博都交由李振打理，平时跟粉丝互动，发歌，发照片。乐队人气虽然回落，但比之前他们需要打几份工养活乐队的状态还是好上不少。

李振边刷边说："大家都夸我们现场表现好……哈哈哈，茫茫人海终于看到我李振的粉丝了，这个彩虹屁我要珍藏一下。"

陆延上车后说："你就这点出息。"

"人，学会知足很重要。"李振刷了会儿，抬头问，"我们拍张合照？"

陆延没意见，四个人挤在车里照了一张，李振傻笑，许烨比了个剪刀手，大炮装酷，就陆延跟老大似的坐在边上问："行了没？"

画面定格。

编辑微博的时候却犯了难。

"感谢德普莱斯皇家音乐学院？"

"V团演出炸翻校园？"

"……"

讨论间，陆延咬着润喉糖说："就用最后那句吧。"

You will see the sun！

李振说："哎，行，这句好。"

微博发送成功。

陆延到七区的时候肖珩还没回来，他上楼前拐去蓝姐家坐了会儿，帮忙打包了几个快递。

蓝姐问："你还在直播呢？我上回登录看到你了。"

陆延说："签了直播约，还没到期。"

"挺好。"蓝姐说，"唱歌轻松点，我之前做吃播，吃完都得催吐吐出来。"

蓝姐的声音确实哑，不过陆延以前一直以为她是抽烟抽多了。

"行了，谢谢，剩下的我自己来吧。"蓝姐说完指指他的上衣口袋说，"什么声音在振，是不是你手机？"

陆延掏出手机，发现是群通话的提醒。

李振到家没多久，发完微博之后又在评论区互动一番，才打算把微博切出去，在切微博的时候无意间看到私信人列表，有个极其眼熟的标志。

李振顺着那个标志点进去，确定自己没有看错。

陆延接通了群聊，听到的第一声就是李振震破耳膜的尖叫声："啊！"

李振说："声……声浪，声浪音乐节给我们发私信了！邀请我们参加！"

陆延本来以为他是又刷到什么惊天动地的彩虹屁了，直到听到"声浪"两个字。

大炮也惊了，问："振哥，你确定没看错？"

陆延倚着墙，随口说："是啊，不是你关注人家时候的自动回复吗？"

许烨入圈时间不长，对这方面了解得还不是很清楚，他问："这个声浪……很厉害吗？"

这四年来，他们乐队也去过一些小的音乐节活动。不过那些音乐节没什么钱，能成功举办已经是奇迹，给不起多少出场费，他们过去完全是图个热闹。但声浪不同，在各城市举办的诸多音乐节里，声浪可以说拥有无法撼动的地位，歌坛上很多小有名气的歌手和知名乐队都会出席。

"岂止是厉害。"李振光是想到音乐节背景布上的标志就控制不住，热血沸腾地说，"它是多少乐手年少时的梦想啊，你振哥我刚玩架子鼓那会儿，每天晚上做梦都是声浪的舞台。"

李振还在群里发了张截图，私信列表里确实是一封官方邀请函。

"会不会是高仿号啊？"大炮还是难以置信。

陆延关注过他们官博，说："应该是真的。"

大炮说："那就是我在做梦？"

陆延说："要不要大哥给你几拳？"

"……"

说话间，陆延将截图往下拉。

这封邀请函的落款是几家赞助方。在一堆娱乐、餐饮公司里，混着一家唱片公司。

音乐节赞助方：××娱乐，××公司，音浪唱片。

陆延对着"音浪唱片"四个字看了几眼。这家唱片公司在乐坛的地位接近于"造神工厂"，鼎盛时期几乎垄断整个行业。从里头走出来的歌手都是至今无人超越的传奇。早期九几年摇滚浪潮刚卷过来那会儿，他们也曾经营过乐队。

由几笔简单的海浪组成的唱片标志像一个烙印，烙在这封邀请函的末尾——他对音浪唱片这枚 Logo（标志）的记忆，最早出现在音像店里。

狭小的音像店，几排货架，墙上的海报，几乎哪儿都能看到海浪的标志。比起海浪，它更像一阵在国内肆虐的风。

这股风合着音像店老板躺在椅子里，抖烟时嘴里唱出的荒腔走板却自由的歌声，是陆延对国内摇滚最深的印象。

上楼前，陆延又回想起比赛期间葛云萍在会议室里那句："即使是这种根基稳固的老牌唱片公司，近十年来也只签主唱，从未破例。"女人的声音很淡。

电话里，李振他们还在号叫。

"音乐节！"

"音乐节，等着！"

"这封邀请函老子一定要打印出来贴墙上好好珍藏。"

陆延举着手机掏钥匙，笑笑说："下周大炮和许烨有课吗？"

大炮说："我可以没课。"

许烨说："我请假，还好下周没有考试……"

挂电话前，陆延想了想说："你们对音浪唱片有什么看法没有？"

李振沉浸在巨大的喜悦中，没反应过来陆延说的话："什么？"

"我说……"陆延推开门，重复，"音浪唱片。"

李振说："哦，音浪啊，大公司，歌坛一霸，音乐人的终极梦想。"

陆延还想再说点什么，最后还是没说出口。

音乐节的事敲定。李振给声浪音乐节官微回复"确认参加",发出去后手都还在抖。除此之外,这周乐队排练也额外加了两场。

陆延进屋之后继续写甲方要的网剧片尾曲,整体已经完成得差不多,还有些细节得修。他写了会儿,收到肖珩发来的消息。

肖珩:那帮孙子叫我留下来吃顿饭。

陆延把播到一半的音源摁停,想回"吃呗,是该吃一顿"。

这个项目对肖珩意味着什么,陆延太清楚了。他亲耳听到肖珩说他想做什么,也亲眼看着原来仅仅只是破电脑里的十几页策划书,一点点变成真会用机械音说话的"小律"。

想到这儿,陆延就按捺不住暴揍肖启山的心情,心说当时怎么没把二百五十块钱直接往他脸上扇。

结果话还没打完,肖珩那头传过来一张图片。图片上的场面和他想象中的"吃顿饭"差远了,没有包间,也没有为即将分离而不舍痛哭的场面,工作室的几个人坐在各自位置上埋头吃外卖——甚至吃的时候还不忘扫一眼电脑屏幕,拿着筷子的手空出两根手指在键盘上敲几下。

…………

"程序猿"的世界,旁人琢磨不透。

肖珩去工作室帮了半天忙,约莫晚上十一点才回来,把给陆延带的那份寿司放桌上,然后单手去解领带。

陆延打开餐盒盖,想起来这帮人脑回路跟常人不太一样的"聚餐",问:"你们那也叫一起吃饭?"

肖珩想了想说:"还喝了酒。"

陆延想也知道这个喝酒肯定不是常规的喝酒。

果然。

肖珩说:"就是骑手送得太慢。"

"他们没那个时间,项目忙得觉都不够睡。"肖珩说着,又问,"歌写完了?"

陆延正好把网络剧的完整音源交上去。他把耳机摘下来往肖珩耳朵里塞，摁下播放键。耳机里传出来的是那天他搭在陆延手指上摁过的旋律。这段旋律又经过后期加工，然而最初 demo（小样）里的特质并没有因为后期加工而消失。

肖珩一直觉得陆延写出来的歌很奇妙，仿佛能记录下某种画面，甚至能摸到从音符间跳出来的温度……不光是这首，V 团每一首歌都带着一种很奇妙的感觉。

好像全世界空荡下来，在这个空无一人的世界里却有一个声音对你说：

别怕。

一起跑吧。

于是你听到耳边有风声。朝着风所引导的地方奔去。

肖珩第一次对陆延说"因为你是陆延，所以你可以做到"的话，不是随口安慰。他在无数个难眠的深夜里真真切切地感受过这份力量。

陆延边吃边跟他讲音乐节的事，虽然肖珩对音乐节具体是什么模式并不太清楚，但这并不妨碍他听陆延说话。

陆延说完，耳机里的音乐也正好结束。

"我们延延……"肖珩摘耳机之前在陆延脑袋上揉了一把，这人看着脾气硬，骨头也硬，头发却软得不可思议，"会冲出去的。"

陆延一口寿司刚塞进嘴里，含含糊糊地附和："老子也觉得，优秀的人不会被埋没……"

肖珩紧接着又是一句："是，连飞都会，冲算什么。"

"……"

陆延将寿司咽下去才低声骂了一句脏话。

陆延被人打飞的历史真正算起来屈指可数，他太清楚自己的战斗力，除非对方给他一种"这个老子干得过"的错觉，不然他不会轻易动手。

"就一次。"

"嗯。"

"真的。"

"我信了。"

话题暂告一段落。陆延吃完东西,把餐盒盖上,这才转了话题说:"我们珩哥……"

他这话说得突然,肖珩正掀起衣服下摆准备换衣服。

陆延说:"下一个项目也能冲出去。"

肖珩愣了愣,他其实暂时还没有"下一个项目"的想法。

刚从上一个项目里退出来,要说立马接下一个,指不定什么时候才能有眉目。但他听陆延说完之后,心口某个角落却仿佛被什么东西敲了一下。

"因为……因为老子说你能就能。"陆延抓抓头发,明明平时也不是不能对着肖珩说笑的,到这种时候却忍不住觉得脸热。

肖珩洗过澡,坐在电脑前抽了两根烟。窗外夜色静谧,许久过后,他打开文档,敲下了第一行字:项目策划书。

声浪音乐节的演出名单很快在官方平台公布,Vent 乐队有四十分钟的表演时间。V 团目前最热的歌是那首《银色子弹》,他们在最后一首歌的选择上犯了难,挑歌的时候乐队几个人想法不同。

飞跃路三号防空洞里。

"最后一首,要不咱就唱老歌?"

"老歌的接受度会不会不高?《光》呢?"

"那首太抒情……这种场合热场子比较重要。"

防空洞依旧是这帮地下乐手的聚集地。陆延蹲在门口吹风,周遭有熟人吹声口哨扔过来一根烟,陆延接过不抽,只是夹在指间。

《乐队新纪年》十强选手黑桃队长也凑过来,顺便把陆延手里的烟给顺走了,说道:"我觉得你们乐队那首老歌可以——"

陆延笑着踢他一脚,说:"干什么,怎么抢烟呢还。"

黑桃队长说着把烟点上,唱了起来:"将过去全部都击碎,快走吧,快走吧。"

陆延提醒他:"兄弟,跑调了。"

黑桃队长说："你不能对一个打鼓的要求那么高……哎，你看看你们乐队鼓手唱成什么样，好意思说我吗？"

李振说："我怎么？能不能好好聊天了？"

黑桃队长闲扯半天之后，突然认真地说："就那首吧，我对你们乐队最开始的印象就是那首，也是你们在下城区出道时的主打歌吧？当时突然冒出来一魔王乐队，销量一周打到前三，我至今都忘不掉。"黑桃队长说到这儿有些感怀，不知道是不是想到防空洞来来去去的乐队，感慨道，"一晃四年了啊。"

那首歌确实是出道曲，歌词意思也很明确，当时陆延在逼着自己站起来。其实回想起来写那首歌的过程，实在不是什么愉快的回忆，他把自己关在房间里一周，过得昏天黑地，不知道外面是白天还是晚上。他现在才发现，随着时间的过去，自己也会对以前写过的东西有一层不同的理解。

"老歌吧。"陆延最后说，"至于接受度高不高——演出结果说了算。"

他宣布完这个结论，突然想：他和肖珩两个人还真是挺有意思。

走来走去，最后总是绕不开原点。或者与其说是"原点"，不如说是不断打破后的新起点。

音乐节这种大型的活动，对仪容衣着方面有一定程度上的要求。

陆延衣柜里有一半花里胡哨的舞台装，都不太适合，日常点的衣服倒也不是不行，但他最后一眼相中了肖珩的一件衬衫，很低调的暗红色。

肖珩说："你拿我衣服干什么？"

陆延抬手把扣子扣上。

陆延怎么都穿不出肖珩那种看着散漫但依旧正儿八经的气质，袖子稍微长了一点，他就胡乱撩上去，倚着灶台说："这件衣服，现在是老子我的。"

七 芒 星 2

CHAPTER

11

是你

"可以抵御一切威胁的强大力量，是你。"

这次音乐节的时间跟肖珩要去拉投资的时间相冲撞，所以他并没有买票。

音乐节这天比平时还要热上几度，明明已经逐步降下去的气温莫名其妙回升，户外场地被烈日灼得滚烫，仿佛呼出去的气都在往外冒烟。

几个舞台像一扇巨大的、通往另一个世界的门。

陆延几人被安排在后台化妆，外面开始放伴奏音乐。

陆延闭着眼开嗓，他"啊"完之后，又习惯性地跟着外面这段伴奏唱了几句。

走廊上有工作人员来回走动，有人路过化妆间时略带激动地说："刚才那是南河三吧。"

另一个人回："我也看见了。"

"本人真的很帅啊。"

"不过他是一个人来的吗？"

"应该是一个人，节目单上就写着他的名字。"

谈话声逐渐远去。陆延唱到一半，收住嗓子。

陆延从风暴乐队出道后就很少主动关注南河三的消息。风暴乐队出道后参加过几场舞台演出，之后很少以乐队的名义活动，随着南河三人气步步高升，原本占比就少的乐队粉更是销声匿迹。不得不说葛云萍的运营手段确实厉害，拆伙拆得悄无声息，倒是高翔有一回联系他，在电话里喊："陆延，你欠我的恩情什么时候还？"

陆延想了想说："现在，老子请你吃咱下城区最上档次的烧烤摊。"

高翔说："烧烤摊三个字你也有脸说！"

陆延清楚地听到高翔那边有报站声。

陆延问："你在哪儿呢？"

高翔提着行李，在检票之前说："火车站。比赛结束了，剩下的事跟我们没什么关系……我跟兄弟们就打算回去了，跟你道个别。"

陆延沉默一会儿，喊他："高翔。"

"咋的？"高翔不明所以。

陆延说："我觉得你很有才华，我们能在厕所相遇也是一种缘分。"

"？"

"知道我们 V 团为什么一直没有键盘手吗？"

"滚！"高翔打断道，"我之前就听人说你总喜欢挖墙脚！原来是真的！"

"谁说的……"陆延一猜就中，"黑桃乐队队长？"

"我管你们乐队为什么没有键盘手，总之我们风暴不能缺少我这种灵魂人物！"

高翔说这话时心里不是不清楚陆延开这种玩笑的用意，他怕自己这次回去就真的是"回去"，就像很多选手在节目上说的那样，如果这次再不成功，就真打算放弃了。

一直待在地下并不是最难以忍受的事，难以忍受的是机会来临，站上舞台，当希望被捏碎，才发现自己压根出不去。

李振和大炮他们原先在讨论隔壁单人化妆间里的某位靓丽女歌手，听到外面工作人员提起南河三的名字，不由得问："对了老陆，高翔他们怎么样了？"

"他说他不想来咱乐队当键盘手，他永远属于风暴。"陆延连人带椅子往后仰，说这话时忍不住笑了笑，"还说下回去 Live house 表演会发请帖让我过去，给他举手幅大喊三声'高翔最帅'偿还恩情。"

此时场外伴奏声渐歇，观众入场完毕。其他舞台上已经有几组艺人开始登台，欢呼声传至后台。

Vent 乐队被分在 3 号舞台。

陆延遇到葛云萍是在准备上台之前。他推开门打算出去洗个手，走廊里的人来来往往，一阵高跟鞋的声音分外清晰。女人还是一如既往地强势，她低头翻文件，边走边训助理："说了多少次这个文案不能这样写。"

陆延没避开，在她经过时打了声招呼。

葛云萍停下脚步，跟她一起停下的还有她边上的一个中年男人。那人不高，没躲过发福，烫着一头卷，嘴里叼着个烟斗。

陆延跟他对上一眼，那个人也在看他，他只觉得这个人眼熟。

葛云萍侧头说："东哥，您先过去吧，我聊两句。"

男人的烟斗抖了两下，抖出一个字："行。"

等男人走了，葛云萍才问："怎么样，紧张吗？"

陆延虽然不知道他们俩之间有什么好客套的，但还是说："还成吧，比赛那会儿都锻炼出来了。"

"南河三在那间，你要找他的话这个点应该没记者。"葛云萍指了指对面那排独立化妆间。

陆延很直接："那倒不用，我跟他没话说。"

葛云萍这下也没话说了，只是看着他。

男人头发半长，右耳垂上挂了个逆十字，妆后整个人看起来更不好招惹。他跟海选那会儿，甚至跟比赛期间没什么变化——如果非要说有，那就是这些没能压折他的事，竟使他变得愈发坚韧。

平心而论，葛云萍是欣赏他的。甚至也动过签下 Vent 乐队的念头，这种"慈善家"式的欣赏对她来说显然比较罕见，否则赛后她也不会给陆延打通那通电话。

葛云萍忽然想说：我干这行十几年了。刚入行那会儿，跟所有经纪人一样，谈梦想，谈未来，睡过很长一段时间地下室。那会儿"艺人"对我来说还不是一张张数据表，一张表上写着市场价值，另一张表上写着人设定位。

但葛云萍最后只在和陆延擦肩时平淡地说："刚才那位是音浪唱片的经纪人，唐建东。"

在葛云萍说之前陆延就想起来了。提起唐建东这个名字，可能现在所有人想起的都是他手底下各个出名的歌手，但在陆延的印象里，这个名字却和那阵在国内肆虐过的"风"联系在一起。他无疑曾是圈内最出名的乐队经纪人。

"老陆，到我们了。"李振喊。

陆延回过头说："马上来。"等他再转回头，只能看到女人的背影。

老实说，上台之前陆延并不知道台下会有多少人，这种大型活动请的很多都是圈内知名歌手，观众流动性极强。

"我们到时候上去，台下会不会没人？"李振也在担心这个问题。

大炮说："那不是很尴尬？"

许烨说："是啊，而且对面舞台的下一组歌手好像很厉害。"

陆延暗暗吸了口气，他倚在上台通道口，光线昏暗的通道将他半个人隐进黑暗里，他看了一眼外边拥挤的人潮，说："没人就抢过来。"

"这次是个机会。"陆延说，"好好表现。如果台下一个人也没有，那就一个一个抢过来。"

李振笑着说："你还真是……"

李振跟陆延组了四年团，他家主唱的性子他再清楚不过，从当初陆延一个人单枪匹马杀到酒吧里对老板自荐开始，他就知道这个人身上一直有股冲劲。

几个人都被这句话激得斗志昂扬。

李振拍拍大炮的肩说："看见没有，你大哥永远是你大哥。"

谈话间，有人喊："3号舞台下一组，Vent 乐队——"

正是晌午，阳光烈得灼人。

陆延站在台上，手扶上麦架。他在李振铺天盖地的鼓声中仰起头，望向头顶那片刺眼的天空。

太亮了，亮得几乎让人有种席卷而来的失重感。等李振这段节奏结束，陆延才一下把架子上的话筒拽出来，唱出第一句。

原本3号舞台下的观众人数算不上多，摇滚这种音乐类型的现场感受比什么都重要，一首《银色子弹》开场过后，他们的舞台就像一块巨型磁铁，人逐渐往他们这儿拥来。

演出过半，V 这个手势几乎快要占领半壁江山。

幕后监控室里炸了锅，工作人员也是头一回见到这么能"抢观众"的。

"3 号舞台什么情况？"

"台上是哪组？"

"请来的乐队吧，之前在节目上退赛的那个……"

陆延对这场演出的最后印象只剩下那份展翅欲飞的失重感。最后一首歌结束下台后，几个人忍不住感慨。

李振说："爽。"

大炮说："等会儿找家店吃饭去？"

许烨说："我怕紧张，中午都没吃……延哥呢？"

就在几个人商量"过会儿吃什么""陆延这小子死哪儿去了"的时候，陆延从走廊外推门进来，说："有件事跟你们商量。"

李振问："什么事？"

陆延勾勾手，四个人头对头围成一个小圈。

"音浪唱片的经纪人今天也在这儿。"

"啊？"李振没转过弯来。

陆延问："唐建东知不知道？"

李振说："那怎么可能不知道，乐队经纪人鼻祖啊。"

陆延嘴里咬着润喉糖说："我刚才跟工作人员打探过了，他在 602 休息室，我们去堵他。"

李振这回"啊"得比较生猛，他猛地一抬头，结果又被陆延一掌摁了回去。

李振问："陆延你是不是疯了！"

唐建东这个人的资料少之又少，最被人津津乐道的就是为人古怪这一点。他是个怪人，光是冲着这一点，李振就对这人有些发怵。

"真要这样干吗？"

陆延不紧不慢地说："老振……机会是要自己争取的。"

李振："……"

许烨："……"

大炮说："大哥，我跟你干。"

602 休息室离得不远，上个楼就到。唐建东躺在摇椅上抽着烟斗，怎么也没想到门会被人一把推开，等他睁开眼，眼前赫然闪过四个人影！动作敏捷，反应迅速。最后进来的那个人还干脆利落地锁上了门。

四个人流里流气地往他面前一站，这架势不知道的还以为是跑来寻仇的。唐建东被嘴里的烟呛了一口，问："干什么你们？"

陆延锁完门后，往前走了两步，逼近唐建东说："唐老师好。"陆延说出口的话异常恭敬，甚至还有点不好意思："很抱歉打扰您几分钟时间，那什么，我们是 Vent 乐队。"

"我们乐队成团四年，同时也是《乐队新纪年》全国四强，如果没退赛，拿个冠军不是问题……"陆延说到这儿，咳了一声。

李振站在陆延左边，手里举着手机，滑开屏幕，上头赫然是一张标注着全国四强的舞台照！乐队介绍图文并茂，生动形象。

唐建东："……"

陆延还想往下说乐队的历史、梦想，都出过哪些歌，遇到过什么困难，但他们不抛弃，不放弃。

唐建东到底跟别人不一样，他很快冷静下来，冷笑一声打断说："上我这儿毛遂自荐来了？"他甚至颐指气使地对许烨说："你小子，帮我把边上那杯水拿过来。"

许烨端过去。唐建东喝了几口，然后"啪"的一下把水杯拍在桌上，大声地说："我为什么要签你们？"

陆延虽然没少干这种堵人的事，但对方毕竟是德高望重的老前辈，气势稍弱下去一截："因为我们……优秀？有前途？"

"……"

唐建东视线扫过几人。

"这个世界上优秀的人多了去了。

"为什么不是别人是你们?

"你们乐队有什么是别的乐队做不到的吗?

"既然别的乐队也可以做,我为什么要找你们做?"

一番话尖酸却实际。

四个人哑口无言。

唐建东最后用烟斗指指门,中气十足地说:"一帮兔崽子,给老子滚出去!"

陆延行走下城区多年,还是头一回碰到这么带劲的老前辈。

两个小时后,烧烤摊。

肖珩到的时候他几个已经喝了不少酒。他白天见过投资方后去 C 大找学生谈新项目,大部分是托许烨从系里找来的,虽然这帮学生缺乏经验,但雇佣成本相对较低。

"我们谈谈理想和未来。"不谈钱。

敲定下人手之后,新项目正式启动。就是烧烤摊上的气氛有点不太对,怎么看也不像庆功宴。

陆延一只脚踩在塑料椅子边上,手里捏着罐酒不说话,而且他脸上的妆也没卸。

肖珩直接去拿陆延面前那罐酒,也没见这人有什么反应,于是转而问李振:"怎么了,演出失误?"

李振摇摇头说:"演出很成功,尤其你边上那位,还从别人舞台前抢了不少人过来,对面舞台的那个歌手下场时脸都绿了。"

肖珩问:"所以他一副想找个地洞往里钻的表情是什么意思?"

陆延这个表情他太熟了,完全是想跑的前兆。最好再给他一间厕所,他保准能以百米冲刺的速度冲进去再把自己锁起来。

陆延把脸埋进膝盖里,低下头闷闷地说:"我今天带着他们把音浪唱片的经纪人给堵了。"然后他简单地把堵人经过说了一遍。

"然后呢?"肖珩想象得到这个画面。

"然后滚了。"陆延又说,"丢人。"

肖珩正琢磨着这种事该怎么安慰，这位朋友堵人在先，总不能先夸他一句堵得好。

然而陆延自我恢复力太强，颜面这种东西只是偶尔会困扰他一下，他纠结的重点还是："我怎么就这样滚了？当时没反应过来，忘了给他留张名片。"

陆延说着抬起头，想喝酒，然而自己那罐还在肖珩手上。他伸出手，搭着肖珩手腕把那罐酒往自己这儿边拽边说："你人找得怎么样了。"

肖珩说："找得差不多了，都是许烨系里的。"

说到这儿，肖珩又说："顺便在 C 大附近联系了房屋中介，当基地。"

陆延说："也是，那帮学生跑太远来回不方便。"

陆延说话间借着肖珩的手灌下一口酒。两个人离得很近，肖珩这才注意到他还画了眼线，眼线沿着眼尾延出去一点。

李振他们还在劝酒。

"大炮，你不行啊，这才几瓶。"

"振哥……"

"喝！闭嘴，许烨也给我喝！男人不会喝酒像什么话，你这酒量……"

天已经黑了。这段时间温差大，跟白天不同，晚上气温骤降。烧烤摊上有不少人，嘈杂的声音在耳边萦绕。

"老陆，别尿啊，别喝着喝着又跑。"李振给许烨灌完酒，又给陆延开了一罐。

陆延接过说道："老子怕你？"

李振和陆延拼酒期间，肖珩却在想那个"音浪经纪人"的事。

肖家之前的产业链不光医疗器械一个，其他小产业也在发展，娱乐公司也不是没开过。他心里难免浮现出某个猜测。

音乐节这个事确实过于巧合。这个由音浪唱片赞助举办的音乐节请的不是冠军风暴乐队，不是乐队比赛的第二名，而是提前退赛的 V 团。

V 团在比赛期间确实掀起过一阵热潮，但退赛后热度明显下滑。

肖珩想到这儿，问他："你觉得网剧片尾曲，还有这次的音乐节，真是因为乐队节目找来的？"

陆延没听清："啊？"

肖珩心说大概是自己想多了。"没什么。"他把陆延手上的酒顺过来，"喷，你少喝点。"

陆延是真醉了。李振他们走后，肖珩结账。陆延指指街对面，眯起眼说："看，星星。"

肖珩说："那是路灯，傻儿子。"

"星星。"陆延意外地坚持。

"路灯。"

"路个屁，老子说不是就不是。"

"好。"肖珩顺着他说，"星星。"

陆延这才点点头，继续跟着他往七区的方向走。他走路有点飘，还喜欢往高处站，肖珩伸手拉他。陆延走了一段路后其实被风吹得清醒了不少，他仰头去看下城区这片夜空，看到满目繁星，回想起当年在文身店误打误撞地选了七芒星，事后才发现这个图案的寓意倒是跟他那时候的遭遇撞上了。

它被神秘学视为一颗无解的芒星。除了"强大""力量"这些神秘的字眼以外，也有人说，七芒星之所以无法达成任何目的，是因为七芒星是个防护法阵，力量强大到可以抵御一切恶魔的威胁。

陆延想着，目光从漫天星光中移开，落在肖珩身上。从乐队解散，再到直面"老七"这个身份，甚至是在《乐队新纪元》上退赛，每一件以为走不过的事情，他都走过去了。包括今天被唐建东拒绝。这位曾经带过传奇乐队的经纪人指着他们厉声问"凭什么觉得我会签你们"的时候，他也没觉得这是道坎。

不行就接着干呗。但是他发现可以抵御一切威胁的，好像不是手腕上的这颗星星。

临走到车站时，陆延突然冒出来一句："你也是。"

肖珩没听懂，问："什么？"

"星星。"陆延说。

陆延站在花坛上，迎着风，身上还穿着他的衣服，他穿衣服就没老老实实扣好过扣子，风从锁骨处钻进去。

他抬起手腕，把刺在手腕上的那片黑色的星星摊在肖珩面前。

他说："可以抵御一切威胁的强大力量，是你。"

音乐节过后，恢复到往常生活。

天刚亮，七区就热闹起来。伟哥洗澡时发现洗发水没有了，对着窗外扯着嗓子喊"救命"。张小辉把绳子系在篮子上，篮子里放着一瓶海飞丝，试着给他送下去。

"下来点，小辉，再往下点。"

"哎呀，过了过了。"

"你俩搞什么呢——"正在刷牙的陆延差点没笑得把嘴里满口的牙膏沫喷出来。

伟哥顺利拿到洗发水后，边抹边喊："你今天什么安排？"

陆延想了想，说："今天有个面试。"

伟哥说："又找新工作啊？这三百六十行，还有什么是延弟你没干过的吗？"

陆延叹口气说："生活不易，多才多艺。"

他们乐队一周的活动算下来其实并不多，完全靠乐队维持生计还很困难，更何况新单曲《银色子弹》到现在也只在舞台上表演过，单曲发售这个月就得提上日程，然而他们还没凑够租录音棚的钱。

肖珩被伟哥一大早的几句救命喊醒，起身绕到陆延背后，下巴抵在他肩上问："面试？"

陆延洗把脸说："前两天刚找的，奶茶店招聘，就小区附近那个，工资还成，半天制。"

"你会做吗？"肖珩对奶茶店这三个字感到意外。

陆延还是那句话："老子可以会。"

奶茶店店面不大，是从边上的杂货店分出来的一个小窗口，陆延个子高，往里头一站都快顶到天花板了。

老板娘是个中年妇女，她上下打量陆延几眼，问："有经验吗？"

陆延说："卖过切糕，做过甜品。"

老板娘又问："为什么来我们店应聘？"

陆延张口就来："为了提升广大人民群众的幸福感。"

老板娘估计也是头一次听到有人把这份工作总结得如此神圣。她点点头说："你回去把配料表背熟，明天过来上班。"

陆延学东西快，做什么都像模像样，上班不过几天，往店里一站愣是有种"奶茶店从业多年"的架势。

"半糖，少冰，打包是吧？"

窗口外边站着几位附近学校的女学生，放学了特意绕路过来买奶茶。

"嗯。"女学生说，"能多放点珍珠吗？"

陆延揽客能力也强，他知道自己这张脸有时候还挺招人，但他在这方面向来处理得干净利落，既不疏离也不显得热络，距离适中，他转身进操作间说："行。"

等送走客人，他才闲着没事倚在收银台边上给肖珩发消息：这位帅哥，在干什么？

肖珩在基地开会，消息回得慢。这帮学生没出过社会，更没经历过社会的毒打，每天被肖珩训得怀疑人生。他们在基地干一天活，抵得上一次学校大考，不过这帮学生的工作效率确实是越来越高。

陆延撩完也没指着肖珩秒回，他点开工作组分类，打算预约个录音棚的时间。

陆延：hi，帕克。

帕克在那头输入半天，明显有些胆战心惊：hi。

陆延潇洒地中英文输入法切换，发出去一句：老子 want 约 time。

帕克：……

帕克就看懂一个词：time。于是他犹豫地回复了许烨的名字，想问这位会英文的小伙子在哪儿。

许烨当然在上课。虽然这位 C 大计算机系高才生已经能在台上甩着胳膊，或是把衣服脱下来往台上甩，兴致上来还会一把夺过陆延的话筒抢唱，但他还是个上课从来不玩手机的好孩子。

帕克现在跟陆延聊天非常能够联想，他开拓想象力，发散自己的思维。两个人跨越语言，以离奇的交流方式唠了会儿"最近怎么样"。

聊到一半，肖珩的消息才回过来。

肖珩：刚才在开会。

肖珩扯开两颗扣子，发完又对着那句"在干什么"看了两眼。

陆延还在和帕克聊天，输入法一时没切回来，差点回过去一句半吊子英文。

肖珩：奶茶卖得怎么样？

陆延：还成，刚放学来了一批学生，这会儿人少。

他回复时抬头看了外头一眼，确定外头没客人。

肖珩那头沉默两秒，然后直接打过来一通电话。

"今天几点下班？"男人声音慵懒。

陆延看了眼时间。"再过半小时吧……"他又顺口说，"我正跟帕克聊录音棚的事呢。"

肖珩问："上回那老外？"

陆延说："他那儿便宜。"

"延延。"肖珩突然喊陆延的名字。

陆延答："嗯？"

肖珩又说："你放过他。"

自觉英文水平精进不少的陆延说："我们这次聊得很顺利。"

肖珩叹口气，心说顺利个屁。"把他名片推给我。"他顿了顿又说，"还有，这个世界上有种东西叫翻译软件。"

"……"

陆延正要回话，窗外有个声音喊："来杯奶茶。"

陆延听到电话那头的人低声笑了一下后说："去忙吧。"

陆延愣了愣才把手机搁边上，直起身子，一只手伸出去，在点单屏幕上边摁边问道："大杯小杯？"

　　窗外的人毫不客气，甚至有点烦："哎，随便。"

　　陆延这才弯下腰去看窗外这位客户，笑了笑说："这位先生，我们店里可不卖随便。"

　　客人个子不高，陆延弯下腰才跟他正对上。这人挺神秘，戴着墨镜、口罩、帽子，把整张脸遮得严严实实的。

　　陆延又说："大杯十三，小杯九块，您考虑一下。"

　　客人说："那就大杯。"

　　陆延又问："有什么特殊要求吗，加不加冰？"

　　客人说："加。"

　　陆延问："没忌口？"

　　客人皱眉答："没有。"

　　陆延觉得这位客人不像是来买奶茶的，加上他对声音的敏感度较高，聊到这儿隐约觉得这个声音在哪儿听过，然而这位客人之后没再说话，他便没再深究。陆延洗完手，转身去拿空杯子，按照配料表加料。他牛仔裤兜里塞了一个很小的 MP3，隔着布料凸起来一小块，黑色耳机线从工作服里偷塞进去，单线一路绕到耳后，藏在头发里。

　　耳机里的歌随机播放，有知名乐队的经典曲目，有他平时自己随便录的 demo，也有各地下乐队私下发行的歌。

　　陆延盖上塑封盖，捏着摇晃几下，扭头问："打包？"

　　这时他才留意到，那客人似乎在看他桌上摊着的工作簿。说工作簿也不太确切，他工作的时间不长，非热销款饮料的配料表偶尔会忘，那本子前几页写着工作相关的内容，后头就全是这几天他用店里断断续续出水的圆珠笔写的谱子。

　　陆延写歌很随意，可能做奶茶的时候脑子里突然冒出来几段旋律，他就会倚着塑料桌记下来。陆延把工作簿合上，将奶茶装起来，又从边上抽了根吸管递过去。

　　"慢走。"

　　客人隔着墨镜看他一眼，伸手接过。这时候，又来了一位客人，是个嚼着口香糖手插口袋的年轻人。

"小哥，我看你有点面熟。"新来的客人点完单，忍不住问，"我是不是在哪儿见过你？"

这位客人估计是看过他们乐队的节目，但距离节目播出已经过去一段时间，Vent 乐队主唱长啥样在他的印象里已经变得很模糊。

陆延随口说："我，大众脸。"

等人走了，陆延才有工夫去看手机。

肖珩跟帕克约好了时间，发消息过来说：录音棚时间约在周末上午九点。

肖珩估计是等了几分钟一直没等到回复，又发过来一个问号。

肖珩：？

陆延：知道了。

发出后，他又接着打：刚才遇到一个奇怪的客人。

写到这儿，陆延想想这事也没什么特别的，于是又一个字一个字删掉。他抬眼，之前那位遮得严严实实的跟恐怖分子似的客人一手插兜，走路摇摇晃晃，拐个弯，已经走到对街去了。

陆延收回目光，咬着笔把工作簿翻开，把鼓的部分画掉后，在中间部分又加了一个很少用到的口琴旋律——他就这样弯腰倚在桌上写了会儿歌。

陆延在奶茶店的工作做得还不错，中途老板娘过来看账本，看完把账本一合，说："加油干。"

陆延从善如流，时刻不曾忘记入职时那番提升人民群众幸福感的发言："谢谢老板，我一定……"

老板娘还能不知道自己招来的员工心怀什么"梦想"？她笑着打断，说："行了，你当我看不懂你整天往本子上涂涂改改的东西呢。"

陆延摸摸后颈。

老板娘走后，到下班关店前都没什么客人，陆延写完第二版曲谱，正要把笔帽盖上，窗户忽然被人敲了两下。

从他这个角度看过去，只能看到男人的半截衬衫领口，都用不着看脸他就知道来的人是谁，这领口的第二颗扣子还是早上出门前他给扣的。

陆延装作不认识地问："这位帅哥，要来点什么？"

"我找人。"

陆延直起身。

"找一个长得帅……会写歌，"肖珩一字一句地说，"才华横溢的下城区地下摇滚圈一霸。"

陆延听到这儿有些绷不住，发觉这几句牛皮吹上天的话特羞耻。他把笔放下，没忍住笑出声，问："记这么清楚……项目忙完了？"

"差不多。"肖珩说，"周末他们还得准备考试。"

"也是，算算时间差不多快期中了。"陆延在社会上摸爬滚打四年，离校园生活太远，早忘了考试这种东西。

肖珩说："走吧，回家吃饭。"

陆延说："一个坏消息，咱家电饭锅已经彻底丧失正常功能，要是当时广场舞老子拿第一没准还能有口粥喝。"

"那出去吃？"肖珩问。

陆延也是这个想法，回问道："之前那家面馆还合口味吗？"

肖珩说："还成。"

陆延拎着钥匙关店，店门上有两层锁，肖珩站在边上看着。他忙了一天，这段时间也没怎么好好休息过，被高强度的工作弄得难免心生烦躁，项目框架搭建得差不多之后还得重新去拉投资，每一步都是未知。但这些情绪在见到陆延之后都消散了，甚至不需要任何言语。

正想着，陆延已经关上门朝他走过来，晃晃钥匙说："走了……既然你周末有空，要不要来录音棚？"

肖珩问："我去干什么，给未来巨星当助理？"

陆延说："你这个提议也不是不行。"

周六那天肖珩还真被陆延拽过去了。肖珩头一次来录音棚，在这之前他只从陆延嘴里听说过他们因为录音发生争执、在录音棚里吵架的事。

两人下车的时候，李振他们已经在车站等着了，看到他们之后把手里的烟扔下，起身说："可算来了。"李振说完，又一顿，"你这咋还带了一个？"

陆延说："老子带兄弟，有问题？"

录音棚的位置比肖珩想象的偏。他跟着陆延从居民楼里拐进去，绕了不知道多少弯。

李振在边上介绍说："别看我们老陆是个路痴，这地方还是他找的……只要够便宜，甭管在哪个犄角旮旯里窝着，他都能给你找来。这家录音棚比之前那家一小时少收十五块钱呢，还有之前烫的那个头……"

提到头，陆延踢了他一脚说："少说废话，看路。"

李振说："我又没说错，那地儿我头一次去都差点没找着。"

陆延说："那是老子方向感好。"

话题说到这儿，又扯回扫帚头，李振说："哎，你当初那个头，是真的刺激——"

"什么头？"只有大炮和许烨两个人还在状况外。

大炮问道："我大哥烫头了？"

大炮看着陆延现在的发型——跟他记忆里没什么差别的半长发。非要说哪儿不一样，无非就是整个人看着更硬了些。除此之外他实在想不出他大哥曾经换过什么发型。

陆延作势又要揍他，被李振躲开。

李振边跑边喊："姓肖的，你管管他！"

然而肖珩完全一副"他干什么都对"的态度。

李振："算了，我就不该指望你！"

打闹间，几个人进了棚，帕克已经提前做好了准备。

大炮先录，陆延坐在帕克边上。

这几年的录歌经验让他对调音台上的各种按键熟悉得不能再熟，基本操作不需要帕克动手，他就已经提前按下按键，沉默几秒后对里头的人说："这段不行。"

大炮问："怎么又不行？"

陆延说："第二小节，节奏快了。"

这已经是大炮录的第三遍，他有些崩溃地问："重来？"

陆延说："你先歇会儿，你现在感觉不太对。"

大炮出来转悠两圈，转换心情之后继续进去录，这次倒是一遍过。

肖珩坐在后面的沙发里四下环顾，这间录音棚跟他想象的差不多，不大，甚至透着股穷酸劲，大部分设备都是二手的，墙上还贴着不知名乐队的海报。

陆延在录音棚的工作状态跟平时不太一样，对细节吹毛求疵，效率一低他就很想骂人。

"李振，你对得起这一小时一百零五块钱吗？"

李振："……"

等录完所有乐器，陆延才把监听耳机摘下，扭头看到他朋友坐在边上，手指有一搭没一搭地点着屏幕，偶尔抬头看他一眼。

陆延走过去问："玩的什么？"

肖珩说："斗地主，他们都录完了？"

陆延从他边上拿了瓶水，拧开说："嗯，就剩下人声部分。"

陆延喝完水，又咳几声试嗓，问："想听吗？"

肖珩抬眼。

陆延捏着水瓶领着肖珩走到调音台前说："坐这儿，戴耳机。"他把监听耳机戴在肖珩头上。

隔绝所有声音后，肖珩再度听到陆延的声音时，他和陆延只隔着一扇玻璃窗。男人穿着件宽松的长袖 T 恤，戴着耳机，调整麦克风高度，他手上戴了条银链子，对帕克比了个准备就绪的手势。

陆延单手扶上麦架，等前奏过去，他不加任何修饰的声音才传过来。录音跟现场表演不同，没有灯光，没有观众。陆延唱出第一句，眼前始终就只看得到肖珩一个人。

即使没有舞台，耳机里热烈、狂妄的声音仿佛依旧可以冲破这间逼仄的录音棚。

肖珩某一瞬间甚至以为自己回到了四周年那天散场后的那个舞台上，对肖珩来说，全世界就剩下陆延的声音这个说法好像并不确切。

因为陆延，就是整个世界。

陆延唱到中间有句没唱好，清清嗓子示意帕克重来。第二遍，第三遍……

陆延睁开眼，和玻璃窗外的肖珩对上。肖珩正靠在椅子里看他。

桌上手机响了两声，是翟壮志的消息。

翟壮志：老大，在忙什么？

肖珩：在录音棚。

翟壮志顺着问了一嘴：你跑录音棚干什么去了？

肖珩：陪你那位老弟。

肖珩又打：听你老弟唱歌。

翟壮志吃了一嘴狗粮，消化过后问：老弟又要出歌了？

翟壮志上回已经从肖珩那儿买过两张碟，这回秒懂，立马表示：哪天上货？我拉着少风去。

肖珩买过他们堆在音像店里的自制专辑。上一张专辑《光》，陆延绞尽脑汁用他并不成熟的画功给新专辑画封面，他把七道光的太阳画成了一个法阵。专辑售价不贵，几十块钱一张，肖珩不知道这帮地下乐手这样卖专辑销量到底能有多少。翟壮志和邱少风那会儿常找他唠嗑，谈入股工作室的事，肖珩避开这个话题，问："壮志，是不是兄弟？"

"啊？"翟壮志说，"是，是啊。"

肖珩说："买碟吗？知名乐队最新力作。"

翟壮志："……"

肖珩听陆延直播时自吹自擂听多了，用来赞美 Vent 乐队的词也丰富不少，等他说完，担心按照翟壮志的性子，一口气买一万张直接垄断市场，又提醒他："别买太多，带几张就行。"

翟壮志疑惑道："一口气买断货多有牌面。老大，我银行卡都准备好了。"按他多年的把妹经验，这种时候砸钱不就完了，闭着眼睛砸。

"他……"肖珩有很多话想说，最后只说了一句，"他不需要。"

支持是一码事。即使花费时间精力，最后只换来跟主流唱片相比微不足道的销量，他也不需要用这种方式去"表现"什么。

要问为什么——因为他是陆延。

陆延这遍唱得没什么问题。虽然录音室版本远达不到现场演出真正的效果，总体也没太大毛病。

李振三人围在边上，直到最后一个音落下去，互相击掌，松口气说："行，没问题，这遍总算过了。"

大炮说："结束！收工！"

许烨也很高兴地说："可以回去写作业了！"

"你到底是不是玩摇滚的，怎么就知道写作业？"大炮拍了许烨一下。

许烨回敬他："你以为谁都跟你似的……整天就知道逃课。"

录音室里隔音，陆延听不到外面在谈论什么，他摘下耳机，俯身凑过去，屈指在面前的玻璃上敲了两下。

肖珩眼角沾上几分笑意。半晌，他也伸手，指节隔着玻璃贴上去。

陆延觉得挺有意思，张开手，五根手指贴在冰凉的玻璃上。

"老陆你还待在里头干什么，这俩都快打起来了……"大炮和许烨越吵越凶，李振劝不住，只好扭头找陆延。

陆延推开侧门边走边说："让他们打。"

乐队贝斯手和吉他手还在吵。陆延倚着操作台看热闹，刚要找水，肖珩正好拧开瓶盖递到他手边。

陆延仰头灌下去一口，然后反手摁下播放键。《银色子弹》的前奏从音响里播出来。

肖珩递完水想到销量的事，顺口问："你们这碟，搁店里能卖多少？"

"你问销量？"陆延问。

肖珩说："嗯。"

陆延答："还行，数一数二吧。"

肖珩说："你这数一数二，是正着数还是倒着数？"

"瞧不起谁。"陆延看着他说，"你当我们乐队整天都在做赔本买卖？

我们乐队也就开演唱会总喜欢搞那些花里胡哨的东西搞到赤字。"

他说到这儿一顿。

"魔王乐队的名头不是吹出来的。"

"当年第一张专辑，卖了有两千五百张吧。"

他们乐队的专辑销量其实很能打，每次发歌都稳在下城区前三的位置，在地下圈子里销量过千已经算是很不错的成绩。

许烨和大炮刚入队，只记得上张专辑卖完后陆延给他们转了一笔钱。说是大卖，其实四个人分下来，到手的也不多，对具体销量并没有什么概念。

许烨惊叹道："两千五百张，这么多。"

大炮说："不愧是我大哥。"

在所有人都为这个数目感叹的同时，只有李振坐在沙发上点了根烟，满脸过来人的语气说道："你们两个，知道当年我们第一张专辑为什么能卖两千五百张吗？"

许烨和大炮看过去。

李振指指陆延说道："因为你大哥一晚上都在下城区各地贴小广告。对，就是站在你面前的这位姓陆名延的大哥。"

"……"

"哎，那都是黑历史啊，还被罚了款。"

陆延刚装完酷，剧情反转得太快。他清清嗓子，试图打断李振的爆料："老振，你是不是该回琴行上课了。"

"你别插嘴。"李振继续说，"还有咱地方电视台有个闯关节目你们应该都看过吧？叫《勇敢向前冲》，当时我们全队都去了，也是你大哥报的名。比赛项目我记得是水上攀岩，最后老旭拿了第一，在领奖台上喊我们是 Vent 乐队，新专辑发售请大家多多支持。"

李振感慨道："只有你想不到，没有他陆延做不到。"

陆延："……"

李振曾经评价过陆延：这个人就算不搞音乐，卖卖东西当商人也能混口饭吃。

地下乐队没有什么宣传的方法，其实都是野路子。当年乐队刚出道，在下城区查无此乐队的时期，他们不得已只能靠这种办法给专辑做宣传，生生给自己铺了条道出来。

肖珩刚才听陆延一副"老子牛×""老子魔王乐队首张专辑就卖几千张"的架势，完全没想过这几千张销量背后隐藏着多少故事。

"你那两千五百张，就是这么来的？"肖珩觉得挺有意思。

"老子打广告有什么问题吗？你们几个赶紧哪儿来的滚回哪儿去——"陆延摸摸鼻子，他不太想提这种羞耻的往事，"你是不是也想嘲讽我？"

"我嘲讽你干什么。"肖珩问，"小广告？"

肖珩提小广告的时候，李振正好拉着大炮开始详细地介绍贴广告的事。

陆延为自己正名道："贴广告也是很不容易的，你以为想贴就能贴？一根电线杆你知道有多少人竞争吗？"

肖珩就是逗逗他，自己之前参加大胃王比赛也是为了一个广告位，他比谁都清楚，放下身段去讨一个"机会"是什么感受。

"电线杆还有人竞争？"肖珩问道。

"有人的地方，就有江湖。"陆延回忆起那个月黑风高的夜晚，他刚去贴小广告的时候其实并不太懂，只知道下城区不管这些，就问伟哥借了摩托车，在车后绑个筐，筐里都是白天提前打印好的广告纸。伟哥那辆在下城区驰骋风云的摩托车，硬是被他开出了一种要去菜市场卖货的气场。

下城区这块地方什么都不发达，就非法产业链异常繁荣昌盛，贴小广告实属一项热门的夜间工作。他带着 Vent 乐队首张专辑问世的广告，在一堆痔疮膏和减肥药广告的夹缝里求生存。

贴广告也分区域，有几块地方早被人给包了。陆延那天不小心占了别人地盘上的电线杆，然后从巷子里走出来几个人影，他们把烟头往地上扔，抄起手边的木棍作势就要过来。

"你谁啊，你站住！"

"……"

"跑了？"肖珩猜都猜得到。

"还好老子上车的速度够快。"陆延回忆到这儿，还是难免心惊肉跳。

虽然早就猜到结局，肖珩还是忍不住靠着椅背笑了半天。

陆延用矿泉水瓶边敲他边说："你他妈别笑。"

肖珩侧过头说："行，我控制一下。"

说话间，《银色子弹》放到结尾。鼓点渐歇，一声枪响穿破空气。

陆延给帕克转完账，几个人往车站走，等走到车站陆延才说："既然刚才聊到这儿了，有个事跟你们商量，你们几个下周末有时间吗？"

许烨想了想说："有吧，我们的小组作业这周收尾，下周末应该没什么问题。"

大炮翘课、打架、挂科三样全占，开学不到一个月就受了处分，他无所畏惧地说："我随时有空。"

"你不会……"李振猜到陆延想干什么。

果然，陆延说："周末我们出去宣传。"

除了第一次发专辑那会儿没人认识，需要想方设法做宣传之外，他们其实没再做过这种事，平时全靠各种演出提高知名度。

陆延说完这句话，脑海里无法抑制地回想起音乐节那天唐建东说过的几句话——

"这个世界上优秀的人多了去了。

"为什么不是别人是你们？

"你们乐队有什么是别的乐队做不到的吗？

"既然别的乐队也可以做，我为什么要找你们做？"

字字珠玑，言之凿凿。

唐建东说的话其实没错，圈子里从来不缺人。努力的，有天赋的，条件好的人多如牛毛。为什么偏偏是你？

"我们这次的目标……"陆延拎着水瓶，竖起一根手指头说，"一万张。"

李振刚听到"目标"这两个字还没什么反应，陆延后半句话一出，他差点没从车站的公共座椅上摔下去。

"我去,你说什么?"

销量过千已经是能到处吹的水平,卖得最好的时候也就是跟黑桃乐队你家两千张我家三千张地打擂台,过万……这是个从来没有在圈子里出现过的数字。

"一万张,你疯了吧。"李振说,"你现在确保你的头脑是清醒状态吗?"

"大哥,你认真的吗?"大炮这种跟陆延狂得不相上下的性格,也被"一万张"吓了一跳。

陆延冷静地说:"认真的。"

许烨极其忐忑地问:"我们是不是也得去贴广告?"

"贴小广告犯法。"

"那……水上攀岩?"

陆延说:"那个节目去年就凉了。"

许烨呼出去一口气,但陆延紧接着又说:"这次找了个别的渠道,推广力度比那个节目更强,下周末你们就知道了。对了,你胆小吗?平时看恐怖片哆不哆嗦?"

"啊?"许烨呼出去的气又倒吸了回去。

"别啊了。"公交车缓缓停靠,陆延指指那辆车说,"兄弟,你车来了。"

许烨得赶着回去上课,大炮在校外找了份兼职,宣传的事暂且聊到这儿。等人走后,陆延摸出一颗润喉糖扔进嘴里。这会儿才反应过来,刚刚所有人都在为"一万张"感到震惊,只有他边上这位没说过话。

陆延问:"你没什么想说的?"

肖珩在回工作室的消息,边打字边问:"说什么?"

陆延正要说话,肖珩回答一句:"我邻居今天唱得不错。"

"没了?"

"还得接着夸?"

肖珩说到这儿,收起手机,又说:"一万张这话放得挺狠,怎么,合着你自己没信心？"

陆延这会儿才意识到，他是清楚的。陆延知道这个问题被唐建东摆出来，虽然没有人规定他必须交一份答卷，但他骨子里那股劲却叫嚣着不肯罢休。

陆延提一万张的时候自己也不确定，那可是实打实的一万。

"那你……信吗？"

"我信。"肖珩说。

七芒星 2

CHAPTER

12

考核

"跟踪就跟踪，没什么不好意思的，我敢跟就不怕说。
我算算，跟了大概有几天了。"
唐建东说到这儿不忘吐槽，"那小子做的奶茶是真难喝。"

　　一周后，《银色子弹》单曲发行。

　　发行当天，一队人出现在厦京市某知名游戏城。游戏城一共有三层，电玩占一半。由于顶楼就开着几家店，没怎么装修，墙壁上的广告牌都坠在地上。

　　推开门乍一眼看过去，满目荒凉，倒是正对着楼梯口的一个密室逃生类游戏馆的标志做得很精细。

　　"这什么地方？"

　　"很显然，这是一个游戏馆。"陆延直接坐在楼梯最上面一级台阶上，离游戏馆不到几步的距离，手搭在膝盖上介绍说，"游戏规则很简单，一个字，快。找到闯关线索之后用最快的速度出来就行……看对面那块板。"

　　几个人齐刷刷地看过去。游戏馆标志边上确实挂着个牌子。上头写着：第一名，校园六剑客，用时三十五分十八秒。

　　六剑客每个人的名字都一笔一画地写在上头。

　　除开这个"六剑客"，下面还有其他人的名字，这些都是来闯关的玩家。这家游戏馆在下城区以"难"著称，几家电视台争相报道，陆延头一回知道这个地方是在伟哥家蹭饭吃的时候，正巧电视上正在采访一队破纪录的玩家。

　　"据说这个纪录半年来从未有人破过，几位看起来还是学生吧？"

　　"我们是来自××大学的……"

　　"好像特难。"伟哥边吃饭边说，"这家电视台总喜欢放这个，每回谁谁谁破纪录都要去采访一下。"

张小辉的梦想就是上电视，自然不会放过这种机会，他举手表示："我去过，在里头待了不到十分钟我就滚出来了……"

陆延扒口饭，记下了游戏馆地址。

说是宣传，就是用最低成本找能留下 V 团名字的地方。

李振说："我知道那是排行榜，我问的是我们来这儿干啥？"

陆延说："看到排行榜上那个六剑客了吗？"

李振说："看到了。"

陆延说："我们今天来这儿，把他们干下去。"

李振："……"

李振的目光缓缓扫过抱着栏杆瑟瑟发抖的许烨，许烨边上那位又把头发染回黄色的小伙子看着倒是挺淡定，但许烨清楚地知道，这是一位复读两年考上 C 大隔壁学校、考试从没及格过的人才。

这个组合怎么看怎么不靠谱。

李振心里已经有种 V 团要完的感觉，他仔细看完逃生手册上的游戏要求，捕捉到一个重点："上头写要六个人啊，咱这才四个。"

"又拉了两个，等会儿就到。"楼道里正好有人上来，陆延收腿，往边上让了让。

"行吧，我算算，你邻居肯定算一个。"李振这样一想，觉得胜算拉回来了一点，但后一个他实在想不出，"还有一个谁啊？"

肖珩和黑桃队长是在游戏城门口碰面的。

肖珩基地的事刚忙完，打车赶过来，刚下车就被人从身后拍了一下。

"嘿。"黑桃队长脸上洋溢着幸福与喜悦的笑容，"你也是来吃饭的？"

吃什么饭，不是密室逃生吗？而且这儿哪儿有饭馆？

肖珩一时间不知道怎么接这个话。

"发个新专辑，还特意请我吃饭，太客气了。我一直以为陆延那小子狼心狗肺，简直不是个东西，认识他那么多年他就没怎么当过人。"

黑桃队长没来过这个游戏城，进了门也没发觉哪儿不对劲，只当这个吃饭的地儿一楼娱乐设施做得不错。

"我真没想到他居然特意喊我出来联络兄弟之间的感情！"

肖珩："……"

黑桃队长感动道："什么是兄弟，这就是兄弟！"

上楼的人太多，等电梯的时候，肖珩偷偷给陆延发了一串省略号。

陆延回得很快：到了？

肖珩：在等电梯。

陆延：行，我们在三楼。前面那队人刚进去已经开始号了，估计撑不了几分钟就得按铃出来。

肖珩看了一眼边上吹口哨的黑桃队长。

肖珩：你叫了那个什么桃乐队的队长？

陆延：你怎么知道？

肖珩：他就在我边上。

陆延：……

肖珩：听说你要请他吃饭？

陆延还真没想到这两个人能撞一块儿。他昨天去了趟防空洞，当时黑桃乐队正好在排练，陆延站边上听完之后，过去问："周末有时间吗？"

"你想干什么？"黑桃队长起初十分警惕。

"是这样，我们认识也那么长时间了是吧。"

"嗯？"

"我头一回来防空洞，见到的人就是你，那会儿我歌唱得还不怎么样，没想到一晃眼都这些年了。"陆延递过去一根烟说，"我一直觉得这几年，受你不少照顾，周末想请你出来吃个饭。"

黑桃队长的表情从惊讶转到感慨。往事一幕幕在眼前转过，他几乎红了眼眶："陆延，认识你……哥认识你这么多年，你这狗嘴里总算吐出象牙了！"

陆延："……"

陆延回想到这里，心说别黑桃队长人刚到门口，肖珩一句话捅出去，这计划就彻底凉了。

陆延：我骗他的。

陆延：你没说漏嘴吧？

第二趟电梯来了。

肖珩进去之前回过去一个字：没。

黑桃队长的笑脸在电梯门打开，看到荒凉的顶楼的时候略有松动。他环视四周，发现这层别说餐馆了，连家像模像样的麻辣烫都没有，放眼望去只有一家密室逃生游戏馆，他脸上的微笑绷不住了。

陆延说："来了？"

"这他妈——"黑桃队长站在电梯门口，往后退一步，试图退回电梯里去。

陆延没给他往后躲藏的机会，扭头喊："大炮！"

大炮会意，上前一步，直接捂住黑桃队长的嘴，强行拖着他往里走。

黑桃队长嘴里只剩下几声模糊不清的"呜"音。

陆延估摸得没错，上一队从进去就开始鬼哭狼嚎，嚎得他们乐队贝斯手和骗来的外援两个人哆嗦得愈发厉害。没嚎多久，前台小哥的对讲机亮起来。

"您好？"

"放我出去，救命啊！快放我出去，我不想玩了——"

"好的，请稍等。"

前台操作完后，一队人惊魂未定地从安全通道跑出来，甚至有一个人鞋都掉了，临时返回去拿，抓着布鞋继续往馆外飞奔。一通操作猛如虎，看得人眼花缭乱。

许烨："……"

黑桃队长："……"

这个时间游戏馆排队的人不多，前台小哥问陆延："几位？"

作为提前做好攻略的此次闯关游戏队长，陆延非常清楚游戏规则，最低人数六人。陆延把从基地叫出来的队友和从防空洞骗过来的黑桃队长一左一右往前推。

"六个。"

这群人看着挺奇怪。领头的那个长发男人耳朵上戴了好几根链子，穿着黑色长袖，笑起来有几分痞气。他边上的那位像是被"绑架"来的一样。前台左看看右看看，填单中途忍不住打断道："你们是一起的吗？"

"一起的。"陆延重申，"不用管他们，我们一组六个人，怎么支付？"

"怎么支付都行，我扫你吧。"

"手机。"陆延手机里钱不够，极其自然地去摸肖珩裤兜。

肖珩说："自己拿。"

陆延找到之后，直接点开肖珩的微聊账户。

店员扫完码说："里头还在收拾，手机等物品不能带进去，还有其他东西也可以一并放进柜子里，坐在边上等就行，收拾好了再叫你们。"

还收拾呢，指不定进去之后被收拾的人是谁。

许烨声音颤抖着说道："延哥，我……我不想玩了。"

"你抖什么抖！"陆延拍他一下，"你是不是男人？"

许烨露出了一个哭的表情。

黑桃队长出离愤怒："陆延你给我记住今天！我的今天就是你的明天！"他说到这儿，想到跟肖珩在门口碰面的时候肖珩什么也没说，他怀疑肖珩也是被陆延骗来的，"……肖兄弟，那小子说了什么把你骗来的？"

陆延指了指他说："你说话注意点啊，什么叫骗来的，老子是人贩子？"

黑桃队长问："你难道不是？！"

陆延说："你——"

争执间，肖珩说了一句话打断他们："他什么都没说。"肖珩对着储物柜，语气闲散，说话间把腕间的手表摘下来。这句话明显表达出"用不着他说，我就能过来"的意思。

"等出去了请我吃大餐……"黑桃队长想，我是得了什么失心风才会想起来问这种蠢问题。虽然对陆延骗人的行为感到愤慨，也没真跟他计较。

"之前没来过？"陆延放完东西，背靠着储物柜，把手机递给肖珩。

肖珩把西装外套脱下，说："没有。"

"你那帮兄弟没带你来过？"陆延还记得这位大少爷当年不上课跑出去到处浪的事，本来指望肖珩能有点经验。

肖珩说："他们不玩这种健康的东西。"

"……"行吧，健康。

富二代的世界总是跟常人不太一样。

工作人员喊道："里头收拾好了，从这边门进——"

几个人陆续进屋，门"嘎吱"一声关上，眼前陷入一片黑暗，屋里只剩下惊悚音效和尖叫三重奏。

"啊！"许烨的尖叫。

"我 × ！！"黑桃队长的怒吼。

李振也骂了句脏话。

平心而论，这个恐怖主题的密室逃生做得相当逼真，很有代入感，然而李振叫着叫着发现自家乐队主唱和肖珩两个人戳在门口一脸冷漠。

陆延面不改色地问："这玩意儿吓人？"

肖珩的手撑在地上，把最后一块拼图拼上去。从他开始拼拼图到完成，前后不超过一分钟时间，许烨还没叫够，第二个房间的门已经打开。

"这玩意儿难？"

才刚刚开始尖叫的队友三人组："……"

工作人员在前台打了个哈欠，并没有对这个进去就开始尖叫的团队产生什么兴趣。直到五分钟后，他转身去拿水，几位工作人员聚在饮水机旁打赌。

"这队能挺多久？"

另一位工作人员听着里头的尖叫声说："我猜不到二十分钟。"

然而等他再坐回监视器前面，刚才还在第一个房间内疯狂尖叫的那队人已经不见了。他握着鼠标，放大第二关房间的监控画面，难以置信地发现第二个房间居然也是空的。

"这不可能吧……"人呢！这才几分钟？工作人员差点以为自己刚才喝了一个小时的茶。最后，工作人员在第三个房间的监控里看到他们的身影，领头的那两位非常淡定，面不改色。

许烨是一边尖叫一边被陆延拖进第三个房间里的。他实在是腿软，即使闯关速度快，也还是承受不住这种接二连三的刺激，几分钟下来已经跟不上他们的速度。

许烨平躺在地上，被拖进门的瞬间，门"砰"的一声关上，门后一双血淋淋的眼睛瞪着他。

"啊啊啊！"

肖珩刚找到线索，说："吵。"

陆延蹲在许烨边上，俯身正好对上许烨惊恐的眼神，他伸手把许烨的嘴堵上。

"现在不吵了。"

许烨："……"

陆延从来不怕这些，连"尸体"从上头砸下来也只是感慨一句："我去，这做得还挺逼真。"

肖珩就更过分，以前翟壮志他们喜欢拉着他看鬼片，翟壮志裹着被子只露出一双眼睛，看到刺激的地方伸手拽着他问："老大你看到了吗？看到了吗？"

"看到了。"肖珩说，"我还看到女鬼衣服底下那双球鞋露出来了。"

翟壮志："……"

肖珩问："背景是 2008 年吗？"

"是，是啊，怎么了。"

肖珩说："2008 年有苹果新款手机？"

肖珩在十分钟内从那部片子里挑出一堆毛病，翟壮志他们只觉得这部鬼片已经失去了它应有的尊严。

从第三个房间开始线索较多，陆延放开许烨之后，提着灯走到肖珩边上说："我说刚才那张纸肯定有问题，这两张里只有一张是真线索。"

肖珩看了一眼，把左手的那张纸扔下。

陆延说:"我还没看完呢。"

肖珩说:"用不着看,那张没用。"

这个密室是古代主题,装潢颇具年代感,他们现在所处的正是一个长方形的卧室,红嫁衣摊在床上,床头烛火飘摇。

陆延虽然不怕鬼,但一直没有施展才华的机会,待着实在无聊,就说:"行吧,那我看看这首诗。"

"你行吗?"肖珩对他那口塑料英语记忆深刻。

"……"陆延说,"唐朝宰相杨师道的《初宵看婚》,你对我有什么误解?"

肖珩有点意外地看他一眼。

陆延说:"霁州那个地方虽然破,教学质量也不怎么样,但老子当年模拟考试的语文成绩可是全市第一,我那篇满分作文至今还在学校手册上登着。"

英语这个确实是没法比,陆延在去霁州之前是在一个小地方,学校直到初中才开始教英语。当年他为了考 C 大才开始每天背单词、做语法题,全靠英文歌拓展词汇量。

高考对艺考生的文化分要求与普通考生不同,陆延最大的优势就是语文,而且还不是一般好,基本上全靠语文才拉上去的分数。

当年填报志愿,要不是看他靠着语文还能拼一拼,当时的班主任估计就不会说"你这个分数考 C 大有点困难,建议还是填个稳的学校"这种话,而是直言"你这压根不可能",劝他别抱有不切实际的想法。

"我觉得这个杯子肯定有用,你看它摆放的位置。"李振几个人适应过后察觉到再这样下去太没有尊严,加上总是受到边上两位选手的暴击,于是放弃许烨,鼓起勇气哆哆嗦嗦地跟着找线索。

黑桃队长说:"居然在花瓶里,耐……耐人寻味。"

陆延提着灯扭头看了一眼说:"别寻味了,那个杯子是我刚才从桌上拿起来扔进去的,没什么用。"

黑桃队长:"……"

陆延手里一直掐着表,虽然他们这队的闯关速度已经相当快,然而排行榜上估计是全员学霸。陆延缓缓扫过几位单纯过来凑人数、时不时还会搅局的不靠谱队友，他们现在的局面简直是在跟"六剑客"二打六，完全没有优势可言。离上一组优胜队创下的纪录已经不到三分钟，而他们还在最后一个房间里。

"还差一个线索。"

等工作人员扮演的"尸体"按照剧情从棺材里弹出来，大家缓过神后才开始集体行动。

"大家一起找！"

"是啊，找到就能出去了。"

"许烨打起精神来！"

只有陆延提着灯，蹲在棺材边上对着工作人员看了半天，那个工作人员被他看得都有点慌。

半晌，陆延说："先别找了，有个更快的办法。对了，游戏规则里说过不能伤害工作人员吗？"

没等工作人员反应过来，下一秒，陆延已经连人带灯翻进了棺材里。陆延做惯了这种事，一点也没觉得哪里不对，他将手里的灯往前凑，凑近工作人员那张狰狞的脸，几乎跟他脸贴脸，他这个姿势正好挡住工作人员最前方的监控摄像头。

"说，线索在哪儿？"

"……"工作人员扮演尸体这么多年头一次遇到这种玩家，这难道不是犯规？！

场外工作人员只看到屏幕里长发男人蹲在棺材里的背影，十几秒后，长发男人从棺材里翻了出来。

游戏结束。总耗时三十五分整。

为了一点微不足道的、甚至说来可笑的曝光率，他们真的玩了这个鬼项目。把名字写在排行榜上的那一刻，全乐队字体最正常的许烨，手还在不停颤抖。

李振忧心忡忡道："咱乐队还有能写字的人吗？"

陆延说："我试试？"

李振说："你拉倒吧，你更不行，你家邻居倒可以试试。"

肖珩刚戴上手表，套上西装外套，问："试什么？"

"写广告。"陆延把手机里提前打好的简短广告词递过去，"就这句。"

排行榜的位置比陆延还高出一截。

肖珩照着备忘录里的内容往上写：Vent 乐队。新单曲《银色子弹》发行。

肖珩的字写得也很潦草，但和许烨的字比，明显"草"得不是一个级别。陆延审视一番，觉得这字看着特有范儿。

"写得不错。"陆延说。

肖珩把手撑在他脑袋边上说："我谢谢你？"

"客气。"

肖珩把笔帽盖上后，说："行，我去趟洗手间。"

等陆延松开手，肖珩弯腰从侧面溜出去，李振喊："有水吗？许烨现在还在哆嗦。"

"胆子这么小？"陆延从饮水机接了水送过去。

许烨说："谢……谢谢。"这孩子实在是抖得厉害。

陆延："早说啊，我就换个人选了。"

"你打算换谁？"黑桃队长很有危机意识。

"袋鼠啊。"陆延有些可惜地说，"本来我就想叫你俩一起来的。"

"你把我忽悠过来不说，还想骗我队友？！"黑桃队长惊讶于这人的想法。

陆延说："兵不厌诈。"

"我去你的兵不厌诈。"

陆延又说："这个社会就是这样，再说了，袋鼠一块儿过来你不也多个伴嘛。"

黑桃队长一口气差点背过去，他问："陆延，你说那么多，敢不敢打一架？"

陆延直言："不敢。"

李振见事态发展不妙，赶紧接过话茬说："对了老陆，我来的时候好像看到咱乐队的广告了，挂在门口呢，好大一张海报。"

大炮问："咱乐队还有广告？"

李振说："就那个好又多超市啊。"

陆延"啧"了一声说："你们当初签合同的时候都不看条款的？就不怕我给你们卖了？"

大炮是陆延给他什么他都愿意签，反正那些玩意儿他也看不懂。许烨看完就记得没啥霸王条款，其他真没注意。李振也没细看，摸摸鼻子说："不是你谈的吗？我那是相信你。"

没别的空位，陆延只能找个台阶坐下，说："行吧，总之给咱乐队谈了个宣传渠道。"

"什么宣传渠道？"李振问。

陆延说："以后我们有新的作品发行，相关广告信息都会在店门口挂一周。"

这个消息一出，几人惊呼。好又多的代言确实是陆延去谈的，当时陆延一个人往超市老板对面一坐，上来头一句话就是："我不跟你谈价格。"

餐厅里人来人往，超市老板的报价卡在喉咙里。超市老板也是头一次遇到这样的，他坐直了问："你不谈价，那谈什么？"

陆延说："我们谈谈别的。"

价格确实没怎么谈，陆延死磕的条款都是宣传方面的内容，当时他们刚退赛，乐队所有人包括肖珩在内，都以为这个代言只是简单的代言而已，拿钱拍照就完事。

显然陆延并不这么认为。又或者说，就算没有唐建东，他也早就开始替乐队着手谋划一条退赛后的路。

连锁超市的客流量不小，虽然比不上那种有模有样的正式广告，但在下城区范围内影响力还是不容小觑。

他们说话声音大，肖珩洗完手回来，在走廊上回了几条微聊后，刚好听到"挂一周"这三个字。

他正要过去，突然发现一个行踪可疑的男人正扒着门往里头看，帽子压得很低。肖珩站在走廊里多看了他几眼，那个男人浑身上下都遮得相当严实，跟个不法分子似的。

肖珩本来想直接越过他走过去，然而目光触及那人手里的烟斗，肖珩又止住了脚步。

他试探着喊："唐先生？"

肖珩这句"唐先生"叫得并不刻意，极其自然，听着倒像是一声无意间的问候。

"啊？"

唐建东完全没有防备，下意识应了一声，顾不上思考他这几天混迹在下城区各地，而且穿戴严实，这片地方哪儿能撞上认识他的人。

"你认识我？"他应完愣了愣，这才反应过来。

肖珩打量他两眼，在心里暗暗把所谓的网剧配乐和陆延接到音乐节邀请的几条线索联系在一起，几条箭头最后指向同一个地方——音浪唱片经纪人。

肖珩起先也只是猜测，唐建东穿着古怪，压根不像是来玩游戏的，形象也跟陆延嘴里形容过的有几分相似，尤其是手里的烟斗。

得到回应后，肖珩也并没有感到意外。他猜测得没有错。看来这位乐队经纪人早就盯上陆延他们了，也许时间远比他察觉的还要早，甚至很可能从比赛期间开始。

陆延他们还在里头聊宣传的事，黑桃队长被陆延狠狠上了一课。

"原来还可以这样，我们乐队当时也有个代言，我怎么没想到呢！牛还是你牛啊。"

李振打听着问："你们乐队什么代言？"

黑桃队长支支吾吾道："就一生活类用品。"

陆延跟黑桃队长认识那么久，哪儿能听不出话里的意思，他剥开一颗润喉糖往嘴里扔，然后说："说清楚点，生活用品的范围也太大了。"

李振说："就是啊。"

"洁厕灵！"黑桃队长最后被逼无奈地说。他们乐队没名气，也没什么知名度，哪儿有什么好代言啊。

几人哄笑，笑声从游戏馆里传出来。

肖珩察觉出唐建东此刻被人抓包的为难，也多少知道他并不想这个时候露面的原因，肖珩没有多说，反而给他一个台阶下，替他挡住游戏馆方向。

"不知道您现在有没有时间，我有些话想对您说。"肖珩语气平淡，看模样也不是会轻易向人低头的，唐建东却从里头听出一点细不可察的"恳求"来。

反正都已经被人当场抓包了，唐建东也懒得再装，干脆把墨镜摘下来，露出一双眼睛。

一楼咖啡厅。唐建东落座后一把扯下口罩，和墨镜一起扔在桌子上。咖啡刚被服务员端上来，唐建东就喝了一口。

喝完后，唐建东把杯子放下，不太高兴地吹吹胡子说："老子都包成这样了，都能让你认出来。"

"我见过您的照片。"肖珩之前听陆延说过一次之后，去网上搜过他的相关信息。

唐建东问："你也玩摇滚的？玩哪个位置，替补？"

肖珩说："我学计算机的，不玩摇滚。"

唐建东有些意外。

肖珩开门见山地问："您在评估他们？"

唐建东也不避讳："评估这个词用得不错，评估……可以这样说。"

"我大概猜得到你想说什么，那我也就直说了，我这人不喜欢绕弯子。"唐建东放下杯子，说，"我对他们确实很感兴趣。"

"因为乐队节目？"肖珩大概能猜到。

"是。"唐建东承认，说话毫不留情，"他们是在这种狗屁赛制里表现得最让我意外的一队。"

狗屁赛制……《乐队新纪年》从赛制到运营确实是烂得不行。摇滚不是不可以冲出去，只是葛云萍压根不想运营乐队，所以这个节目的定位从一开始就是歪的。前有节目组容忍刷票，后有找选手单签这种操作。

然而在这种扭曲的赛制里，有一支乐队却意外地出现在他面前。

唐建东亲身经历过摇滚狂潮，也曾带过几支圈子里相当出名的老牌乐队。葛云萍说得其实没错，运营乐队不是一件简单的事情。

对他而言更是。

他是真真切切遭遇过乐队解约的，带了几年的乐队穷途末路，坐在圆桌对面对他说："东哥，我们不想干了。"

而今岁月如流，他也早就已经过了一意孤行、满腔热血的年纪。

其实决赛阶段唐建东就很少看了。当时乐队比赛即将进入尾声，他手底下有位艺人正好要筹备巡回演唱会，他没时间去关注什么魔王乐队，这支乐队再次进入他的视线是因为葛云萍的一通电话。

"唐老师，最近还好吗？听说你前阵子腰疼，现在没事了吧？"葛云萍问。

"好着呢，甭担心。"唐建东算算时间问，"你们那比赛结束了吧？"

"对的，结束了，上周总决赛。"

唐建东问道："哪个乐队赢了，是不是那个 V……"

葛云萍那边声音嘈杂，估计也是在忙，听到这儿停顿一会儿，刚好和唐建东的话接上："冠军是风暴乐队。"

唐建东嘴里剩下的三个字母卡在喉咙里。

"风暴乐队？"怎么会是风暴？唐建东感到不可思议。

"那个魔王乐队呢？"他问。

葛云萍叹了口气说："他们退赛了，还临时换了歌，当时整个会场差点没掀锅。"

唐建东看节目时猜想过无数种赛情发展，退赛是在他意料之外的一项。不管是往前跑还是倒着跑，就是飞上天，他们这发展也不至于退赛啊。

于是唐建东打开电脑，坐在电脑前完完整整地看了那一期节目。踩在音箱上唱《银色子弹》的男人，从喉咙里爆发出的每一个音都像是子弹。不光是他，在台上的每一把乐器，每一种声音都像是枪响。

划破空气。在会场盘旋而上，击中长空。

唐建东看完愣了半天，久久不能回神。

V团风格确实多变，但再怎么变也都还在摇滚这个大体系里。唐建东联系了相熟的导演，借着网剧的名义去找陆延邀歌。他想看看脱离摇滚之后，这位主唱写"命题作文"的能力如何。

陆延交上来一份超出预期值的答卷。

不久后，音乐节筹备阶段，唐建东对唱片公司的人说："给我留个场子，我想叫支乐队。"

"好的东哥，今年 × 国有个乐队还挺火的……"工作人员下意识以为是什么国外的大牌乐队，往年也不是没有这种习俗。

"不请那些。"

"啊？"

唐建东边往外走边说："是一支地下乐队，现在就发邀请函，把他们给我叫过来。"

游戏城楼下的咖啡店里没什么人，三三两两。

唐建东回想到这里，又摸了把胡子，言语尖锐，表情却不是完全排斥地说："谁想得到，这帮臭小子倒是先来休息室堵我——"

肖珩："……"

唐建东说："简直是无法无天！"

肖珩想帮陆延说点好话，却不知道从何说起。就连刚才玩的密室游戏，还是他这位无法无天的朋友，把工作人员堵在棺材里才强行套出来的线索。

肖珩最后只能问："您考察他们多久了？"

唐建东说："你是想说跟踪吧。"

肖珩说："这话我可没说。"

唐建东大笑两声，说："跟踪就跟踪，没什么不好意思的，我敢跟就不怕说。我算算，跟了大概有几天了。"唐建东说到这儿不忘吐槽，"那小子做的奶茶是真难喝。"

唐建东这几年来下城区的次数屈指可数，飞跃路三号防空洞倒是还跟他记忆里一样。

他去找陆延之前，在防空洞里坐了一下午，周围来来去去的都是摇滚青年。他给自己点上一根烟，往防空洞一坐，靠着几句指点，不消十分钟就在防空洞混了个脸熟。

等时机成熟，唐建东把话题往自己想知道的方向带。

摇滚青年 A 说："那个 V 团啊，他们之前差点解散。"

摇滚青年 B 说："他们乐队现在那个吉他手大炮，抢来的，当时我们乐队怎么抢也没抢过他。"

摇滚青年 C 说："贝斯手也是，听说在学校里抓的。"

总结："他们乐队主唱是个狗东西。"

最后唐建东离开防空洞，去超市买吃的东西，打算坐下来歇会儿脚，意外看到门口挂着的 V 团的代言海报。

…………

唐建东又喝了口咖啡，放下杯子之后问："你约我过来，不是为了跟我聊这个吧？"

肖珩确实不是为了跟他聊这个。他知道唐建东有自己的考量，插手过多反而容易起反效果。

桌上手机在振。陆延等半天没等着人，就让李振他们先回去，自己站在游戏馆门口给他发消息。

陆延：你人呢？

陆延：我让他们先回去了，你要是没事，等会儿再跟我走一趟，我印了点传单去大马路上发。

陆延：掉坑里了？

隔几秒。

陆延：说话，需不需要延哥过来解救你。

手机屏幕一下一下地亮起。肖珩没有回复，他看着唐建东说："你想知道他们乐队有什么是别人做不到的，这点我无法说清。"

肖珩说到这儿，沉默了很长一段时间。他脑海里闪过无数画面，有 V 团的好几场演出，四周年的、酒吧里的、舞台上的，还有陆延在天台抱着吉他磕磕巴巴的弹唱，这些声音悉数从耳边流过。

最后留下来的是那场暴雨过后，他狼狈不堪、烦躁地睁开眼，CD机里放的那首歌——尽管那首歌的音质并不清晰。

肖珩最后说："但是，他把我从黑夜里拉出来了。"

七芒星 2

CHAPTER

13

奇迹

You're my wonderwall（你是我的奇迹）。

　　肖珩走后，唐建东对着面前那杯咖啡看了会儿，直到助理催他赶紧回公司开会。

　　"东哥，你这几天跑哪儿去了，老大叫咱们赶紧把新专辑的事给定下来，还有几首歌得挑……"

　　唐建东有几秒根本听不进去助理在说些什么，他耳边回荡的仍是年轻男人说的那句话以及他说话时的神情。

　　"东哥？喂？东哥你在听吗？"

　　"吵什么吵。听见了。"唐建东回神说。

　　陆延在游戏馆门口坐了一会儿，戴着耳机打开音乐软件随手编了两段曲，等他都编完了一段主旋律，肖珩的消息才回复过来：马上。

　　陆延：你在哪儿呢？

　　肖珩：掉坑里了。

　　陆延笑着打字：听你胡扯。

　　肖珩：洗手间人太多，马上就来。

　　洗手间人挤人倒是真的，陆延把聊天页面切出去，原先蜷起的腿蹬在地上，接着改旋律。

　　不过一分钟，肖珩从拐角过来。他避开"不法分子"唐经纪人这个话题，问："黑桃队长走了？"

　　陆延把手机放回兜里，说："刚打发走，走之前给了他两张五块钱，让他自己去对街那家沙县小吃撮一顿。"

　　肖珩不用想都能猜到黑桃队长走之前悲愤欲绝的眼神。

　　"你这事办得……"

陆延起身钩着他说："怎么，十块钱挺好的了，还能吃碗面，还请他玩游戏，哪儿对不起他了。"

是。非常符合陆延抠门精的个性。

肖珩说："办得挺好，没让人出门右转进超市买桶泡面已经不错了。"

陆延说："你说泡面就有点过分了，我是这种人？"

肖珩"啧"了一声道："那你可能是忘了跟我掰扯房费和泡面钱的事了。"

陆延说："那会儿咱不是还不认识吗？"

肖珩突发奇想，问："要是认识呢？"

这个没由来的问题问得陆延一怔。

"要认识啊……"陆延想了想，拖长了音说，"那老子就直接打横把你扛起来，扛上楼，然后……"

陆延说到这儿明显还有后话，却微妙地止住了。

肖珩追问。等出了电梯，陆延这才凑在他耳边说："然后告诉你，这间屋子，从今往后都是你的。"

他能给的承诺不多，没钱没工作，自己日子也过得紧巴巴，浑身上下所有资产加起来，只剩这间不到二十平方米的小房间，唯一丰满的大概只有梦想。

但是我有的……都可以给你。

半晌，肖珩说："已经收到了。"

出了游戏城，有风迎面刮过来，街上密密麻麻的路边摊棚顶哗哗作响。陆延来之前把提前打印好的传单寄存在路边书报亭里，让肖珩站在原地等着他去拿。

书报亭老板上了年纪，戴着个老花镜，正比着读报。

"爷爷，我来拿东西。"陆延说。

"哎，回来啦。"老板说着把两沓传单从底下搬上来，陆延正好扫完码。

"不用。"老板连忙阻止说，"小伙子，你就在我这儿放两沓东西，用不着付钱。"

陆延转完钱，顺手从边上拿起一本书，把那本书放在传单上，走之前笑笑说："这钱我买杂志的，谢谢了。"

陆延回去的时候，手里除了用蓝姐家借来的打包绳捆起来的两捆广告纸，还带了本娱乐周刊。

肖珩接过他手里那两捆广告纸，问："你还看这个？"

"不是，人一大把年纪也不容易。"陆延不爱看这种花边新闻，买完有些后悔，早知道就拿一份时政报纸得了。

这倒是实话，书报亭的生意早几年还行，网络兴起后早和纸媒一块儿衰落了。花边新闻上网一点就有，谁还费那个力气去书报亭买杂志。

陆延找的发传单的地方离游戏城不远，这里本来就是闹市区，人流量大，尤其美食街附近。

肖珩烟瘾上来了，摸出一根烟，站在油烟味浓重的路口抽了两口。这模样看着就像典型的下城区市民。

"会发吗？"陆延分给他一沓，怕他不好意思，指导说："别等着别人接，看到哪儿能塞就塞进去，发传单不需要尊严……"

肖珩压根没等他说完，已经叼着烟往前走了两步，说："等着，哥十分钟给你发完。"

肖珩这话一点也不夸张。男人往街上一站，都不需要任何动作，周围群众便自动往他那边靠拢，甚至还有主动伸手拿传单的。

陆延挑眉，没想到这大少爷进入状态还挺快。他在旁边看了一会儿，这才拿着传单往街对面走，跟肖珩一人占着一个路口。

"麻烦看一看。

"新单曲了解一下。

"谢谢。

印着《银色子弹》四个大字的传单经过无数双手。他们两个人样貌出挑，主动接传单的路人占多数，一沓厚厚的传单半个小时就发得差不多了。

"三十分钟，也还行。"陆延看一眼时间，"比我想的快。"

他说完又问："你等会儿回基地？"

"你呢？"肖珩请了半天假，确实得回去接着做项目。

陆延说："搭档家里临时有事，让我去奶茶店代两个小时班，我等会儿就收拾收拾过去。"

陆延跟肖珩出门都是肖珩负责查路线，他闭着眼睛跟着走就行。"21路，六站后下车。"肖珩查完之后，反手拍拍他的脑袋，"听见没？"

"听见了。"陆延手里的传单还剩下最后一张。他已经开始往车站撤，也不准备继续发了。

"21路，六站。"陆延随手将最后一张传单对折，折着折着手痒痒，最后兴致上来，干脆折成一架纸飞机。

陆延折完之后用胳膊肘撞撞他说："哎，珩哥，会玩吗这个？"

肖珩看了他一眼说："你多大了。"

"你儿子今年三岁。"陆延找好姿势要扔出去。

肖珩笑了一声，指挥他："手别抬那么高，飞不远。"

肖珩说着将手搭在他手腕上，带他调整手势。

陆延问："这样？"然后将纸飞机掷出去。

那一瞬，它乘着风，好像挥着翅膀似的，乘风破浪般地载着《银色子弹》往世界的另一端飞去。

《银色子弹》三天销量破千。

并在销量榜上以惊人的速度不断飙升。

1000。

3000。

…………

逐渐地，不光是V团内部人员有事没事就去音像店关注销量，连其他乐队的人也被这个不断飞涨的数据所震慑，一时间在防空洞掀起一阵热议。

"V团这是疯了吧，听黑桃说陆延这回想卖一万张。"

"这是真的疯。"

"一万张什么概念，要能卖一万张哥几个还至于在地下待着吗？怎么想的。"

"这哥们是个狠人。"

陆延这段时间忙着在奶茶店上班，不怎么去防空洞，倒是在微聊上收到不少问候，这些问候总结起来就一句话：你小子怎么想的？

陆延刚送走一位客人，擦擦手看消息。下城区乐队群聊消息 99+，艾特了他无数次。

群主：不会真要卖一万张吧？

群主：……

群主：你小子怎么不说话？

陆延从群聊页面退出去，私聊了那位问他为什么不说话的某乐队队长：我怎么说话？你倒是先把老子禁言给撤了。

陆延在知道他们背着他搞了个新群之后，厚着脸皮发了几百条加群申请，闹得群主烦不胜烦，他才总算成功回到乐队群，成为下城区摇滚圈总群里的一分子。

然而陆延一直处于禁言状态。

群主明确表露出这样的态度：加群可以，请你闭麦。

此时，群主很快回复：不好意思啊，我给忘了。

陆延总算能在群里说话，他一只手撑在操作台边上，另一只手打字。

陆延：V 团最新单曲火爆上市，大家有钱的捧个钱场，没钱的就帮忙转发一下，网络购买链接 ×××××。

袋鼠：……

陆延：袋鼠啊，家里几口人？

陆延：多买几张呗。

袋鼠：群主，能再给他闭了吗？

说笑归说笑，聊到最后，所有人还是表示力挺。

群主：行，兄弟们给你转。

他们乐队的宣传做得简直是惊天动地，前无古人，后无来者，就连伟哥那辆摩托车上也被强行装上了一个造型别致的蓝牙音箱，当伟哥在大街小巷奋勇讨债之时，伴着摩托车引擎的轰鸣声，还有一首循环播放的 V 团最新力作。

这天陆延在正要关店时收到黄旭的消息。

人和人之间的联系是很奇妙的，生活圈子不同，联系也渐淡，上一回收到黄旭的消息还是在乐队比赛期间，黄旭发过来一张照片，照片里他钩着江耀明的脖子，两个人手里都拿着一罐啤酒，身后的电视机里播着《乐队新纪年》。大概是怕在赛期打扰到他，黄旭发过来的也只有这张照片，别的什么话都没说。

黄旭发过来一条语音："我刚看到群消息了，他们说你要卖一万张，怎么回事啊？"

陆延笑了笑，把手里的抹布扔下，摁下语音键凑近了手机说："没什么，就是争口气……你和大明最近怎么样？"

"还成，就那样呗，大明最近被家里催婚，特可怜，没事总上我这儿避难。"黄旭话锋一转，又说，"那碟我和大明各买十张，地址你知道的，寄过来就成。你这人怎么回事，啊？说好大家永远是一个乐队的，发碟都不想着我们。"

陆延说："行，你要碟我回头给你寄就是，钱就别跟我提了。"

"不行。"黄旭相当坚持。

陆延说："怎么不行，再提钱老子跟你翻脸。"

黄旭这下没再继续跟他逗趣，反而沉默了两秒，然后说："就让我和大明出点力。你自己说的，退队了，我们也还是 V 团的一分子。"

黄旭说这话的时候仿佛回到了当年背着琴到处找乐队求收留的防空洞，那时他浑身上下流淌的血液都像那年夏天的艳阳般炽热。他说："陆延，带着 V 团冲出去吧。"

《银色子弹》发行的第三周，销量突破九千。

其实销量到九千之后，增长速度骤降，再怎么加大宣传力度，九千这个数字都像一道纹丝不动的坎横在那里，接下来的一周销量更是一点都没涨。

音像店老板看着所剩不多的几个箱子叹了口气，正要把营业中的牌子翻过去，门被人一把推开。

走进来的是个拿着烟斗的中年男人，穿着件风衣，站在前台看了两眼，说："《银色子弹》是不是在你们这儿卖？"

老板说："啊，是的……"

不等老板说完，中年男人出声打断。

"离一万还差多少？"唐建东说着摇摇头，大手一挥道，"得，也甭给我算了，直接给我拿一千张。"

"一……一千张？"

"一千张。"

唐建东将名片拍在桌子上，又说："麻烦寄到这个地址。"

从音像店出来，唐建东将烟斗递到嘴边吸了一口。下城区这片工厂太多了，空气混浊，望过去灰蒙蒙的一片。他走出去几步，发现对街正好是一家好又多超市，超市门口挂着一张 V 团海报。

这四个年轻人估计没什么钱，整张海报充满了廉价气息，海报上还有肉眼就能看出来的极为生硬的修图痕迹。图上陆延蹲在正中间，微微低着头，这个角度看过去眼神尤其凶狠，整个人透露出一副"老子是这条街最不好惹的仔"的气势。大炮站在他边上，双手环胸。李振站在另一边，两个人看着像左右护法。许烨完全就是在硬拗，他看着就乖，化再浓的眼影也挡不住那股子学生气。

唐建东扫过海报上这群人的脸。这其实是一个各人风格迥异的组合，甚至很难把这四张脸联系到一起。唐建东定定地看了一会儿，然后晃晃脑袋，嘴里哼出几句不成调的旋律，往道路另一边走。

次日，天刚亮。肖珩提前定好的闹钟响了两声，才被横过来的一只手按下去。

陆延半睁开眼问："几点？"

肖珩说："还早，你接着睡。"

陆延醒了之后睡不着，干脆坐起身看他。男人下床之后随手从衣柜里翻出一件衣服套上。整日坐在电脑前敲键盘确实没有带给他什么影响，腹肌还是八块，就是消瘦了一些，原先的衣服穿在他身上稍显空落。

他的发尾处染了一点红，颜色不抢眼，不仔细看看不出来。陆延眯着眼看了一会儿，那还是之前自己在家里鼓捣染发膏的时候顺便抹在他头发上的。

陆延在参加乐队比赛前挑染的那头紫色，早就在比赛后严重褪色，虽然褪成黄色也不难看，但陆延这个人容易审美疲劳，总忍不住瞎折腾。那天晚上从酒吧演出回来，陆延从超市买了瓶染发膏，颜色非常摩登，是那种十里八乡年均四十岁的阿姨最喜欢的颜色。他给自己随便抹了几下，又把带着刺鼻气味的手套往肖珩面前凑，问道："来点不？"

"这什么？"肖珩坐在电脑前，手没停。

陆延说："染发膏。"

肖珩说："儿子，滚。"

"试试呗。"陆延一手拿着碗，劝道，"这一盒十八块八呢，不抹完浪费。"

"我是不是得叫你村口陆师傅？"肖珩按下最后一个按键，这才抬眼看他。

"陆师傅这个称呼也太不时髦了。"陆延说，"你可以叫老子托尼。"

肖珩把键盘推进去，起身打算去洗手间，经过陆延面前时用手心轻轻推了一下他的额头说："托你个头。"

陆延挡在他面前不让他过去。

肖珩闻到这个味道就头疼，但是陆延的反应倒是让他改了主意。

"也不是不行。"他垂下眼说，"喊声爸爸？"

陆延的头发被染发膏抓成一缕一缕的，全都往后梳，他没皮没脸惯了，毫无心理负担地喊："爸爸。"

行吧，肖珩心想，让他干什么都行。就算拉着他去烫第一次见面那会儿那个杀马特头他也认栽。他的头发没有漂过，颜色染出来没那么明显。

肖珩拐进洗手间洗漱完，听到陆延起床收拾东西的动静，抬头看着面前的镜子问："我衣柜里那件衬衫呢？"

陆延说："洗了。"

这个洗了的意思就是说他昨天又"顺手"顺过去穿了一天。

肖珩平时没正事一般不会想着找那件衬衫穿，陆延又问："你今天不去基地？"

"嗯。"肖珩说，"项目大框架搭得差不多了，策划案也在不断完善，这几天得出去跑赞助。"

基地一共就六台电脑，除了肖珩以外剩下五个全是学生，在这样的条件下项目能推进得这么快陆延想象不到的。

由于人手不够，许烨偶尔会被当成壮丁抓过去充数，陆延平时排练也能从许烨嘴里听到肖珩基地的事。

这位V团贝斯手经常一下课就被人架着胳膊拎出去，一路拎到校外基地，被摁在电脑前帮自家主唱的兄弟写脚本。此举直接导致许烨在计算机领域的技术发展得无比迅猛。

反正课堂上老师教过的、没教过的东西肖珩这里都有。在保持乐队的高强度训练下，许烨的专业课成绩也以意想不到的态势冲进全系前十。

许烨拿到成绩单的时候对陆延说："此时此刻，我的心情复杂且激动，我非常想感谢两个人，谢谢陆哥带我逐梦音乐圈……谢谢肖哥给我补课。"

陆延去天台给肖珩收衬衫，收完回来问："今天去哪家公司？"

"启鸿科技。"肖珩换上衬衫，弯腰对着镜子打领带。

"大公司啊。"

陆延听过这个公司的名字。和上次那个公司不同，启鸿在科技公司里属前列，要是能拿下这家公司的投资，这个项目基本上就已经成功了大半。

肖珩直起身，把提前准备好的稿子在脑子里过了一遍。陆延想帮他调整领带的位置，刚好搭在他的手上，发觉他的手有些凉。

"约的几点？"

"上午十点。"

"行，东西都没落下吧。"

肖珩低下头看着他说："没落。"

陆延刚睡醒，眼里还有些雾，眼皮下耷着，他昨晚睡前又忘了摘一侧的耳环，现在跟几缕发丝缠在一起，等肖珩拿着文件袋准备出门，才对他说："别紧张，选不上那是他们瞎。"

周一道路拥堵。肖珩提前一小时出门，到启鸿科技公司楼下的时候时间正好。他坐在大厅里等了一会儿，直到前台接到电话，对着电话那头应了几声后，才放下电话对他说："会已经开完了，实在不好意思，肖先生，您跟我上楼，这边走。"

科技大厦高耸入云，电梯一路升到33层，失重的感觉持续了几秒。

"叮"的一声，电梯门打开。下一秒，他迈步出去。

会议室有一台投影，圆形会议桌，西装革履的行业精英们围坐在会议桌旁。为首的那位约莫六十岁，他翻开肖珩的策划案，一页一页往下看。

"AI模拟医生。"

"编程师：肖珩。"

陆延送肖珩出门之后，躺在床上翻来覆去睡不着，干脆拿着钥匙提前去奶茶店开门。

老板娘到的时候店里已经打扫得干干净净，都收拾好了。老板娘巡视几眼，实在没刺可挑，于是只说："这吸管得放在窗口，客人自己拿也方便。最近咱店里不是推广新的活动吗？来客人了就热情点，主动跟人介绍我们现在有这样一个满积分送一杯奶茶的活动……"

"行。"陆延擦擦手，"我直接写个牌子吧。"

店里有一块能架在店门口的小广告板。陆延把活动信息写上之后，又往上画了点可爱的小涂鸦，就是字写得草了点，整体看起来还挺像那么回事。他退后两步，把那块画满爱心和可爱颜文字的广告板拍了下来，给肖珩发过去。

肖珩估计还在开会，没工夫看手机。陆延没等来回复，倒是等到音像店店长的消息。

店长：陆延！！！

店长：销量破万了！！！

陆延蒙了一下，正想回复"真的假的，我那么厉害的吗？"，店长紧接着又发来两条消息：我本来想早点告诉你的，结果手机没电，我回家之后又忘了充，洗完澡让我给忘了。

店长：昨天临关店时，不知道哪儿跑来个傻帽，一口气买走一千张。

陆延：……

陆延：哪个傻帽？他长什么样？身形特征？

店长：个儿不高，是个男的。

陆延：大哥，你这个形容词还能再匮乏一点吗？我记得你店里有监控吧，调监控看看？

店长：你开什么玩笑，在下城区你跟我提监控……放眼望去下城区哪儿有装得起监控的店啊？哦，这话也不能这样说，好又多算一家。

陆延琢磨了半天那位个儿不高，性别为男的人到底是谁。他实在是琢磨不明白，只能把聊天记录转发到乐队群里，邀请队友一块儿集思广益。

大炮：会不会是我爸？

李振：照你这么说，那没准还是我爸呢。

许烨：反正不可能是我爸，我爸个儿还挺高的。

陆延：你们就不能脱离"爸"这个思路吗？

大炮、李振、许烨不约而同表示：我不管，反正要让我知道他是谁，他就是我爸爸。

陆延笑着发语音过去，说了一声"出息"。

陆延是快下班的时候收到的邮件。今天客流量还行，奶茶卖出去有几十杯，他正趴在塑料桌上边写歌边等同事过来接班，手机在兜里振动两下。

【您有一封新邮件】

陆延平时很少用邮箱，虽然微博上挂着合作相关请联系×××邮箱，但是乐队活动本来就不多，除了乐队节目刚结束那会儿有很多商演活动找他们之外，并没有什么"相关合作"。

陆延起初没当回事，只当是又有哪个商场开幕需要找个乐队热场子。两秒后，他手里的笔几乎砸在桌面上。他大概知道那个个儿不高、性别为男、买了一千张碟的傻帽是谁了。

邮件里赫然是一封签约函。附件里带着一份合同，他上一次见到相同格式的合同还是在葛云萍手上——甲乙双方经过协商决定，甲方为乙方的经纪人，双方同意按照以下条款签订经纪合同，只是那份被他撕碎的乙方只有"陆延"两个字。

而眼前的这份合同上，乙方栏里清清楚楚写的是 Vent 乐队。

Vent 乐队，主唱陆延，吉他手戴鹏，贝斯手许烨，鼓手李振。

落款只有四个字，音浪唱片。是那个十年没有再签过乐队的音浪唱片。

那个简笔画的海浪烙在末尾，二十世纪八十年代摇滚浪潮之后，这阵曾在国内肆虐过的风似乎又朝他们吹了回来。

"你们自己先练会儿，我看着。"

李振收到消息之前还在琴行上课。他带的这几个学生都跟了他快一年了。有学生问："李老师，你是不是上个月过生日呀？"

李振被这句话问得愣了愣。乐队节目宣传刚出的那天，他们乐队那个不要脸的主唱还在录音棚里掐着手指头算过，说他今年已经二十九岁"高龄"。现如今生日刚过，他真奔了三。

三十岁。十五年。

学生问："吃蛋糕了吗？有没有许愿？"

李振过去拍拍学生的鼓面说："赶紧练习，别闲聊。"

蛋糕没吃，愿倒是许了。李振跷着腿坐在旁边的单人沙发椅里回想，他那天回家泡了一桶泡面，然后对着根咬了几口的火腿肠默念，是得许个愿，就许……明年的今天也还在搞音乐好了。

李振回味着自己过生日时那桶泡面的滋味，听到"叮"的声响，一把捞过手机。

音乐学院里，大炮正抱着琴坐在学校操场上爬格子，十几位同学围成一个圈，烫着卷发、满下巴胡楂的男老师坐在中间调音："我这把琴可是老古董了，当年穷啊，啥都没有，就卷着铺盖背着它去天桥底下……"

底下学生问："乞讨？"

男老师说："放屁，搞艺术的事能说是乞讨吗，那叫卖艺！"

一群人哄笑。

对吉他手来说，吉他是特殊的存在。

大炮手里那把琴是他用过的第三把，他之前读了两年高三，原先那把琴被他妈压在家里，告诉他录取通知书来之前不准再碰。

结果他进了学校没几个月就实在受不了了，偷偷摸摸给兄弟打电话："我记得你家有把吉他……行，烧火棍就烧火棍吧，什么都行，晚上十点，学校后门见。"

那把音色和手感都非常离奇的"烧火棍"，他一弹就是两年。

"行了，都别玩手机了。"

男老师话音刚落，大炮手里那几根弦突然发出刺耳巨响。男老师调完音，正准备上课，"嘿"了一声说："戴鹏你是不服气是不是？我知道你小子狂，怎么着，今天咱俩比比？"

大炮不答，猛地站起身。

与此同时，隔壁 C 大。许烨正在教室里考试。这门考的是理论知识，上机考试他倒是能拿高分，但是纯理论的东西确实没时间背，他心说这回是真完了。

考试前一天，乐队里其他几个人还在防空洞给他出谋划策。他们乐队吉他手考试从来不愁，只要他想要，答案能从头排传到尾排，况且作为艺术生他也没什么抄答案的机会。

"这好办，抄不就完事了嘛。"

"那万一被抓……"

"许烨！你多大了还怕老师！"

这时候低头拆润喉糖的乐队主唱大声说："大炮，你别带坏他，你当谁都跟你一样。"

许烨松口气。

陆延又说："传答案也太没技术含量了。"

许烨："……"

就作弊方法而言，陆延可比大炮狠多了，他看着许烨问："偷过试卷吗？会开锁吗？"

防空洞里其他摇滚青年也都是作弊高手。这帮人的校园生活过得轰轰烈烈，一个比一个离谱，聚在一起尽给他出馊主意。

许烨越想越头疼，用笔挠挠头。教室里安静得只剩下翻试卷的声音。在试卷翻动间，一阵突兀的提示铃响起。

老师把手里的书拍在桌上，厉声问："谁的手机？"

许烨是最后一个得知消息的人，因为他站在走廊里试图向监考老师说明自己真的没有作弊，最后愣是写了篇一千字的检讨才被放出来。于是等许烨收到消息时，其他人都已经震惊过了，冲下楼去跑圈的也跑完回来了，群里陷入一种不正常的冷静氛围里。

只有许烨像复读机一样不断重复："签……签约！？

"真的吗？！

"我不是在做……做……做梦吧！"

那会儿陆延在用一种做梦的状态连着做错四份奶茶，自己倒贴了五十块钱损失费下了班。下班之后他在十字路口站了半天，最后决定去菜市场买菜。

肖珩打电话过来问他在哪儿。

陆延人已经快到菜市场门口了，说："买菜呢，想吃什么？"

肖珩扯扯领带说："都行，你在菜市场？"

"还没……"陆延穿过马路，"不过快到了。"

肖珩算了算，从公交车站到菜市场的距离不远，于是说："你在那儿等着，我过来。"

肖珩没提，陆延也就没主动问肖珩拉投资成功与否。

陆延在菜市场入口等了会儿。肖珩到的时候，陆延正蹲在菜市场门口一个卖花的小女孩边上。男人身形清瘦，长发及肩，微微俯身凑近小女孩不知道在说什么。

小女孩在地上铺了一块布放花篮，花篮里都是新鲜采摘下来的花，玫瑰红得娇艳欲滴。

等肖珩走近了，陆延刚好伸手从面前的花篮里抽出来一支，又从兜里掏出两张十块钱。

小女孩拿着钱犹豫地说："给……给多了。"

陆延揉了一把小女孩的头，说："没给多，谢谢。"

小女孩愣愣地问："你是要送人吗？"

"算是吧。"陆延站起身说，"给一个很重要的人。"

等他回头，发现肖珩正站在不远处看他。

肖珩问："给我的？"

"你猜猜。"陆延拿着花，没有直说。

"一个很重要的人。"肖珩重复刚才听到的话，又说，"你还想给谁，陆哥哥？"

"你陆哥哥还能给谁，拿着。"陆延笑了一声，把手里的花递给肖珩。他原先就是看小女孩卖花不容易，心血来潮买了一支。

说话间，两个人走进菜市场。陆延也不知道自己为什么能那么镇定，收到签约合同的那股劲过去之后什么情绪也不剩下了，他甚至还记得青菜前几天根本不是这个价格。

"卖贵了吧大哥。"陆延挑了两捆菜，称完重把手里提着的东西搁在边上，笑吟吟地砍价，"是这价吗？算没算错？"

"帅哥。"摊贩哀叹，"最近都涨了。"

陆延用胳膊肘捅捅肖珩，"你昨天不是刚买过。"陆延眨眨眼暗示他接话，"不是这个价吧。"

别说昨天了，往前推一个月他也没在这个菜场里出现过。但肖珩还是会意，跟他唱双簧："是，昨天还不是这个价。"

摊贩："……"

陆延又挑了挑其他配菜，问："送几个蘑菇成吗？"

"成。"摊贩砍不过，最后无奈点头，"拿走吧。"

陆延和肖珩分别拎着菜往回走。天色稍暗，晚霞照亮半边天，由于七区这片地过于荒芜，视野没有阻挡，那片霞光反倒看得更清晰。

这会儿两个人才同时开口："今天……"

肖珩止住话："你先说。"

陆延也不推托，"你听下面这番话之前先做好心理准备，并在老子说完之后在心里默念三遍'延哥厉害'。"陆延说到这儿，顿一下才说，"音浪找我们签约，签乐队。"

肖珩对这个结果丝毫不感到意外，唐建东鬼鬼祟祟跟踪他们的事情他早就知道了，说实话他也不是猜不到唐建东评估过后会做什么样的决定，他对陆延有一种近乎盲目的信心。他点点头，顺着陆延说："延哥厉害。"

陆延说："还差两遍。"

肖珩说："说一遍就够给面子了，别得寸进尺。"

又走出去一段路后，陆延问："你刚才想说什么？"

肖珩说："投资谈下来了，明天过去签合同，虽然没到目标金额，不过也差得不多。"

"厉害啊。"陆延踩在花坛边上高一点的那块地方，冲他吹声口哨。

这两件重要的事情就这么随随便便说出口，他们俩走在下城区破旧的街道上，手里还提着菜，倒也没人觉得哪儿不对。

次日，陆延坐在会议室里，面前那份合同上白纸黑字的条款和乐队四个人的名字无比清晰。其余的所有声音、周遭环境变化都像隔了一层雾，像是另一场梦。

对陆延来说，签约的感觉和退赛那天差不多，虽然这完全是两种截然不同的情况。退赛那天人声鼎沸、众人围簇，灯光炫得人头脑发晕，他又是飘忽又是清醒，清醒的地方在于，他知道自己该走那条路。这两件事的感受确实差得不太多。

直到在李振、戴鹏、许烨的名字后面签下自己的名字，放下笔，他眼前的一切才逐渐清晰起来。

"老陆，你抽我一下，我看看我现在是不是在做梦。"尽管来之前就做好心理准备，李振还是忍不住激动到浑身打战。

几个人里，只有陆延看起来非常平静，他平静地抬起脚踩在李振脚背上，李振差点没被他踩得号一嗓子跳起来。

陆延问："清醒了吗?"

李振说："醒了，特清醒。"

除了刚才带他们进来的经纪人助理之外，会议室里就只有他们四个人，陆延签完名之后百无聊赖地撑着脑袋转笔。他捏着笔在手里转过几圈，忍不住想他的朋友签完合同没有。

两个人的签约时间在同一天。音浪唱片公司所处的位置和肖珩签约的那家公司隔了大半个城市，虽然对那边的情况一无所知，但陆延几乎可以猜到肖珩此时此刻的感受。

五分钟后，唐建东推门进来，说："不好意思，久等了。如果对各项条款都没什么疑问的话，签完合同，我们就是正式的合作关系。"

唐建东穿着风衣，走路都带风，他坐下后坦白道："作为你们的乐队经纪人，我重新自我介绍一下，我姓唐，名建东。在做这个决定之前，我观察你们很久了，音乐节是我叫你们来的。"

大炮、许烨："啊？"

李振说："什么？音乐节是你……"

只有陆延没什么反应。

陆延说："猜到了。"

唐建东跷着腿，没什么坐相，跟他们隔了半张长桌。

"你小子。"他指指陆延，"你倒是一点也不意外。"

"我知道我会走到今天。"陆延说。他说这句话的时候，像是顺带着把肖珩的那份"感受"也一并说了出来。

"我过去的每一天，所做的每一件事，都在为迎接这一刻做准备。

"所以我知道我会走到今天。"

唐建东不是不知道这小子狂妄，却还是再次被他刷新了认知。

他十多年没签过乐队！这小子上来头一句话不是激动也不是高兴，而是坐在他对面说老子知道自己会成功！老子就知道会有今天！

唐建东刚吞下去的烟差点在喉咙口哽住。

陆延表示合同没有问题，但合同之外有几点需要商讨："第一，我们依旧持有乐队微博的管理权。"

就运营策略来说，公司和艺人之间难免会产生分歧。

"不用跟我说那么委婉，你是想说话语权吧。"唐建东一下就听出他话里的意思。

陆延说："是。"

唐建东沉吟一会儿说道："没问题。"

陆延的手指在桌面上敲了几下，说："第二，'甲方有权安排乙方所有工作行程'——后边还得再加一句，'工作内容必须事先征求乙方同意'。"

唐建东说："你小子口气倒是不小，在这儿跟我谈这么多条件。"

陆延说："你就说能不能谈。"

唐建东没话说了。

陆延对合同细节要求很多，提出的意见也十分具有专业性，这会儿唐建东才真正意识到他说的"做好准备"的程度是有多深。

确定没有要再补充的内容后，陆延合上文件夹站起身，伸手说：
"合作愉快。"

音浪唱片几乎同步在官方微博上公布出签约乐队的消息，不过短短
半个小时，话题度节节攀升，在网上掀起轩然大波。

虽然乐队并不是什么热点话题，但是有"音浪唱片"四个字镇着，
再冷也能变成大热门，评论量已达上千条。

> 网友：恭喜！等等……乐队？？？
>
> 网友：我没看错吧，这签的是乐队？
>
> 网友：音浪老粉表示关注音浪十多年了，这还是音浪时隔多年
> 头一次破例再签乐队，开先河啊。

种种声音里，也有 V 团这几年辛辛苦苦积攒下的粉丝。粉丝的心情
就像养儿子，妈妈粉感动得泪流满面，一边流着老母亲的泪水一边给他
们打广告。

> 粉丝 A：妈妈永远爱你们！冲啊！
>
> 粉丝 B：我粉了这么多年的神仙乐队要藏不住了吗？
>
> 粉丝 C：既然这样就安利一下 V 团吧，Vent 乐队于 2015 年 6
> 月正式在地下成军，乐队成员还有前吉他手旭哥，前贝斯手大明，
> 已出四张专辑，最新单曲《银色子弹》了解一下。
>
> 粉丝 D：走过路过不要错过，我们团真的很不容易，乐队现贝
> 斯手还是从 C 大厕所里抢来的。
>
> 粉丝 C 回复粉丝 D：兄弟你漏了一个，吉他手也是抢的。
>
> …………

又隔了一会儿，有眼尖的人发现王牌经纪人葛云萍点赞了这条
微博。

不管网上闹得如何热烈，陆延都一无所知，他忙着跟唐建东死磕各项条款，磕完之后得知肖珩那边还没完事，便骑上摩托车打算去启鸿科技门口等肖珩。

导航语音："正在为您规划路线。请沿当前道路直行……"

陆延拧下油门，往导航指引的方向驶去。

启鸿科技不愧是大公司，导航路线指得很清楚，也不需要走什么弯弯绕绕的路。

陆延开到公司门口，实在找不到停车位，干脆熄了火，一只脚蹬地就这么坐在摩托车上等。

伟哥这辆摩托车装上车载音响之后变得异常拉风。自带 BGM（背景音乐），还有酷炫彩光。这要是晚上开出去，那简直是彻头彻尾的非主流。

陆延原先想摸颗润喉糖出来消磨会儿时间，正好摸到伟哥随手扔在车里的半盒烟。

男人，但凡遇上点高兴的不高兴的事，都想来根烟。陆延把那半盒烟拿出来，抽一根出来咬着。他以前烟瘾大，唱歌之后为了保护嗓子基本不怎么抽了，除了乐队差点解散那会儿，那真是一朝回到解放前——抽烟、喝酒，哪样都沾了。

此时有人从边上经过，忍不住多看他一眼。牛仔裤，白衬衫，明明是相当干净的打扮，看起来却不像什么好人，文身耳洞什么的都齐了，嘴里还叼着根烟。

肖珩从里头出来的那一刻，陆延耳机里的歌正好播到第二首。他抬眼，一句"Today is gonna be the day（就是今天了）"跟在前奏后头不紧不慢地扬出来。

陆延的耳机只戴了一边，另一边耳朵里是街上喧嚣的车流声，还有肖珩走到他跟前，微微俯身说的一句："帅哥，等人啊。"

陆延笑了笑说："不等人，老子拉客人做生意。"

肖珩顺着他说："十块钱走不走？"

"十块……"陆延说，"少了点吧。"

"你开个价。"

"我开价，啧，起步价怎么说也得有五十。"

"帅哥。"肖珩伸手把陆延叼在嘴里的烟抽了出来，反手就放进自己嘴里，他咬着那根烟一字一句地问，"你这开的是黑车？"

陆延的司机也演得差不多了，他拧了把钥匙，长腿蹬地，连人带车退到路上后说："行吧，十块就十块，上车。"

逆着风，歌声混杂在风声和沿途不断倒退的景色里。

And all the roads we have to walk along are winding（前进的道路崎岖难行）

And all the lights that lead us there are blinding（引路明灯也模糊不清）

前面正好遇上红灯。陆延带了下刹车，等红灯的时候忍不住跟着哼上两句。

陆延音准好，肖珩听两个音就听出来个大概。更何况这首歌之前听他唱过。

在闷热简陋的防空洞里，他看过一场印象深刻的演出，那时候的陆延整个人隐在阴影里，却比外边炽热的艳阳还亮。

其实在楼下见到陆延之前，肖珩还没从刚才签约的状态里走出来，直到看到他，才有了点真实感。

肖珩吐出去一口烟，把抽到一半的烟夹在指间，然后他动了动手指，用夹着烟的那只手去够从陆延身侧垂下来的耳机线。

红灯过去，陆延察觉到耳机线被人轻轻地扯了一下，侧头往后看。但他没时间多说什么，后方有车鸣笛催促。

I said maybe（我是说也许）

You're gonna be the one that saves me（你能拯救我于这冷暖人间）

陆延开到一半，心想这会儿直接回家也太没意思了，怎么说也是两个刚成功签约的人，一个出道指日可待，另一个即将在计算机领域展翅腾飞。

"要不不回去了，晚上跟李振他们还有个酒局，而且回去也没事干。"陆延说到这儿，又说，"哥带你兜兜风？"

车速慢下来，途经车站站牌，肖珩瞥了一眼那块站牌上的站名。

"你开到哪儿了？"肖珩肯定自己来过这附近，"这条路之前是不是来过。"

陆延看了一眼，他从来不记路，只说："不可能。"

等又开出去一段路，肖珩才想起来这个路名在哪里出现过。

"别说不可能，你上回迷路就是在这儿。"他说的是陆延为了躲大炮，出了防空洞一通瞎走，最后迷路的那个地方。

肖珩说完，陆延又开出去一段路后，果然看到熟悉的古镇，还有他那天坐过的桥。

"还真是……"陆延念叨。

刚才陆延问他想去哪儿，肖珩突然有了答案："去防空洞。"

陆延诧异地问："防空洞？怎么想去防空洞？"

肖珩没再说话。

去防空洞简直太顺路，顺着这条路一直往前开就是飞跃路。道路两侧的门牌号由大到小逐个递减，三号那扇铁门缓缓映入眼帘，有几个烫着鬈发的摇滚青年蹲在门口抽烟。

"到了。"陆延把车停在附近，走过去的时候跟几位兄弟打了声招呼。

虽然音浪的签约消息才刚发出来，但在防空洞摇滚青年们的口口相传之下，消息传播的速度并不比网络慢。

有人拍拍他的肩说："看到消息了，厉害得不行，恭喜。"

"改天找你们喝酒。"陆延摆摆手，带着肖珩往防空洞里走。

"那可不。"黑桃队长在排练的空闲之余说，"怎么说也得在防空洞摆个三天流水席！我们地下能走出去一个……"他哽住，最后只说，"好样的！"

签约的事在路人眼里，可能仅仅是一个很久不签乐队的唱片公司又签了乐队而已，可是对这帮以摇滚为生命的人来说，这是比《乐队新纪年》还要振奋人心的一个信号。

他们里头……是真的有人走出去了。

防空洞里除了黑桃乐队在排练之外，其余的人并不多。

肖珩说："他不记得你上回给他十块钱让他去吃沙县小吃的事了？还三天流水席。"

"我也没这么小气……"陆延试图为自己正名。

肖珩心说还不小气，抠门都抠到家了，买个青菜都不忘砍价，也就买乐器的时候几万块都舍得砸。

肖珩跟陆延并排站着看了一会儿黑桃乐队排练，他倚着墙，环视四周，最后将目光落在狭长的过道尽头。

"你看什么呢？"陆延对着黑桃乐队吹完一波彩虹屁之后退回来，搭着肖珩的肩问。

"延延。"肖珩没回答，只是叫了他一声。

陆延侧头道："嗯？"

墙上斑驳一片，到处都是拿石头刻出来的记号。虽然只来过几次，但肖珩还是清楚地记得 V 团那个中二宣言的位置，也记得陆延抓着他的手刻完字后，他鬼使神差地在后面接的那句歌词。

You're my wonderwall（你是我的奇迹）。

七芒星 2

CHAPTER

14

星光

只要推开天台门，入眼就是下城区那片无垠星空。
但最亮的那一颗，在他心上。

肖珩叫他一声之后没再说话，陆延等了会儿迟迟没等到下文。

但感觉是样很奇妙的东西，陆延顺着肖珩刚才的目光看过去，一下就猜到他在看什么。那面墙记载了太多历史。

Vent 后面跟着六个名字，黄旭、大明两个人刚入队那会儿的签名还在上头。

感慨也好，唏嘘也罢，陆延此刻更深的感受却是……还好走到这儿了。

不管曾经遇到多少困难，多想放弃，多想妥协，还好咬咬牙义无反顾地走到这儿了。

老七这事过去之后，梦里连霁州都不再是黑色的。

陆延的目光又控制不住地偏移几度，不偏不倚地落在边上那行字上。

黑桃乐队开始排练下一首歌，架子鼓敲得震耳欲聋，把两个人到嘴边的话盖了过去。

陆延往后稍退半步，不动声色地伸手钩住肖珩的尾指。

防空洞人来人往，人影攒动间，外头那棵参天大树的倒影夹杂着光照进来，斑斓陆离。

陆延一边跟着黑桃乐队的节奏打拍子，一边笑着说："珩哥，晚上一块儿庆功去？"

当天晚上他们在某饭馆包了场，请了几支兄弟乐队，酒席布了四五桌，李振他们喝了不少酒，大厅热闹得仿佛过年。

肖珩的饭局在楼上包间，C大计算机系的学子们正襟危坐。肖珩觉得是得有点庆功的样子，他解开几颗扣子，正要敬酒，队友先说话了。

"老大。"

"说。"肖珩颔首，倒酒的速度放缓。

"那什么，我今天的任务量还没完成，我想先写完再说……"队友把身后的笔记本电脑掏了出来。

十分钟后。包间里除了敲键盘的声音之外，什么声音都没有，充满了浓浓的学术氛围。

肖珩这边饭局结束得早，等人走光，他点上根烟才回味过来——他虽然没带电脑，但也在全程指导。

楼下却是热闹不减，有人正在号："苟富贵，勿……勿相忘，陆延我以前怎么对你的，你……你心里有数啊，你那一万张销量，我们乐队可是一人买了三……三张！"

陆延也喝多了，他还是头一次喝到头晕脑涨，一句话只抓住头一个字："你骂谁是狗？"

"……"

"他喝多了。"肖珩从他身后把他手里的酒杯抽走。

陆延往后仰仰头说道："你放屁。"

那帮人实在喝得太高兴，肖珩本想带人走，又被留下来灌了不少酒，到最后只能打车回去。

陆延被半拉半拽着往外走的时候还在不断强调自己没喝多。

肖珩一手摁着他的头，怕他乱走动，一手拿手机叫车。

"啧，酒鬼，人话都听不懂了还说没喝多。"

陆延站不住，又被摁着，只能喊："老子说没喝醉就没喝醉！"

肖珩看着他这张牙舞爪的模样，又说："你抬头。"

陆延抬了头。

肖珩低声问："我是谁？"

陆延沉默半响，大概是喝太多，眼角泛红，他眨眨眼，俨然没了思考能力，叫出一声："爸爸。"

…………

肖珩的喉结动了动，挪开眼。

司机离这儿不过两公里，来得很快，肖珩把人扶进去，对司机师傅说："师傅，去第七小区。"

陆延上车之后又发了会儿疯，非要玩编曲软件，结果鼓捣了一阵，弄出来一段极其魔幻的主旋律。陆延听得直皱眉，似乎不想承认这段曲子是自己编的，最后他把手机一扔，靠在肖珩肩上睡了过去。

一个多小时的车程，等车到达目的地，肖珩拉开车门，风涌进来的瞬间陆延才稍微清醒些。

"一共一百五十八，给一百五就行了。"司机师傅说。

肖珩付完钱，发现陆延正蹲在花坛台阶上，手机搁在膝盖上，重播刚才那段魔幻编曲。"这玩意儿是我编的？"陆延难以置信，"老子就算喝醉了也不该是这种水平。"

肖珩说："不然还能是我编的？"

陆延脑袋涨得不行，不再纠结这个问题，把编曲删除后问他有没有烟，想来一口压压酒。

"就抽两口。"肖珩把烟盒递过去，"自觉点，家里有蜂蜜吗？回去泡点水喝。"

陆延接过烟说："知道。"他点上烟往小区里走，七区门口本来还立着的半堵拱门前几天也撑不住这个重量，轰然倒塌。这段时间走动的次数多了，通往楼里的那条道也被踩出一块平地。

楼里那扇出入门上又多了层没干的红油漆，不用想也知道，肯定是拆除公司那帮人今天又来过。

陆延手里那根烟只抽了一口就被肖珩夺过去。屋里没开灯，开灯的瞬间，"啪"的一声，所有还没消散的酒意和一整天累积下的情绪霎时间迸发出来，肖珩手里那根烟闪烁了两下。

陆延对那天的场景只有模糊的印象，但他隐约记得自己含糊不清地说："你也是。"

肖珩沉声问："也是什么？"

你也是我的奇迹。这句话陆延确实想不起来有没有说出口了。

次日，陆延坐在床上眯着眼睛想了半天，心说算了，说没说都一样。

陆延边刷牙边接唐建东的电话，唐建东在那头提醒："把你所有发过的没发过的 demo 都带过来啊，还有你在奶茶店写过的东西，通通都带来——我们今天就开始选歌。"

"行。"陆延漱完口，又问，"几点到？我通知李振他们一声。"

唐建东说："两小时后，我等会儿还有个会，你们来了先在会议室等我。"

唐建东跟他约好碰面的时间，让他们带着近期写的歌来音浪唱片商谈新专辑的事。

签约出道只是一个开始，认真地说，他们连第一步都还没踏出去——出道专辑是大众认识他们最直接的一个途径。

也正因为这样，这张专辑对他们而言意义非凡。能不能被更多人接受并认识，能不能走出去，所有人都无法预料。

陆延这段时间写的歌满打满算不过四首，李振两首，大炮和许烨各一首。

"许烨的就别看了。"陆延放下其中一张纸说，"又是一首贝斯独奏。"

许烨："……"

唐建东也不是没接触过乐队，他好奇地问："是不是所有贝斯手心里都藏着个想搞独立的灵魂？"

"是因为平时存在感太低吧。"李振一语道破。

会议时长四个小时。最后定下几首歌，简单确定专辑风格后散会。

陆延辞了奶茶店的工作，工作交接完，他将钥匙也还回去，本来想说没满一个月工资就不要了，然而走之前老板娘塞给他一个红包。

陆延推托道："不用，真不用，本来临时辞职没提前说就挺不好意思的。"

"行了，收着吧。"老板娘说，"你那天来面试的时候我就知道你在跟我胡扯，本子上涂涂画画的我都看着呢。"老板娘退回店里的时候又说，"加油啊，小伙子。"

今天天气不错，艳阳高照。陆延站在原地愣了会儿，这才捏着红包往回走。

肖珩还在基地，陆延就在屋里一个人练琴。自从乐队节目之后，陆延在外头忙工作的时间居多，练琴的时间缩短了一半。

他平时会按翟爷爷说的自己做点复健练习，只不过成效甚微。

伟哥在楼下听到磕巴的琴声就知道陆延在家，过了会儿上楼敲门来了。

"延弟，延弟开门！"

陆延抱着琴，倚门口说："什么事啊哥？话说在前头，我不喝酒，昨晚宿醉今天头还疼……网吧也不去，我现在得专心发展事业。"

伟哥要说的却不是这些，他问："群消息看了吗？"

陆延想了想，问："共创美好明天？"

平时大家都忙，联系全靠六号三单元住户群。群里最近开了三次会，发起人是伟哥。主要内容围绕"合力对抗威震天，不向命运妥协，共创美好明天"展开。

伟哥说："看了就行，我有个事跟你说。"

于是肖珩晚上从基地回来，听到陆延对他说的第一句话就是："是这样，有票大的，你跟不跟我们一起干？"

肖珩问："什么玩意儿，说清楚。"

"有房东的消息了，我们打算过去逮人。"陆延把伟哥的话复述了一遍。

"他最近在找房东？"肖珩也看了群聊消息，大概猜得到怎么回事。

陆延"嗯"一声，说："也不是一时半会儿了，从房东跑的那天就说要逮他。"

伟哥"专业"对口，找人要债本来就是他的工作，只是没想到这房东实在是能藏，哪儿都找不着他，他还换了银行卡，连消费记录都很难追查。

肖珩实在没想到，一群人满大街追着一个人跑这种事他还能经历第二次。

天台上，除了"63分队"四个人以外，还聚集着楼里自愿参加追捕行动的住户。

"我已经踩过点了！"伟哥手里拿着根木棍，往身后那块白板上一敲，"他每天半夜一点左右会经过这条街，我们明天的作战任务主要围绕这家麻将馆进行！"

一回生，二回熟，伟哥谋划起来有模有样的。

"小辉，到时候你跟蓝姐就埋伏在麻将馆里盯着。"

张小辉举手问道："我不会打麻将怎么办？"

伟哥说："学！"

陆延一条腿蜷着，踩在凳子上，举手问："哥，我呢？"

伟哥手里的木棍挪动半寸，从白板上画得尤其敷衍的一条杠挪到另一条杠上，顺便将这个点虚虚地圈了起来。

"延弟，你和肖兄弟两个人在对面杂货店里等我指令。"

肖珩没见过这位传说中拿着房租跑路的房东，准确地说，在他搬进来之前房东就跑了。听到这儿，他问："麻将馆……他平时喜欢赌博？"

陆延想了想说："是喜欢打牌。"

陆延对房东的印象不深，这个"不深"来源于平时接触得少，除了想涨房租被他拦下在楼道里聊过几次以外，两个人也没有过其他交流。

"有照片吗？年纪多大？"肖珩担心到时候人到跟前他都认不出来。

"四十多。"陆延说，"没照片，谁没事会跟房东合影啊。"

陆延又说："不过他挺好认的，脖子里挂条大金链子，一眼望过去最土的那个准没错。"

房东是个四十多岁的中年男人，早年家里拆迁，卖了房套现来这儿当二房东。他收的钱早已经花完，突然接到通知说楼要拆，这才趁乱跑了。收钱的时候爽快，再想从他兜里拿钱出来，又是另一回事。

他们这些租户跟拆除公司闹的时间也不短了，但胳膊拧不过大腿，干耗着也不是个办法，按白纸黑字上明文规定的讲，理不在他们这边，楼早晚都得拆。要是真能逮到房东把事情掰扯清楚是最佳解决途径。

　　房东这回出现的地方离下城区比较远，属于郊区中的郊区，再往外跑几米都快离开厦京市了。

　　这晚月黑风高，树影攒动。所有人分成三组，分别埋伏在不同地方。

　　"63 分队"提前出门。肖珩坐在三轮车上，被颠得左摇右晃。虽然离开肖家之后生活水平急转直下，但再怎么跌，也不包括坐在一辆用红油漆写着"收废品"的三轮车上搞什么跨区追捕。

　　下城区地广人稀，马路对面是一片玉米地，玉米叶随风而动，飒飒作响。

　　音浪唱片新签约的乐队主唱、未来的歌坛巨星陆延坐在他对面，倒是没觉得这事哪儿有问题。

　　晚上风大，陆延出门前套了件外套，被风吹得正半眯着眼打瞌睡，他也留意到车上写的三个大字。

　　"收废品？"

　　伟哥不好意思地挠挠头说："哎，别看了，这就是一辆废品车。"

　　陆延眯着眼说："哥，这回挺有创意啊，是最近业绩不好？上回明明租的还是辆私家车。"

　　伟哥边开电动三轮边说："没钱啊！这个月工资寄回家一半，用到月底就剩五十了，哪儿租得起车。"

　　"……"

　　张小辉坐在另一边，他正抓紧时间复习麻将规则，虽然牌技还是离奇，但勉强能上桌凑个数。

　　陆延看着头疼，出发前对他说："小辉，你这样玩一晚上得输多少钱？这样，我教你个招……"

　　"是什么很厉害的大招吗？"张小辉眼睛一亮，以为陆延要教他什么绝技。

　　肖珩也侧目，心说肯定不是什么正常路数。

　　"还算厉害吧。"

张小辉屏气凝神，等待后文。

只听陆延说："换牌会吗？"

"这招的专业术语叫龙头凤尾。"陆延说着，简单用手边的空瓶盖做示范，他手指长，惹得人一时间不知道该看他的手还是去看他手里那个瓶盖，"除了技巧之外，第一，胆子要大，第二，表情和肢体动作要自然。"

陆延的整套动作过于娴熟，平时应该没少干这事，他嘴里讲述怎么换牌的话语完全跟不上他的动作。

陆延见他们一副呆愣的样子，松开手，把瓶盖往上轻轻一抛，再反手接住后问道："学会没有？"

"这不是出老千吗！"张小辉这才反应过来。

"是啊。"陆延坦坦荡荡。

"……"

肖珩笑了声，问他："你这都是哪儿学的？"

陆延说："生活所迫。"

陆延这一手牌技是从雾州带过来的，以前他在酒吧候场太无聊，被乐队其他人拉着玩。刚开始陆延总是输，直到后来发现除他以外全是老千。

来下城区之后情况也差不太多，牌桌上总有几个手脚不干净的。

"不了不了，我觉得做人还是得有尊严。"张小辉虽然居住在下城区，但胆量和水平实在有限，考虑再三后还是低下头老老实实记规则。

"逗你玩的。"陆延把瓶盖扔在一边，逆着风说，"没让你真出老千，要是在桌上遇到就小心点，别到时候让人坑了都不知道。"

张小辉压根没想到这一层，他隔了会儿才反应过来，愣愣地"哦"了一声。

陆延没再多说，他把身子往后仰，双手交叠枕在脑后看了会儿夜空，风刚好从他背后涌过来。

肖珩却是早就猜到他要说这句话，跨了两步坐到他边上说："就知道你要说这个。"

陆延看他一眼，慢了半拍才反应过来他话里的意思，也笑着说：

"这么了解我？"

肖珩心说，能不了解吗。陆延这个人永远都不会让人失望。他知道所有可言说的、不可言说的规则。为达目的，哪些能忍，哪些忍不得，哪些事可以做，哪些事做不得，他心里永远都有杆秤。

他一脚陷在淤泥深处，头顶却是星光万丈。

麻将室开在一条商业街的拐角，边上是几家深夜也不打烊的餐饮店，二楼被隔出来当廉价旅店用，红黄色牌子挂在蓝色玻璃窗上。

麻将馆门口挂着红帘，掀开帘子出入时带起一阵喧闹。

"输了输了，给钱。"

"二队二队，你们那边有什么情况没有？"

他们的耳机线都小心翼翼地藏在耳后，兜里的手机亮着，屏幕上显示通话中。二队队员张小辉压低声音说："报告队长，看到房东了，就在前面那桌。"

"还有什么情况没有？"

张小辉说："有，我都输了五百块钱了，你们能不能快点？再打下去蓝姐身上的钱都要被我输完了……"

队长伟哥："……"

陆延跟肖珩两个人在对面的杂货店里绕了两三圈。从杂货店玻璃门往外看，正好能看到麻将馆那块十分招摇的红帘子。他们买了点泡面零食之类的东西，外加两罐汽水，不出十分钟就在杂货店老板面前混了个脸熟。

"那是您家孩子？看着真乖。"

"那是我孙子，他学习成绩可好了，上回期中考试考了班级第十八名呢……"杂货店老板侃侃而谈。

陆延捏着手里那罐汽水听了会儿，问："有凳子吗大爷？我俩想在这儿吃碗泡面。"

杂货店老板说："有有有，等着啊，我给你拿，正好我给你讲讲我孙子参加作文比赛的事。"

陆延凑到肖珩耳边，传授技巧："看到收银台上那张照片没有？没共同话题就聊孩子，一聊一个准。"

肖珩若有所思。

等杂货店老板搬了俩凳子出来，陆延掀开泡面盖子，刚低头咬下去一口，就听肖珩对老板说："我儿子写作文也不错。"

陆延嘴里的一口面差点喷出去。

肖珩接着又说："满分作文直到现在还在学校宣传栏里贴着。"

杂货店老板问："看你年纪轻轻，已经有孩子了？"

陆延咳了一声。

肖珩面不改色地说："成家早。"

滚啊。

泡面快吃完之际，耳机里总算传出来伟哥的声音："我数到三，一队冲进去，二队准备，三队见机行事。"

房东怎么也想不到有人能开着辆电动三轮车追到这儿来，他今晚也输了不少，中途趁着洗牌的空当骂骂咧咧出去解手，结果刚走到门口，红帘掀开一半，一道身影猛地从边上蹿了出来！

伟哥身姿矫健，半蹲，小腿蓄力，二话不说冲在最前头。房东只愣了两秒，很快反应过来，拼死挣脱，竟也让他找到空子借力从伟哥手上钻了出去。

这回"63分队"排兵布阵精巧讲究，战术简直花里胡哨，什么埋伏、突击、侧击样样都有。

真到危急关头只剩一个字。

"追！"

伟哥喊："小辉别打牌了，所有人都给我追！"

陆延放下手里那桶面，和肖珩加入追人队伍。

房东压根不敢回头看，他使出浑身力气往另一条街上逃。

夜晚的风吹得整个人都有点飘。肖珩上回参加追捕行动的时候，更多的还是以一个局外人的身份，为他们这种野蛮生长的生活方式感到惊讶，不承想时至今日自己也成为其中一分子。

他跑着跑着，不知道怎么想的，鬼使神差地仰头看了一眼夜空。

"人呢?!"

"往那边去了——"

房东逃亡的路线非常坎坷，他中途一连踹翻几个垃圾桶，局面僵持不下。房东想往右跑，奈何对面人太多，被逼着又回到了路中央，然而他不知道这正好中了伟哥的计。

"突击手，准备突击——"

还突击呢，这帮人千里迢迢过来逮他，还有突击手这种东西?! 房东以 S 形走位绕开两个路桩，差点脚下一滑一头栽倒。下一秒，他发现陆延这小子不知道什么时候绕到他前面去了。

陆延跑得快，中途按照伟哥的指示拐去另一条街绕路。但他没什么方向感，全靠肖珩带着。陆延从对面的巷子里冲出来，直接踩着路桩跳过去，像阵旋风似的突然出现在房东面前。

"延弟，这波能打吗?"伟哥只算了陆延的速度，忘记把他的战斗力算进去了，这会儿才想起来这茬。

陆延说："能!"

肖珩说："你能个屁，回来。"

"真的能。"

"你能什么，能再飞一回?"

陆延不答，晃了晃从杂货店带出来的那罐可乐说："汽水罐玩过吗?"

肖珩出来混了这些时日，在菜市场砍价，睁着眼跟别人胡侃的功力有所上升，汽水罐这个操作还是头一回见。

陆延用实际行动又让他知道了什么叫"打架不动手"，陆延平时跟人闹矛盾的次数也不少，在下城区难免会出现避不可避的情况，要真打起来怎么办? 只能靠工具。手边有什么就用什么，包括上回临时起意用的那个垃圾桶。

只见陆延手指屈起，将易拉罐拉开一道小口，食指抵在口上，可乐呈喷射状毫不留情地喷了房东一脸，他姿态嚣张地说："知道人和畜生之间有什么区别吗? 人，会使用工具。"

"……"

房东被喷得睁不开眼，伟哥乘机上前奋力一扑——

房东倒下之前在心里狂喊：你是人吗？我看你才是畜生吧！！

漆黑的夜，十几个人将一个衣衫不整的男人围住，为首的那个戴着帽子蹲在他边上。

房东身上的衣服被扯得非常凌乱，陆延蹲在他旁边，手里拿着刚从他衣服口袋里翻出来的钱包，说道："现金，哟，还挺多，两千块。"

陆延接着翻到一张银行卡。只要不打架，陆延永远都能保持住这种"老子是你爹"的杀气。他俯身，把那张卡抽出来，夹在指间问："你卡里还有多少钱？"

房东的脸色一阵红一阵青，报出一串数字。

回程的路途似乎比来时要快一些。伟哥不小心碰到方向盘边上的某个按钮，车身侧面大喇叭亮起灯，开始喊："高价回收电脑、空调、冰箱、洗衣机——"

"……"

废品倒是没有，不过三轮车上多了一个麻袋。麻袋里是现金，外加几张欠条。

"还好逮得及时，不然钱可真是一分都捞不回来了。"伟哥感慨道，"小辉这次不算亏。虽然还差一部分，剩下的也急不得，欠条上写得明明白白，这回他肯定赖不掉。对了，威震天上回说最多再给咱一个月时间，你们住的地方找好了没？"

楼里住户这些天陆陆续续都在收拾东西。从说要重新规划七区开始，他们就被迫陷入和拆除公司的斗争当中，近半年的拉锯战总算落下帷幕。

张小辉说："我在影视基地附近找了房子，一个月一千多，价格还成，下个月就搬过去。"

"没呢。"陆延忙着做新专辑，光是改歌就一个头两个大，压根没在意这事。

与此同时,肖珩却说:"找了。"

"你什么时候找的?"陆延侧头看着他。

"前天,拆除公司来拆电线的时候你不在。"肖珩拿出手机,边找图边说,"要看吗?"

"看。"

"啧,要看叫爸爸。"

"……"

"滚。"陆延对自己喝醉后叫过爸爸这件事依稀有点印象,即使脸皮厚,也还是红了耳朵。他直接一把抢过肖珩的手机,手机上是几段和中介的聊天记录。比起几张图片,陆延先看到的是聊天内容。

中介:在的,亲,想租几居室?

肖珩:一居室。

中介:一个人住吗?

肖珩:不是。

陆延看到肖珩回了三个字。

肖珩:两个人。

虽然是一居室,不过这套房子并不小。全明格局,有明亮宽敞的客厅,阳台,衣帽间,甚至还带书房。

陆延嘴上逞强道:"我说要跟你一块儿住了吗?"

刚才跑了一路,肖珩身上那件外套早脱了,身上只剩下里头那件。他问陆延:"还行?"

陆延把手机递回去,嘴角不自觉上扬几分,他被风吹得眯了眯眼睛,说:"凑合……什么时候搬?"

合同签的是下个月,搬还得再等一段时间。正好两个人也都忙,一个忙着筹备专辑,另一个项目推进到关键阶段,忙得晚上觉都不够睡。

合同日期临近时,两个人早上起来面对面看着对方的黑眼圈就跟照镜子似的。

所幸两个人东西都不多,不需要花太长时间操办。

陆延除了那堆乐器以外,其他东西一箱子就能解决,肖珩的东西就更少了，几乎就只有一台电脑和几套衣物。

"你这东西够少的。"陆延一大早去音浪公司拍宣传照，走之前顺手收拾了一下衣柜，把衣柜里的东西往纸箱里搬，发现没几样是肖珩的东西，"电脑才是你本体吧，珩哥。"

"男人要那么多东西干什么。"肖珩刚从床上起来，还没穿衣服，赤脚踩在地上看着他收拾。

肖珩说着，从桌上拿起来一条耳链，捏在手里把玩一会儿，又放回盒子里。

陆延简单收拾完，扭头问："你等会儿去基地？"

"今天不去。"肖珩说，"下午有个行业研讨会。"

陆延还记得上次那个失之交臂的邀请，现在想想好像已经过去很长时间了。当时他梦到过肖珩站在台上的模样，所有聚光灯都照在他身上，男人笃定，冷傲，不可一世。

陆延没头没脑地问："还有研讨会这玩意儿？会上台吗……跟上次那个比，哪个厉害？"

"会上台，至于哪个厉害……"肖珩从身后环住他，略有些疲惫地半合上眼说，"这次这个是全国性质的，按规模算，应该是这个厉害。"

陆延想转身，结果差点带着肖珩往边上的桌子上撞。

肖珩正要问他激动什么，就听陆延说了一句："我就知道！"

"嗯？"

"知道我爸厉害。"

肖珩没说出口的话就这样咽了回去。他原本没把这个研讨会当回事，然而陆延眼底的光亮得过分，骄傲得好像是他自己要上台一样。肖珩有些受不住，抬手遮住了陆延的眼睛，俯下了身。

研讨会和陆延想象的差不多。盛大、严肃，数家媒体扛着摄像机蹲在前排，演讲台布置得十分简约。

背景板上写着"计算机科学国际研讨会"。冗长的开幕词过后，几位代表轮番上台发言。

"很荣幸受邀参加这次国际研讨会，在这里和大家交流分享一些心得体会。"

肖珩抬手扯了扯领带，耳边依旧是各种官方发言。

"我们展望未来，迎接未来！

"国际化人才培养是我们发展至关重要的一环⋯⋯"

发言结束。主持人低头快速瞟一眼演讲稿，又对着话筒说："接下来我们有请正在进行医疗 AI 项目开发的新秀编程师，肖珩先生——"

肖珩起身。台下掌声如潮。

音浪唱片公司，会议室里。唐建东拿着陆延递过来的几张纸看了会儿，他们的专辑筹备得已经差不多了，主打歌录完却觉得某些地方还不够到位，于是要求陆延改改歌，重新录。

唐建东点头说："改完之后比上一版好多了。"

"我也觉得。"

"上一版前奏一上来就开得太大了，高潮部分就不容易出效果。"

"你说得对。"

"嗯，你⋯⋯"唐建东说到这儿，感觉不对劲。

这段时间合作下来，他对这人也有了些了解，平时的陆延哪儿会这么乖巧？他抬头，果然看到陆延在开小差，于是把纸拍在桌上质问："你小子有没有在听我说话？！"

陆延坐在唐建东对面，跷着腿刷微博。他在搜国际研讨会的关键词，指望能在刷到的相关信息里看到某个人的影子。

相关信息还真有——一条花痴博。

网友：啊啊啊啊啊，我被师兄强行拽过来，本来对这届研讨会不抱希望，都准备好偷偷补觉了，那个姓肖的男人一上台我瞌睡都跑了！在这个全员秃头的行业里，这种神仙颜值是真实存在的吗？！

陆延给这条微博点了个赞。

"在听。"陆延继续敷衍道，"我跟你想法一样。"

"……"唐建东怒吼，"一样什么一样！我刚才说了什么你给老子复述一遍！"

陆延确实听了，但分心的时候内容听得不全，于是边自己瞎脑补边说："你说……虽然上一版也很好，但是这一版更好。"

"老子没说过。"唐建东缓了会儿又说，"行了，赶紧去录歌。"

等陆延几个人在录音室里把需要重录的部分录完，调音师调完音，唐建东顺手把碟刻了出来。

陆延走之前收到一个 CD 盒——很简陋的盒子，全透明，毫无设计感。这张未经包装的碟，是 Vent 乐队签约后即将发行的第一张专辑最原始的面貌。

V 团不是第一次出专辑，然而所有人捧着它，激动得不知该做何反应。

李振说："这碟……下周会上市？"不是在下城区某个不知名的小音像店里。

大炮也跟着傻愣愣地问："会被很多人看到？"

许烨张张嘴问："这真是我们的？"

虽然没人猜得准专辑销量怎么样、发行之后能不能大卖、听众会不会认可，但陆延将它拿在手里的这一刻却觉得心定了。

陆延事后还能回想起他在这天听到的很多声音。有录音棚里的声音，黄旭和江耀明在微信群里唠嗑、聊自己最近的工作的声音，他们的语气稀松平常，甚至还能贱兮兮地跟李振开玩笑，聊到最后突然沉默着感叹一句"真好"。

"你们没放弃真好。"

以及来自作为忠实粉丝的酒吧老板的询问："你们乐队那个超话，我攒积分有没有用？什么叫打榜？你们专辑出了之后要在哪儿打榜？"

…………

最后是肖珩迎着路灯走过来，在他面前站定，喊的一声："陆延。"

天色渐暗，可能是前些天刚下过雨的缘故，这晚夜空里绚烂的繁星比其他任何时候都亮。

"你怎么在这儿等着？"

陆延在天台遥遥望见肖珩下公交车，这才下楼接他，坐在出入门边上等肖珩回来，等了不到半分钟。陆延推门进楼，指指楼上说："刚在天台上看见你了，就顺道下来一趟。今天伟哥和蓝姐下厨，做了一桌菜，上去吃点？"

肖珩问："他们什么时候搬？"

陆延说："估计也就这两天。"

肖珩上去的时候伟哥已经把自己灌得差不多了，正拉着蓝姐说自己当年考警校落榜的事。

"哥跟你说，那是一个夏天——"

陆延提醒他："哥你刚才已经说过一遍了。"

"我……我说了吗？"伟哥脸颊泛红，眼神迷茫，又问，"小蓝，我刚才说过了？"

蓝姐但笑不语。

伟哥的倾诉欲来得快去得也快，一口酒下去哪儿还记得自己上一秒说过些什么，没过多久又开启新话题："延弟，弹……嗝，弹首歌听听。"

张小辉说："哥，你又来了。"

伟哥说："好久没听你弹琴了，你……你那吉他呢？"

张小辉说："哥你现在不清醒。"

伟哥没撑到陆延去拿琴，便睡了过去。

陆延却听得有些手痒。他这阵子实在太忙，琴摸得比往日少，训练量也有所下降。伟哥不说还好，一说他还真挺想弹几首。

等饭局散伙，肖珩回屋洗完澡，刚拉开隔间门就看到陆延抱着吉他正在调音。

陆延白天刚拍完宣传海报，妆发都没卸。男人一头长发，拨弦的那根手指屈着，指节分明，他手腕上戴了条链子，除了拨弦时发出的琴弦振动声，还夹杂着细碎的金属链碰撞声。

调完音，陆延这才抬头问："有没有想听的，延哥给你弹。"

"都行。"肖珩倚着隔间门看他。

"行，今天给你露一手。"陆延背着琴起身，口气挺狂，说得跟知名吉他大师要开演奏会似的。

陆延的琴技还是那样，只不过这回换了场所。陆延打开门出去，在楼道里随便找了一级台阶坐下。他背靠着墙，一条长腿半弯着，另一条腿跨了两级台阶，面前是呈回旋状的层层楼梯。

陆延弹第一个音的时候，肖珩就明白过来他为什么要坐在这儿了。楼梯口狭小逼仄，声音极易形成回音，层层叠加后穿过回旋的楼道，是一种很奇妙的声音效果。

陆延磕磕巴巴地弹了一段，肖珩听出这是他来到七区那天睁开眼听到的那首歌。

楼道里的感应灯早坏了，陆延半身隐在黑暗里，只有从屋里隐约透出的光照在他手上。

男人的声音依旧带着极强的穿透力，坚定得跟夜色一样温柔。

在空无一人的荒野全世界的灯都已熄灭
深吸一口气

要是往常陆延不会这么弹，扰民，肯定分分钟被投诉。然而这会儿整栋楼充斥着琴声，却没有人说吵，也没有人说这么磕巴，弹的什么玩意儿。底楼那扇出入门半关，一家一户打开门。蓝姐打开门时，发现楼下的住户也都跟她一样，就这么倚在门口听。

声音绕回楼上，伟哥酒醒了一半，他点了根烟，站在门口抽着。

要穿过黑夜
永不停歇

六楼楼道里。陆延的腿实在是长，占了好几级台阶。

肖珩借着屋里那一点亮光，去看陆延手腕上那片刺青，上头的纹路他闭着眼睛都能勾勒出来。

从一片黑里刺出来的七个角，热烈而张扬。

今天晚上的夜空确实比平时还亮上一些，从他站的这个地方再往上走几级台阶，只要推开天台门，入眼就是下城区那片无垠星空。

但最亮的那一颗，在他心上。

七 芒 星 2

番外一

这戒指是不是有点眼熟?

2019 年，盛夏之后。

属于夏天的那股风却并未过去。曾经在飞跃路三号防空洞里汇聚的所有声音，如同狂风一般席卷而来，带着纷乱吼叫、嘈杂的呐喊，乘着风，搭着飞鸟的翅膀，最终落在全国各地每个角落。

Vent 乐队携新专辑 *Heptagram* 正式出道。

出道专辑首日销量过万，一周销量超过二十万张。

…………

一个月销量更是突破百万大关！这个销量直接打破某歌王当年出道时创下的纪录。

乐队狂潮来得比十多年前更加凶猛。大街小巷随处都能听到他们乐队那首主打歌，从熙攘的人行道上，到拥挤的校车里，学生和挤着地铁忙于奔波的白领戴着的耳机里播放着同一个旋律。

随处可见他们乐队的海报、广告以及新闻采访，这把火一直烧到次年新生季。

许烨那张除了在舞台上气场全开，其他时候略显胆怯的脸出现在 C 大招生的宣传视频里，许烨照着稿子念："呃，大家好，我是许烨……"C 大官方发言："期待与你相遇。"

隔壁皇家音乐学院不甘示弱。

"这位是我校知名摇滚巨星、天才吉他手戴鹏！视频前的你，是否也有一个音乐梦想？让我们在音乐道路上携手同行，德普莱斯皇家音乐学院欢迎你！"

短短一分半时间的宣传片，为彰显皇家风范，甚至动用特效，杰出在校生戴鹏在舞台上的手每动一下，就炫出一道特效光。

"……"

陆延把宣传片给肖珩看，肖珩的视线从电脑屏幕上挪开，往后仰了仰，手指松开鼠标，去摸边上的烟盒，问："你就没接到宣传片？"

"没有，小学隔太远，初中早拆了，高中约等于半个专科学校，宣传什么？怎样在一个月之内学会抽烟打架？"

陆延是没接到这种为母校拍宣传片的活动，但他认真琢磨了一下，这要真的有学校找他拍，他可能就得坐车回霁州，然后坐在霁州那所师资力量离奇的学校里……至于干点什么，反正肯定不会是学习。

肖珩找的这个套间的空间比照片上看起来还大，书房隔出来两块区域，就跟在七区那会儿一样，一张桌子是肖珩的电脑桌，对面是陆延的那几套音乐设备，跟学生宿舍的布局有点像。

陆延这天好不容易休息，他把椅子搬到肖珩边上，背对着电脑桌，跷着腿刷消息。

唐建东：刚收到的消息，《娱乐周报》派狗仔开始跟你了，你自己看着办。

他们乐队这位经纪人确实不大一样。

陆延：东哥，哪儿有经纪人跟艺人说"你自己看着办"的。

唐建东：你可拉倒吧，我说了你听？

陆延笑一下，唐建东很了解他，他也确实不听。

陆延最后回：行了，我有数。

肖珩低头咬了根烟出来，抽两口之后，再度盯着屏幕琢磨刚才那行代码。

"有问题？"陆延发完消息问。

"运行出错。"

"那……"

陆延正想说那怎么办，肖珩说："得换个思路。"于是陆延待在书房一下午，耳边全是键盘声。

爆红对陆延来说其实没什么特别的感受。要是没通告，他早上还是会跟肖珩一块儿去楼下早餐店点份豆腐脑，边吃边跟老板唠嗑。

"小伙子，我看你有点面熟啊，是不是在哪里见过。"

陆延永远是那个回答，笑着糊弄说："我，大众脸。"

老板没多想，只是他很快发现自己店里的客流量肉眼可见地开始增长，举着手机的小姑娘凑成一堆，站不下的就堵门口。

陆延一点没慌，简直不太像一位被堵在早餐店里的当红流量。他把筷子放下，第一句话说的是："店门口的姑娘们能让让吗？堵到后边吃饭的客人了。"

女孩子们既激动又害羞，但还算有组织有纪律，依言往边上靠。

"陆延我好喜欢你。"

"谢谢。"

"这次新歌特别好听！"

"谢谢，我也觉得挺好听的。"

大家你一言我一语，为自己喜欢的人如此"平易近人"而高兴。虽然从外表上看，陆延跟平易近人这个词半点关系都搭不上。

早已经入冬。由于店里暖气足，陆延把外套脱下搁边上，只穿着一件薄毛衣，头发长得更长了，坐在那儿有种介于凌厉和柔软之间的气质。他放下勺子，认真地说："下次别做这种事了，不说影响我，店家也没法做生意，看起来你们还在上学？大老远追到这儿也不安全。"

女孩子们纷纷表示知道了，还有几位小声说了句"抱歉"，老实散开。有人走之前频频回头张望，互相交谈道："他边上那个是谁啊？"

"不知道，朋友吧。"

陆延吃完最后一口豆腐脑，两个人推门出去。快过年了，路上张灯结彩，店门口都提前贴上了春联。肖珩几乎是在刚踏出门的那一刻就发现边上还藏着一位。

"怎么？"

"那边还有一个。"

陆延看过去，那人四十多岁，秃顶，男的。

肖珩说："你粉丝年龄跨度挺大啊。"

"这不是粉丝。"陆延看出那个人神情慌乱，明显不是粉丝该有的反应，他无所谓地说，"估计是狗仔吧。"

肖珩正想仔细询问，就听陆延问："珩哥，你怕不怕？"

狗仔在业内干了这么多年，早就做好各种应对准备，对方多半会炸毛，这时候就得准备以最快的速度溜，还得趁溜之前赶紧多拍几张。他甚至开始抑制不住内心的激动，好不容易让他逮到陆延出门吃饭。V团太红了，红的速度太快，面前这个更是乐队的中心人物。

狗仔一通瞎想，然而现实却跟他想的完全不一样——

长发男人身上那件外套拉链原先只拉到一半，里头那件毛衣领口开得有些大，锁骨及锁骨以下几寸整个都暴露在寒冬的空气里。他身边的男人先是低下头说了句什么，然后伸手直接捏着拉链一点点替他拉了上去。

这……这两个人是一点都不怕。

狗仔甚至怀疑他们两个是不是没看到自己。

然而陆延走出去一段，又回头望了一眼，不偏不倚，正好是摄像机镜头的方向。

嚣张、挑衅、无所畏惧，都有。

"老子是摇滚歌手。"陆延回过头说，"不是偶像，唱个歌而已……管那么多。狗屁报道，爱怎么写怎么写。"

陆延身上某种折不弯的特质，展现得淋漓尽致。

这次之后，陆延成了圈子里出了名的"异类"，不怕拍不怕报道，不遮不掩，该怎么样还怎么样。肖珩也入了镜，只是那张照片并没有拍到肖珩的脸，只看得到背影和一只戴着戒指的手，让群众好奇了很长时间。

两年后，AI医疗项目正式完成并投入使用，这在业内轰动一时。

发布会上，有眼尖的观众终于揭开了谜底。

男人走上台，一只手随意搭在演讲台边沿撑着。在一堆手控粉丝的发言里，有一位网友评论道：这戒指是不是有点眼熟？

彼时陆延已经不关注这些娱乐八卦很久了，他正忙着开周年演唱会。

出道以来专辑张张热卖，Vent 乐队热度居高不下，让很多以为他们只是一时有热度的人闭上了嘴，也让更多的乐手从防空洞走出来——两个月前，黑桃乐队携新专辑正式出道。

六周年演唱会阵仗不小。唐建东提前半年预订了国内较大的场地——华安体育场，全能容纳近四万观众。

演唱会售票当晚半小时，门票售罄。

彩排那天肖珩和工作人员一起坐在台下，灯只亮了一半。

前期大部分时间几乎都用在调试设备上，过了有一个多小时，陆延才出现在舞台中央。大炮站在他左手边，他完全继承陆延的"非主流"风格，这两年头发染得炫彩斑斓，什么颜色都试过，最后回到黄色——一头杂乱的稻草，他这会儿正在台上低着头嚼口香糖提神。李振估计是因为年纪上去了，过了三十这道坎反而开始喜欢扮嫩。许烨脱去稚气，面对这种场合已经是得心应手。

由于只是彩排，用不着换舞台服，怎么舒服怎么穿，陆延早上出门之前就随手找了件肖珩的衣服套上。

乐器声响起。随着舞台经验的增长，陆延离那个曾经在酒吧驻唱都能掉下台、完全不知道什么叫控场的"陆延"已经很遥远了。

台风比之前成熟不少，拿捏得分毫不差。

肖珩从酒吧老板手里要到过视频。不知怎的，视频里的场景和眼前的逐渐交叠。

"好！可以。"唐建东站在台下喊。

"你们几个出场定点一定要站对了，许烨刚才有点站歪了啊，我们保持好队形。"

唐建东又说了不少话，陆延一边听，一边蹲在舞台边上转话筒，转了会儿觉得没意思，又抬眼去看台下，最后目光落在第一排某个位置上。

即使是第一排，离舞台还是有段距离，喊话也麻烦。

陆延最后只抬起垂在膝盖边的那只手，低头吻了吻手上那枚戒指。

演唱会当天，观众提前两小时入场。肖珩的票和黄旭他们挨着，这是肖珩头一次见到这两位传说中的已退队成员。

黄旭和离开时差别不大，江耀明胖了些。黄旭坐在座位上，跟自己要上台一样激动，想说点什么，最后憋半天只憋出来一句："他们……都挺好的吧？"

这问题虽然有些莫名其妙，肖珩还是回答："嗯。"

黄旭得到答案后点点头，和江耀明两个人唠起嗑："这场子真大，我原先看照片还没觉得……"

四万人的场子确实大，一眼望过去，场面壮阔得几乎忘记自己身在何处。

直到所有灯暗下来，全场漆黑一片，只有侧面的大屏幕上突然闪过Vent 乐队队标。

队标闪过之后是乐队成员介绍，明明是四个人的乐队，上头却写了六个人的名字，末尾写着吉他手黄旭，创作曲目有：《飞翔》《我走过的路》《天才梦》等。贝斯手江耀明，创作曲目……

这个画面停留了很长时间。

肖珩注意到黄旭飞快地抬了一下手。

后边就是些记录类的东西，有刚出道拍摄 MV 时的花絮，是一场略暧昧的场景，导演叉腰大喊："许烨，你告诉我你为什么要往后退！她是能吃了你还是怎么的？！"

许烨说："能不让这女演员靠我那么近吗？"

"导演，让我来吧！我感觉我挺合适！"李振的声音插进来。

看到这里，全场哄笑。

最后是陆延的脸。

陆延坐在化妆间里，刚化完妆，也是刚出道的时候，记者在他对面问出道感言，最后一个问题是："音乐这条路打算走多久？"

陆延想也没想，说："一辈子吧。"话音刚落，屏幕也随之暗下去。

四万人的场子确实大，观众手里举着的荧光棒汇聚在一起，像是把今晚夜空里的漫天繁星都摘了过来，有观众趁着安静的间隙喊："Vent——！"

全场沸腾。

欢呼声穿云裂石。

下一秒，舞台上的灯悉数亮起。

七芒星 2

番外二

他们站在江耀明说过的"最大的舞台"上，圆了年少时的一个梦。

呼喊声震动着整个体育场，一首歌唱罢，陆延低声喘着气。他低下头，一脚踩在音箱上，舞台上所有的光汇聚在他身上。

陆延身上那件宽大的黑色衬衫被强光照得半透，众所周知 V 团主唱从来不会好好穿衣服，衬衫在肩头挂不住似的往下滑了一点。他本来就白，这会儿低垂的后颈以及拿着话筒的手更是被照得发光。

这个姿势距离台下很近。

"陆延！"

"陆延，妈妈爱你！今天降温，快把衣服穿好！"

陆延没有理会这些声音，他往台下扫了一眼。灯光流转间，炫目的光从舞台中央散开，一晃而过，在"六周年演唱会"这几个大字上停留了两秒。

然后，陆延撞进另一双眼睛里。

肖珩坐在前排，见陆延望过来，面上没有表露出什么表情，人往后靠了靠，定定地看着他。

男人的头发刚剪短，像一根根刺似的立着，摆出一副"本大爷懒得跟你说话"的表情。那股劲倒是未达眼底，起码陆延从他眼里感受到了老父亲般慈爱的目光。

几首歌连着唱下来，体力消耗不少，陆延清楚地听到自己胸腔里剧烈跳动的心跳声。

咚。

咚。

这种周年性质的大型演唱会，说不紧张肯定是假的。事实上他昨天晚上差点都没睡成觉，洗过澡躺在床上，脑子里全是白天反复核对过的现场流程，一度无法从工作状态里抽离出来。

辗转反侧一个多小时之后，陆延伸手去够边上的手机，屏幕上荧光亮起。

躺在好友列表里的第一个人，微聊名字嚣张到不行，就两个字：别烦。

肖珩的项目大获成功之后，各路迷弟络绎不绝，记者也一个接一个找过来要求采访，他又实在是忙，并不想进行无意义的社交，便又把微聊名改成了这样。

这个"别烦"一下把陆延拽回到了两人刚加好友那会儿——他的乐队刚解散，被迫去大学校园里装学生。而这位大少爷整日混吃等死。原本八竿子打不着、命运相差甚远的两个人却像两条交缠在一起的线。

…………

陆延看了一会儿，挑了个表情发过去。

肖珩回得很快。

别烦：几点了，还不睡？

陆延：睡不着。

别烦：紧张？

陆延：开什么玩笑，作为魔王乐队灵魂人物、现在国内摇滚第一人，这几年大大小小演唱会开了几十场，我哪儿会紧张。

别烦：还能嘴贫，看来也没那么紧张。

陆延打字快，刚把那一大串发出去后，手指在屏幕上顿了顿，然后继续没话找话：你现在在干什么？

这次肖珩没有回。

陆延等了一会儿，把手机屏幕翻个面，戴上耳机继续听昨天彩排时托经纪人录的彩排音频，刚合上眼没多久，门被人叩响。

黑暗里，敲门声格外清晰，很轻的两下。

肖珩今天晚上的工作量大得熬一整晚都完不成，但他还是提前赶了回来，回来的路上，他满脑子都是陆延紧张得不行嘴里还非说着"开什么玩笑，作为魔王乐队灵魂人物、现在国内摇滚第一人，这几年大大小小演唱会开了几十场，我哪儿会紧张"的样子。

那天晚上肖珩就坐在他床边的长绒地毯上，电脑放在矮桌上，边敲键盘边有一搭没一搭地跟他聊天。

说到最后，房间里彻底安静下来，陆延都不知道自己是什么时候睡着的。

第二天天没亮，唐建东一通电话打过来："陆延！车已经到你家楼下了，赶紧收拾收拾下来，算了，别收拾了，直接下来，今天路可能会有点堵。"

"知道。"陆延挂了电话，发现肖珩已经走了。

原先放电脑的地方只剩下一张便利贴，上面写着：儿子加油。

演唱会人声鼎沸，现场氛围比他们预期的还要热烈，灯光环绕之下，陆延突然很想很想跳下去拥抱他。

"后面有一个很特殊的环节。"陆延把心里升上来的念头压下去，扶了扶话筒说，"这次……有两位老朋友也来到了现场。"

这是他们彩排的时候就商量好的，随着陆延话音落下，黄旭和江耀明毫无防备地被工作人员拍了拍肩膀。

"请跟我们过来。"

"啊？"黄旭还没从前一首歌里缓过神来，前半场都是 V 团近几年的新歌，他和大明挥着荧光棒学时下年轻人搞应援。

"是去后台吗？"江耀明压根猜不到会是什么事，只当马上就要中场休息了，兄弟想在后台见见他。

工作人员没再说话。

陆延干脆坐在舞台边上，双脚荡下去，一派闲适地跟观众聊天："Vent 乐队从成立到现在，除了我们自身的努力之外，也非常感谢今天在这里的每一个人，还有种种原因没能来到现场的朋友。对了，大家都知道我们乐队是哪一年成立的吗？"

台下齐声大喊："2015 年！"

陆延笑着说："功课做得不错。对，2015年，2015年3月18号，我们在飞跃路三号防空洞里排了第一首歌……也是第一首属于我们乐队自己的歌。"

在这种奇异的氛围里，全场莫名安静下来。台下所有观众都有一种在听老一辈讲故事的错觉。台上的这个男人，用温柔且坚定的语气把他们拉回了2015年，眼前仿佛真的能看到那个刚成立的乐队。

"《食人魔》这张专辑发行之后，我们有了另外一个名字。"陆延说，"魔王乐队。"

江耀明猜得没错，工作人员带他们去的确实是后台——但是后台挂着两套全新的演出服。

陆延对乐队的发展历史如数家珍，其实粉丝大多也都知道，但坐在这里亲耳听到又是不同的感觉，其中加了不少网上资料里没有的细节，让百科里冰冷的一行"2015年，《食人魔》专辑发行，首张专辑大热"有了真实感。

陆延就用这种唠家常一样的语气说："……我们今天请到了，魔王乐队第一代吉他手。"

"黄旭。"

黄旭背着吉他被工作人员推着往前走了两步，正式踏上舞台的时候整个人蒙了。

"还有我们的贝斯手，江耀明——"李振接过话，调动气氛喊道。

江耀明怔怔地望着台下。

台下观众很快明白过来，这段小插曲是乐队曾经的队员回来了，横扫地下的魔王乐队时隔多年再次合体。

其实大部分人对Vent的认识还是在他们出道以后，但台下不乏从地下时期就一路跟过来的老粉，他们一起在酒吧、在Live house里放声高歌过，他们看着再度站上台的两位队员，眼眶泛红。

这样的安排实在是太突然，黄旭身上的演出服很合身，手里那把吉他也是他以前惯用的，他往台下看了一眼，看到一整片星海，紧接着那片星海像失了焦一样，扩散成一片模糊的光影。

直到陆延钩上他的肩膀，用跟好几年前在火车站里相差不多的语气说："叫你好好练吉他，练得怎么样了，要是弹得太烂砸我们魔王乐队的招牌……"

"……"气氛一下子全没了。

黄旭半天才说："陆延你……怎么这么多年不见还是那么欠？"

老队员返场表演，虽然技术有所生疏，但曾经无数个日夜排练过的默契仍在，他们站在江耀明说过的"最大的舞台"上，圆了年少时的一个梦。

演出晚上九点散场。

陆延坐在化妆间里等卸妆，手机刷到几个微博热搜，热搜从"V团演唱会"到"V团旧队友"，一个接一个爆。他扫了几眼，正准备锁上手机屏幕，突然看到一条来自半小时前的微聊消息，那条消息收在消息栏里，被几条广告盖了过去。

别烦：儿子真棒。

这句话太熟悉，虽然陆延经常回撑"谁是你儿子"，但不可否认，这句话推着他站在过去那个老七面前，又推着他走到四周年复活演唱会的舞台上，一路从地下推到今晚的舞台上。

陆延盯着看了一会儿，屏幕到时间变暗，他又抬手点了一下，屏幕再度亮起。

刚才在台上那种一闪而过的念头又冒了出来。

几乎像是历史重现般。

陆延敲下两个字：别走。

陆延：你别走。

这个点场馆里的观众基本都已经退场，安保人员正站在门口疏散观众，落东西折返回来的观众被保安拦在门口："离场之后不可以再进去。"

肖珩正准备起身，收到消息后止住脚步。

"不好意思，麻烦让一让。"陆延身上那件外套边跑边往下掉，他干脆单手把外套脱下来。越过几名工作人员之后，他撑着后台和前厅中间那道用来格挡的铁门翻过去。

经过长长的走道，对面就是舞台入口。要是场子还没清完，那陆延从舞台正面出去，走不了几步就能碰上一群粉丝。

但陆延没空管这些，脑子里只剩下一个念头：想见到他，想立刻站在他面前。

陆延从舞台侧面跑上去，几万人的体育场里空空荡荡。熙熙攘攘的人群和嘈杂声音远去后，场馆里只剩下遗落的应援条幅，还有坐在第一排座位上、见到他时微微往后靠了一下的男人。

肖珩虽然没走，但看到陆延就这样衣冠不整地跑出来，外面那件衣服也不知道扔哪儿去了，隐隐皱了下眉。

"你就穿成这样？"

"珩哥。"陆延没有回答，他走到舞台边沿停下来，"知道我刚才在台上想干什么吗？"

肖珩边站起身边把自己身上的衣服脱下来，准备让陆延披上，他今天穿着套正装，长腿裹在西装裤里，几分禁欲夹着几分生人勿近的冷淡。

他刚走到舞台边，却见陆延直接从两米高的舞台上往下跳——他不管不顾，卷着风，披着星光，朝他而来。

图书在版编目（CIP）数据

七芒星 .2 / 木瓜黄著 . -- 长沙：湖南文艺出版社，2020.7（2021.1 重印）

ISBN 978-7-5404-9687-6

Ⅰ . ①七… Ⅱ . ①木… Ⅲ . ①长篇小说—中国—当代 Ⅳ . ① I247.5

中国版本图书馆 CIP 数据核字（2020）第 091149 号

上架建议：畅销·青春文学

QIMANGXING.2
七芒星 .2

作　　者：木瓜黄
出 版 人：曾赛丰
责任编辑：丁丽丹
监　　制：毛闽峰　李　娜
策划编辑：张园园
特约编辑：孙　鹤
营销编辑：刘　珣　焦亚楠　侯佩冬
装帧设计：梁秋晨
出　　版：湖南文艺出版社
　　　　　（长沙市雨花区东二环一段 508 号　邮编：410014）
网　　址：www.hnwy.net
印　　刷：三河市百盛印装有限公司
经　　销：新华书店
开　　本：775mm × 1120mm　1/32
字　　数：273 千字
印　　张：9.5
版　　次：2020 年 7 月第 1 版
印　　次：2021 年 1 月第 2 次印刷
书　　号：ISBN 978-7-5404-9687-6
定　　价：39.80 元

若有质量问题，请致电质量监督电话：010-59096394
团购电话：010-59320018

时间计划表

时间	星期一	星期二	星期三	星期四	星期五
07：00					
08：00					
09：00					
10：00					
11：00					
12：00					
13：00					
14：00					
15：00					
16：00					
17：00					
18：00					
19：00					
20：00					